KB110432

Mr.

시크릿 과의
비밀 연애

Mr.
시크릿과의 비밀 연애

초판 1쇄 인쇄일 2015년 4월 23일
초판 1쇄 발행일 2015년 4월 27일

지은이 | 한기라
펴낸이 | 김기선
편집장 | 김은지

펴낸곳 | 와이엠북스(YMBOOKS)
출판등록 | 2012년 7월 17일 (제382-2012-000021호)
주소 | 서울시 도봉구 노해로 379, 1005호(창동, 대성빌딩)
전화 | 02)906-7768 / **팩스** | 02)906-7769
E-mail | ymbooks@nate.com

ISBN 979-11-322-1694-0 03810

값 9,000원

Mr.

시크릿과의
비밀 연애

한기라 지음

BOOKS

목 차

프롤로그

모처럼 일이 일찍 끝난 평일 저녁이었다.

주희는 옷을 차려입고 바깥에 나와 있었다. 집에서 편하게 드러 누워 쉬고 싶었는데. 그녀가 뻐근한 뒷목을 손으로 주물렀다. 홀 앞에 늘어선 줄은 좀처럼 줄어들 기미가 안 보였다.

'이게 무슨 고생이야, 차은희 때문에.'

주희가 여동생의 이름을 속으로 곱씹으며 미간을 찌푸렸다. 오 래 서 있어서 그런지 허벅지가 지끈거렸다.

커다랗게 걸린 현수막에는 <톱스타 도한, 팬 사인회>라고 적혀 있었다.

팬 사인회 시작은 8시, 현재 시각은 8시 30분. 그러나 팬 사인회 가 열릴 홀의 문은 여전히 굳게 닫혀 있다. 도한이 다른 스케줄 때 문에 늦는 탓이었다.

Mr.
시크릿의
비밀 연애

홀 근처를 가득 메운 여성 팬들은 공연한 30분의 기다림이 별로 수고스럽지도 않은지, 한껏 들뜬 표정이었다.

팬심이란 게 그렇지. 안다, 잘 안다.

'내가 도한의 팬이 아니어서 문제지……'

도한.

본명 미상, 나이 미상, 출신지 미상, 학력 미상. 데뷔 7년 차라는 사실을 제외하고 모든 게 베일에 싸여 있는 신비주의. 현재 최고 주가를 달리고 있는 꽃미남 배우.

네티즌들이 그의 신상을 탈탈 털어보려 했으나 조금의 단서도 얻을 수 없었다고 한다. 외계인이라더라, 간첩이라더라, 뱀파이어라더라. 주변에 카더라만 무성히 몰고 다니는 남자.

모든 걸 다 알게 되면 사람들은 흥미를 잃는다. 시작하고 5분도 안 돼서 모든 비밀이 풀리는 영화를 그 누가 재미있게 보겠는가?

이미지로 먹고사는 배우도 마찬가지였다. 7년째 묘한 웃음만 지으며 입을 열지 않는 도한을, 대중들은 갈망했다. 끊임없이 그를 소비하기를 원했다. 그의 모든 것이 파헤쳐지길 원하면서도, 모순되게 그가 신비주의를 버리지 않기를 바랐다.

주희의 하나뿐인 여동생 차은희도 그런 이들 중 한 명이었다.

'언니, 도한 오빠 팬 사인회는 사상 최초라고! 최초! 10만 원 이상 구매할 때마다 응모권을 하나씩 준대. 얼마 쓰면 될까? 삼십? 오십? 백?'

도한이 광고한 화장품 브랜드에서 어렵게 마련한 팬 사인회였다. 은희는 사회 초년생 월급을 죄다 팬 사인회에 쏟아부었고, 결국 당첨이 됐다.

그러나 팬 사인회 날, 회사에서 1박 2일로 중요한 행사가 있을 줄이야. 신입인 은희가 행사에 빠지기는 어림도 없는 일이었다.

'언니라도 대신 가주면 안 돼? 응? 가서 내 편지랑 선물이랑 전해주고, 사인도 받아 오고, 사진도 찍어 오고, 응? 언니, 제바알!'

처음에는 분명히 거절했다. 그러나 울고불고 매달리는 동생을 뿌리치기에는 주희의 성격이 그리 모질지 못했다. 그래, 팬인 척 가서 사인만 받고 오면 되는 건데. 지금쯤 은희는 회사 워크숍에서 피눈물을 흘리며 도한 오빠, 도한 오빠 하고 울고 있을 테다.

그렇게 주희는 팬 부대 사이에 어색하게 껴서 도한을 기다리게 된 것이다.

시각은 8시 40분을 향하고 있었다.

'왜 이렇게 늦는 거야.'

주희가 얼굴을 살짝 찡그린 채 손목시계를 바라보았다. 주희는 스케줄에 늦는 연예인을 싫어했다. 그녀의 직업 때문에 더 그렇기도 했다.

그때 그녀의 재킷 안에 넣어둔 휴대폰에서 벨소리가 울려 퍼졌다.

"여보세요."

-팀장님! 상혁입니다.

"응, 웬일이야?"

-저희 이번에 예나 오디션 돌린 거 결과 나왔어요.

"됐어?"

주희가 다급하게 물으며 휴대폰을 두 손으로 붙잡았다.

-됐어요! 우리 예나가 해냈어요, 팀장님! 공중파 드라마에 출연한다고요!

"세상에, 정말? 정말이지?"

-정말이라니까요. 이제 드라마만 잘되면 우리 애들도, 소속사도 고생 끝이에요.

레드 엔터테인먼트 매니저 팀장, 차주희.

그게 그녀의 직함이었다. 레드 엔터에서 데리고 있는 소속 연예인은 현재 딱 하나였다. 4인조 여자 아이돌그룹 '플라워즈'. 3년 차지만 내는 앨범마다 족족 망하고, 나가는 예능마다 조기종영. 뜨기 위해 열심히 노력했지만 결과는 항상 미진했다. 다음 앨범을 내는 게 불투명해질 정도로 소속사도 도산 직전이었다.

마지막 지푸라기라도 잡는 심정으로 연기를 전공한 예나에게 온갖 오디션을 보게 했다. 그런데 예나가 기어코 해낸 모양이었다.

"아! 잘됐다. 진짜 잘됐어. 예나한테도 말했지?"

-네. 애들 응원해줄 겸 지금 치킨 사 들고 숙소 가는 길이에요.

"오늘은 맘껏 먹고 체중관리는 내일부터 하라고 해."

상혁은 플라워즈를 내내 따라다니는 로드 매니저였다. 자그마한 소속사에서 상혁도, 플라워즈도, 사장님도, 다들 얼마나 고생했는지 알기에 지금 이렇게 다가온 기회가 눈물 나게 고마웠다.

"정말 잘됐어……."

"도한 배우님 팬 사인회 시작하겠습니다!"

주희가 글썽거리며 말하던 도중, 스태프 한 명이 크게 소리쳤다. 그녀가 깜짝 놀라며 휴대폰 스피커를 가렸지만, 이미 상혁이 다 들어버린 후였다.

-도한? 배우 도한이요? 팬이셨어요?

"어? 아, 아니. 사정이 있어."

-일 때문에 가신 건가?

"그건 아니고……."

-우연이네. 예나 들어가는 드라마 남자 주연이 도한이라던데요?

"뭐?"

-아직 기사는 안 났는데 확정됐나 봐요, 도한으로.

스태프가 팬들에게 번호표를 하나씩 나눠주며 홀 안으로 입장시키기 시작했다. 주희가 얼떨결에 사람들에 떠밀려 가며, 77번 번호표를 받았다.

"알겠어. 우선 끊어봐."

주희가 전화를 끊고 번호표를 바라보았다. 77번. 행운의 숫자였다.

예나가 출연하기로 한 드라마에 도한이 주인공이라니! 도한이 찍은 드라마나 영화는 한 번도 망한 적이 없었다. 말 그대로 흥행 보증수표였다. 고르고 골라 소수의 작품을 하는 대신, 할 때마다

Mr.
시크릿과의
비밀 연애

전국적인 대박.

이번에도 잘되어야 할 텐데.

어느새 그녀가 홀 안에 들어가서 자리에 앉았다. 안에는 온통 여자들뿐이었다. 가끔 어린 아들을 데리고 온 기혼자도 보였다.

"도한 배우님 입장하십니다!"

"꺄아악!"

요란한 환호를 받으며 도한이 걸어 나왔다. 사람들의 열기가 대단했다. 주희는 그들 사이에서 조금 민망해졌다. 왠지 자신은 오면 안 될 곳에 온 기분이 들었다. 그녀가 주변을 살피다가 따라서 박수를 짝짝 쳤다.

"안녕하세요, 도한입니다."

남들보다 몇 옥타브는 낮은 목소리. 너무 낮아서 듣고 있으면 귀가 간질거렸고, 몽롱해지는 것 같기도 했다. 사람의 마음을 움직이는 톤이었다.

그의 첫 멘트는 항상 고정이다. '안녕하세요, 도한입니다.' 톤도, 어미도 7년 동안 한 번도 변하지 않았다.

그녀는 도한을 바라보았다. 이목구비가 또렷하게 보일 정도의 거리였다. 연예계 일을 하지만 도한을 실제로 본 건 그녀도 처음이었다. 그녀가 드나든 건 보통 음악방송 세트장이나 행사장, 예능국 PD들의 사무실이었지, 드라마 촬영장이 아니었으니까.

"……와."

여러 연예인을 매일같이 보는 그녀도 감탄할 만한 미모였다. 현실감이 없었다. 그의 주변에만 다른 공기와 다른 시간이 흐르는 것처럼.

남자치고는 조금 하얀 피부, 그와 대조되게 아주 새카만 눈동자, 그리고 적당히 도톰한 입술은 일자로 꾹 다물려 있었다. 작은 얼굴 안에 큼지막하게 들어찬 이목구비는 우아했다. 그에게서 훌륭한 예술 조각품 같은 압도적인 분위기가 새어 나왔다.

연기를 할 때는 다채로운 표정이 담기는 그의 얼굴이 지금은 잔잔한 호수처럼 덤덤했다. 속내를 알 수 없는 무뚝뚝한 낯.

조용히 서 있는 도한을 대신해 진행 MC가 마이크를 집어 들었다.

"팬 사인회 시작하겠습니다. 1번부터 나와주세요."

도한에게 주려고 가득 선물을 든 팬들이 하나둘씩 앞으로 나갔다. 도한은 단 위에 마련된 자리에 앉았다.

그는 정장 바지에 흰 와이셔츠만 입고 나왔다. 사인을 해야 하니 소매는 두 번 접어 걷어 올린 게 패션의 전부였다. 그런데도 빛이 났다. 걷어 올린 소매 아래로 보이는 팔뚝은 단단했고, 적당히 힘줄이 돋아난 손등은 남자다웠다.

"어머, 너무 멋있다. 정말, 괜히 배우 하는 게 아니라니까."

옆에 앉은 아줌마 팬이 혼잣말하는 게 들려왔다.

그러게, 저런 얼굴로 안 뜨는 게 이상한 일일 것이다. 생각해보니 도한은 데뷔할 때부터 일약 스타덤에 올랐다. 말이 필요 없는 외모에, 대형 소속사, 궁금증을 불러일으키는 신비주의까지.

'뜬다는 건 어떤 기분일까?'

도한의 잘생김에 홀린 것도 잠시, 그녀는 한숨을 작게 내쉬며

Mr.
시크릿의
비밀 연애

소속사에서 데리고 있는 아이들 걱정을 했다. 그처럼 우리 아이들도 잘되면 좋으련만. 20대 초반부터 3년, 꽃다운 청춘을 다 바치고서도 이렇다 할 성과를 못 낸 아이들이 안쓰러웠다.

주희는 이 홀에 들어오기 위해 몇백을 바친 이들 사이에서 울적한 표정을 지었다.

그래도 이제 도한의 드라마에 예나가 나오니, 상황의 반전이 있을지도 모른다. 아니, 꼭 그래야만 했다.

"77번 나오세요!"

"……아, 네. 네!"

도한을 앞에 두고 딴생각에 잠기다니. 도저히 용납할 수 없다는 듯이 단호한 목소리로 스태프가 주희를 불렀다.

주희는 은희가 챙겨준 여러 선물을 한 아름 들고 앞으로 나갔다. 도한이 바로 앞에 있었다. 가까이서 보자 숨이 턱 막히는 것 같았다. 할 말을 잃게 만드는 외모였다.

"앞으로 가세요."

"……네, 네에."

주희는 괜히 주눅이 들었다. 쭈뼛거리며 도한에게로 걸어갔다.

도한은 힐끔 시선을 위로 들어 주희를 바라보았다. 그와 시선이 얽혔다. 빛이 파고들 틈이 없어 보이는 새까맣고 고요한 눈동자.

텔레비전 안에서 보는 것과는 느낌이 달랐다. 잘생긴 건 여전했지만, 실물에서 뿜어져 나오는 분위기가 압도적이었다. 자신도 모르게 긴장한 주희에게 도한이 무심한 목소리로 말했다.

"이름."

"……은희, 은희요."

도한이 사인 종이에 'To. 은희'를 적었다. 그 아래에 재빠른 손놀림으로 사인을 적었다. 그가 사인을 다 마치고 주희를 올려다봤다. 할 말 더 있으면 해보라는 눈빛이었다.

주희는 은희가 꼭 물어보라던 질문을 속에서 되새김질했다. 도한을 불러야 하는데 주희가 망설였다. 뭐라고 불러야 할까? 스물일곱인 은희는 그를 도한 오빠라고 부른다. 나이가 미상이니 진짜 오빠인지는 몰라도, 액면가상으로 30대 근처는 되어 보이니 은희에게는 오빠가 맞겠지.

그럼 나에게도 오빠일까? 주희가 잠시 고민했다. 그녀는 이제 서른이었다. 이게 좀 애매해지는 것이었다.

결국 주희는 모호한 호칭을 택했다.

"……저기."

도한이 짙은 눈썹을 살짝 꿈틀거렸다.

"이상형이 어떻게 되세요?"

주희가 훅 밀려오는 민망함 때문에 눈을 질끈 감았다.

이상형을 물어도 항상 묘한 미소만 지을 뿐 제대로 답하는 법이 없던 도한이었다. 그래도 은희는 이상형이 꼭 궁금하다며 직접 물어보고 오라고 신신당부를 했다.

도한이 잘생긴 얼굴을 살짝 굳혔다. 당최 감정을 알 수 없는 표정이었다.

"글쎄요."

"아……."

Mr.
시크릿의
비밀 연애

돌아온 대답은 이도 저도 아닌 애매모호. 이러면 안 되는데.

"음, 딱히 이상형이 없으신가 봐요."

팬 한 명당 도한과 허락된 시간은 1분 남짓. 그 한정된 시간이 끝나가고 있었다. 주희가 초조한 목소리로 다시 한 번 물었다.

"잘 모르겠군요."

그러나 이 남자, 뜻대로 되질 않는다.

"연애나 이런 쪽에 관심이 별로 없으신가요?"

"많진 않습니다."

"그렇군요."

"그렇죠."

뚝. 대화가 끊겼다. 대화 몇 마디 나눈 것만으로도 사람 가슴을 이렇게 답답하게 만들 수 있다니. 후욱, 후욱. 주희가 숨을 몰아쉬었다.

"저기."

"예."

"여기 선물인데요. 이거는 목에 좋은 천연 추출물로 만든 약이고요. 이거는…… 아, 뭐래더라. 그, 뭐냐. 좋아하시는 브랜드 있잖아요. 네, 그거. 그거 신상품."

주희가 횡설수설하며 선물을 도한에게로 건넸다. 도한이 가볍게 목례하며 선물을 받아 들어 봉투째 뒤로 넘겼다. 열어보지도 않네. 뭐가 더 들었냐고 궁금해하지도 않는다. 동생이 며칠간 준비한 건데.

분명히 가까운 거리에서 얼굴을 맞대고 대화를 하고 있음에도,

사이에 투명하지만 단단한 유리벽이 있는 기분이었다.

"감사합니다."

형식적인 대답, 형식적인 제스처.

주희는 그렇게 아래로 내려와 자리로 돌아갔다. 지금, 내가 살아 있는 사람이랑 얘기했던 건 맞지? 고작 1분 정도의 대화를 위해 다들 몇백만 원을 써서 팬 사인회에 왔다니. 급작스레 허탈해졌다.

팬 사인회는 순식간에 끝났다. 훅훅 순서가 지나갔다. 도한이 조금 피곤한 얼굴로 물을 한 모금 마셨다.

"자, 여러분, 이게 끝이 아닙니다. 이 중에 한 분을 뽑아서 30분간 도한 배우님과 일대일 팬미팅 기회를 드릴 겁니다!"

갑자기 장내가 술렁거렸다. 일대일 팬미팅이라, 좋겠네. 주희가 흥미 없는 표정으로 MC의 얼굴을 바라보았다.

"배우님, 좋아하는 숫자 있으신가요?"

"글쎄요."

저 '글쎄요'는 말버릇일까.

"하나만 고르신다면?"

"으음……."

사방에서 자기 번호를 도한에게 외쳐댔다. 순식간에 홀 안이 엄청나게 시끄러워졌다.

주희는 급격하게 피곤해졌다. 선물도 다 전해줬고 은희의 이름으로 사인도 받아줬으니, 이제 할 일은 다 했다. 어서 이 장소에서 나가고 싶은 마음뿐이었다.

사실 그녀의 몸은 요즘 한계치에 다다랐다. 하루에 서너 시간도

Mr.
시크릿과의
비밀 연애

자지 못하는 날이 허다했으니. 어떻게든 '플라워즈'를 살려보려고 이곳저곳 뛰어다니고, 회사 내 업무까지 떠맡은 탓이었다. 추가 인력을 구하기에는 회사 사정이 좋지 않았다.

그런 그녀에게 팬 사인회는 지나치게 자극적인 장소였다.

그저, 얼른 집에 가 쉬고 싶었는데. 간만에 욕조에 따뜻한 물을 받아 목욕도 하고, 머리카락이 축축한 채로 푹신한 침대 위로 몸도 던져보고 싶었는데…….

"77번이 좋겠군요."

젠장.

도한의 말에 주희가 등을 곧추세웠다. 77번이 행운의 숫자라, 그걸 뽑았다면 너무 무난하고도 뻔한 이유 아닌가. 이런 행운까지는 필요 없었다.

"77번, 어디 계시죠? 77번? 앞으로 나와주시죠!"

MC가 두리번거리며 77번, 즉 자신을 찾는 걸 보며 주희가 눈을 꾹 감았다. 이대로 도망가버릴 수도 없는 노릇. 주희가 모든 사람의 시선을 한꺼번에 받으며 자리에서 일어섰다. 여자들의 이글거리는 눈빛이 사방에서 느껴졌다.

"행운의 팬이시로군요! 도한 배우님과의 달콤한 30분을 보내시길 바랍니다!"

주희가 울상을 지으려다 여자들의 매서운 시선을 의식해 어색하게 미소를 지었다. 다들 어찌나 째려보는지 뒤통수가 벌집이 될 것 같았다. 주희가 단 위로 올라가자, 우 우 우 하는 야유가 들렸다.

"77번님! 한마디로 지금 기분을 표현해보시죠!"

MC의 마이크가 그녀에게로 넘어왔다. 주희가 바들거리는 볼 근육을 움직여 억지웃음을 지었다.

"이런! 말없이 웃음만 나올 정도로 좋으신가 봅니다!"

주희가 고개를 푹 숙였다.

네, 그런 걸로 해요, 우리. 그렇게 해야 날 죽일 듯이 노려보는 저 팬분들의 눈빛에 조금이라도 화답할 수 있을 테니까요.

1장. 키스, 그 이상?

"……."

"……."

말 그대로, 어색함이 휘몰아친다.

가만히 앉아만 있는데도 긴장 때문에 발에 쥐가 난 것 같았다. 누가 나타나서 이 어색함에서 구해줬으면. 30분이 이렇게 길었나? 이 방 안에만 시간 체계가 무너진 거 아니야?

주희가 손목시계를 힐끔거렸다. 아직 5분밖에 안 지났다. 말도 안 돼. 이건 일대일 팬미팅이 아니라 고문이야. 5분간의 사람 피 말리는 침묵.

아무래도 도한이 먼저 입을 열 용의는 없어 보였다. 결국 주희는 자신이 수다쟁이가 되기로 했다.

"제 이름은 차주희예요."

"그렇군요."

아까 사인 받을 때 은희라고 말했지만 도한은 전혀 기억하지 못하는 듯했다.

"새 작품은 언제 하시나요?"

"곧."

말수는 없으면서 도한은 사람과 시선 맞추는 것에는 거리낌이 없어 보였다. 그는 덤덤한 얼굴로 주희를 가만히 바라보고 있었다. 짙은 눈매를 똑바로 마주하기가 버거웠다. 주희가 슬쩍 시선을 피하며 물었다.

"저기, 팬 사인회 같은 거 한 번도 안 하시다가 왜 이번에 하신 거예요?"

"계약조건에 있었으니까."

"아, 네, 그래요."

"……."

"으, 음식 뭐 좋아하세요?"

"맥주."

질문, 답, 질문, 답. 더 이상 대화가 이어지지가 않았다. 말을 이으려면 상대 쪽에서 끝없이 떠들어야만 했다. 이런 피곤한 남자라니.

은희는 도대체 도한이 왜 그렇게 좋을까? 잘생겨서?

……잘생기긴 했지. 주희가 반대편에 앉아 있는 도한을 바라보며 순간 납득했다.

"아, 네……. 저번에 찍으신 드라마 재미있게 잘 봤어요. 특히 14화의 오열 연기가 아주 인상적이었어요."

안 봤지만 은희가 하도 찬양을 해서 알고 있었다.

'14화. 언니, 14화를 봐, 보라고! 우리 도한 오빠가 아이처럼 엉엉 운단 말이야! 모성애 폭발!'

주희는 이 어색함을 타파하기 위해 그에 대해 알고 있는 정보를 꺼내기 시작했다. 은희가 또 뭐라고 했더라. 그녀가 기억 속을 더 듬어보았다.

"고맙군요."

고귀한 나의 연기를 보고 네가 감동을 받았다니 참으로 다행이로구나, 하는 눈빛이다, 저거. 주희 입장에서는 그래 보였다.

"저번 달에 찍으신 화보도 잘 봤어요. 트렌치코트가 정말 잘 어울리시던데요."

안 봤지만 그랬겠지. 뭔들 안 어울리겠는가. 저 얼굴 저 몸매에.

"썩 마음에 드는 사진은 아니었습니다."

"……예, 그러시군요."

초조하게 주희가 시계를 쳐다보았다. 아직 10분도 지나지 않았다. 시계가 고장 난 게 틀림없다. 말도 안 돼!

"전에 찍으신 영화 '허니 트랩'도 좋던데요. 다정한 남자 역할이 그렇게 잘 어울리실 줄은."

"혹평도 많이 들었습니다."

"어머, 왜죠?"

그의 작품 이야기를 꺼내자 아까보다는 분위기가 유해졌다. 후우, 주희가 안도의 숨을 내쉬었다. 숱한 연예인을 보아 온 주희에게도 도한은 참 다루기 어려운 타입이었다. 그나마 처음보다는 분위기가 풀려 다행이었다.

도한은 느리고 낮은 목소리로 작품 이야기를 몇 마디 하다가 다시 입을 꾹 다물었다. 이제는 도한에 대해 아는 것이 없었다. 화제가 동이 난 것이다.

주희가 질문을 멈추자, 다시금 그 피 말리는 침묵이 찾아왔다. 째깍째깍. 벽에 달린 시계에서 나는 소리가 들릴 만큼 고요한 방 안.

"근데."

주희가 화들짝 놀라며 어깨를 떨었다. 도한이 처음으로 먼저 운을 뗐다.

"네, 네?"

"아까부터 자꾸 시계를 보는군요."

"……그, 그건 시간 가는 게 너무 아까워서요."

"유감입니다. 솔직히 난 지금 굉장히 피곤해서 시간이 빨리 가기를 바라고 있었거든요."

도한은 무뚝뚝한 얼굴에 아주 진중한 목소리로 조곤조곤 그렇게 말했다. 잠시 멍해졌다. 너무 나긋하게 얘기하는 통에 그의 말이 무례하게 들리지 않았다. 몇 초 지나자 뇌에 말뜻이 들어왔다.

뭐야, 저 남자?

주희가 입술을 비뚜름하게 틀었다. 억울했다. 누구는 이 시간 느

Mr.
시크릿의
비밀 연애

리게 가길 바라는 줄 아나 봐. 피곤해 죽겠는 것은 이쪽도 마찬가지였다. 그래도 단둘이 있는 상황이니 예의 차려서 대화를 이끌어나가보려 했는데.

"많이 피곤하신가요?"

"예."

"그러면 어떡할까요?"

주희가 뾰족한 말투로 말했다.

"20분 남았군요."

도한이 그의 손목시계를 확인하더니 말했다.

"이렇게 합시다."

"네?"

"이야기를 더 하는 대신 같이 얼굴 맞대고 사진 한 장을 찍죠."

"……네?"

"별롭니까? 신체적 접촉은 안 된다고 했지만, 포옹은 어떻습니까."

아니, 그건 더 별로.

주희가 당황해서 말을 잃고 도한을 쳐다보았다. 그가 무표정을 풀고 눈썹을 조금 까딱거렸다.

"백허그?"

저 남자가 지금 뭐라는 걸까.

"이것도 아닙니까? 그럼 키스?"

"네? 미쳤어요?"

결국 주희가 꽥 소리를 질렀다. 도한의 얼굴이 확 구겨졌다.

"보기와는 다르군요. 그 이상은 안 됩니다."

그 이상? 키스 이상? 뭘······.

헉. 주희가 말뜻을 깨닫고 귀 끝이 달아올랐다. 그녀가 테이블을 짚고 벌떡 일어섰다.

"아, 아뇨. 저기, 도한, 배우, 아니, 도한 씨? 뭔가 착각을 하시는 것 같은데."

"뭐죠."

"그 이하도 안 되거든요!"

도한이 아주 느리게 고개를 갸웃거렸다. 아까였으면 기품 있다고 생각했을 몸짓이었지만 당황한 지금은 그저 짜증만 났다.

도대체 차은희는 이런 남자 어디에 반해서 팬이 된 거야? 완전 또라이잖아?

"저도 피곤하고요. 그런, 그······ 신체적 접촉 없이 지금 가도 되거든요? 가죠!"

"그렇습니까."

"아니, 그리고! 원래 팬들한테 이러세요? 키, 키스라느니. 팬들은 정말 순수하게 도한 씨를 응원하고 좋아하는 걸 텐데. 그런 식으로 대하시면 안 되잖아요. 그러니까, 제 말은······."

말하다 보니 흥분해서 말이 꼬였다. 주희가 눈을 한 번 꽉 감고 속을 다스렸다.

"아, 됐어요. 30분 채운 걸로 해요."

주희가 옆에 둔 코트를 집으며 일어서려 할 때, 도한이 느리게 자리에서 일어났다. 멀리 있음에도 그의 훤칠한 키와 탄탄한 몸이

Mr.
시크릿과의
비밀 연애

커다랗게 보였다. 저벅저벅. 설상가상, 그가 주희에게 걸어오고 있었다.

'왜 다가오지?'

힘이 들어간 주희의 어깨가 바짝 솟았다.

도한이 기어코 그녀의 바로 앞까지 다가왔다. 우뚝. 걸음을 멈추고 서서 그가 그녀를 빤히 내려다보았다. 주희가 침을 삼켰다. 지나치게 잘생긴 얼굴이 코앞에 있자 자연스레 긴장이 되었다.

"가, 갈게요. 전."

아무래도 이 자리를 재빨리 벗어나는 게 낫겠다. 그녀가 도한을 스쳐 지나가려 했다. 그러나 도한이 낮은 목소리로 그녀를 붙잡아 세웠다.

"아니, 마음이 바뀌었습니다."

도한이 주희가 앉아 있던 자리 옆에 의자를 빼고 부드럽게 앉았다.

"다시 앉으시죠."

"피곤하시다면서요."

"괜찮아진 것 같네요."

도대체 종잡을 수가 없는 남자였다. 주희가 단정한 그의 얼굴을 노려보다가 몸을 돌렸다. 도한의 옆자리 대신 몇 걸음 더 걸어가 멀찍이 떨어져 앉았다.

"난 사람들이랑 이야기하는 걸 별로 안 좋아합니다."

"그러신 것 같네요."

주희가 꽁한 얼굴로 말했다. 자꾸만 아까 도한이 '키스'라고 말하던 표정이 떠올랐다.

"차주희 씨는 뭐 하시는 분이죠?"

"이야기하는 거 안 좋아하신다면서요."

"지금은 해보려는 중인데요."

주희가 입술을 움찔거리다가 대충 둘러댔다. 굳이 엔터테인먼트에서 일한다고 말하고 싶지는 않았다.

"그냥 회사원이에요."

"아까 사인 받을 땐 나랑 무슨 이야길 했죠?"

부담스럽다. 버겁다. 어색하다.

도한의 눈빛이 직선으로 주희를 향하고 있었다. 왜 저렇게 사람 속을 헤집어보려는 듯 뚫어지게 쳐다보는 건지 알 수가 없었다. 아까까지만 해도 심드렁하게 이 팬미팅을 얼른 끝내고 싶어 하던 사람이.

도한의 눈이 반짝 빛나고 있었다. 호기심이나 궁금증에 차 보였다. 그리고 이 공간에는 둘밖에 없으니, 그의 호기심이 쏠린 상대는 분명 자신일 텐데?

주희는 커다란 눈을 데굴데굴 굴리며 축축해진 손바닥을 무릎 위에 올려놓았다.

"사인 받을 때 별얘기 안 했어요."

"그 얘기를 해봐요."

"아, 그러니까……."

갑자기 그가 대화에 적극적이 된 이유를 알 수가 없었다.

"그냥 이름 말하고, 사인 받고. 선물 주고. 아, 이상형 물어보고……."

Mr.
시크릿의
비밀 연애

"그랬군요."

"근데 대답도 잘 안 해주시던걸요."

"지금 하죠."

도한이 손가락으로 테이블을 톡톡 두드렸다.

"이상형은 없습니다. 다들 물어보던데, 없으니까 대답 안 하는 겁니다."

"……네."

"뭐, 지금 생각해보자면…… 글쎄요, 솔직한 여자?"

솔직한 여자. 의외로 평범한 답변에 주희가 고개를 끄덕였다. 도한이 이번에는 테이블에 팔을 올려놓고 턱을 괴고는 주희를 쳐다보았다. 아무런 말도 없이, 뚫어지게. 그것도 잠깐이 아니라 꽤 한참.

'왜 저러는데 또……'

다른 사람이 저래도 이상하고 긴장될 텐데, 상대는 도한이었다. 숱한 연예인을 봐왔지만 도한의 미모는 남달랐다. 저런 얼굴을 가지고, 저런 강렬한 눈빛을 보내면 어느 여자가 마음 편히 앉아 있을 수 있을까.

"왜 보시는 거예요?"

주희가 머뭇거리다 입을 열었다.

"좀 신기해서."

"뭐가요? 제 얼굴이?"

"예."

"……네에?"

주희가 입술을 버금거리며 도한을 홱 쳐다보았다. 얼굴이 신기하다는 말은 아무리 생각해봐도 좋은 어감으로 들리지 않았다. 주희가 씩씩대다 자리를 박차고 일어섰다.

"저, 아무래도 그냥 가야 할 것 같네요."

도대체 여기서 몇 분 동안 이 남자랑 뭘 하고 있는지 알 수가 없었다. 기만 잔뜩 빨리고.

"왜죠."

도한이 모르겠다는 듯 한쪽 눈썹을 치켜세웠다.

"안녕히 계세요."

주희가 꾸벅 고개를 숙이고 도망치듯이 문밖으로 걸어 나갔다. 방을 나오고 나서야 후우 숨을 깊게 내쉬었다. 그제야 숨도 제대로 못 쉬고 있었다는 걸 깨달았다.

열이 올랐다. 벌써 시간은 10시가 다 되었다. 온몸은 피곤해 죽겠는데, 도한 때문에 긴장을 한 탓에 근육통까지 왔다. 지끈거리는 머리를 붙잡고 주희는 한숨을 다시 한 번 내쉬었다.

별별 특이한 사람 많이 봤지만 도한은 그중에도 유달랐다. 도대체 속내를 짐작도 못 하겠다. 그가 했던 말과 행동을 곱씹어보다가 주희는 그냥 머리를 세게 좌우로 털어버렸다.

다시는 보지 말길. 아마 다시는 볼 일이 없을 것이다. 예나가 그와 같이 드라마를 찍는다 해도, 현장을 쫓아다니는 건 로드 매니저 상혁의 일이었으니까.

'됐다, 끝났어.'

은희에게 전화로 오늘의 후기를 들려주기만 하면 된다.

Mr.
시크릿의
비밀 연애

나의 역할도, 그와의 만남도 여기서 끝.

주희는 그런 줄로만 알았다. 전혀 예상치 못했다. 이 만남이 '끝'이 아니라 다사다난한 일상의 '시작'이 될 줄.

"언니! 5만 원만 가져가도 되지?"

"뭐?"

주희가 드라이어로 물에 젖은 머리카락을 말리다가 큰 소리로 되물었다. 그녀가 제대로 대답을 하기도 전에 은희가 성큼성큼 다가와 화장대 옆에 놓여 있던 지갑을 집어 들었다.

"5만 원만 가져가도 되냐니까."

"이미 내 지갑 집어놓고 물어보는 건 뭐야?"

"되는 거지?"

큰 눈을 반짝거리며 물어오자 그녀가 이내 포기한 듯 대충 고개를 끄덕거렸다. 은희가 능숙하게 지갑에서 지폐 몇 장을 빼내갔다. 주희가 다시 화장대 거울을 바라보며 드라이어를 들었다.

"월급날이 언젠데 벌써 돈이 다 떨어졌어?"

"도한 오빠 팬 사인회 응모한다고 그랬지."

"넌 씀씀이가 너무 커. 적금은 넣고 있는 거지?"

"에이, 언니가 넣고 있는데, 뭐."

주희가 작게 한숨을 지었다. 너무나 자연스럽게 그녀에게 모든 걸 의지하는 동생의 말을 들을 때마다 가슴에 돌덩이가 얹어진 것처럼 숨 쉬기가 힘들었다. 특히 요즘 더욱 그랬다. 주희가 힘없는 손으로 머리카락을 헤집었다.

은희도 이제 스물일곱이었다. 회사에도 들어갔고 슬슬 어른처럼 굴 때도 됐는데. 걱정이 없는 성격인 건지, 그냥 생각이 없는 건지 알 수가 없다. 고작 3살 차이지만 은희는 더욱 어린애처럼 그녀에게 기대고는 했다.

부모님이 돌아가시고 아직 고등학생인 은희의 실질적 부모 역할을 한 게 주희여서 그랬다.

구김살 하나 없이 밝게 자란 게 고맙고, 미워할 수 없는 동생이었지만, 가끔은 그녀를 지치게 했다.

"차은희, 너 때문에 내가 못 살겠어, 정말."

"근데 언니 어디 나가?"

"회사 나간다, 회사."

"주말인데?"

"내가 언제 주말에 쉬었다고. 예나가 드라마 들어가기로 해서 바빠. 사장님이 나오래."

"드라마? 어떤 거?"

"말 안 했나? '오이디푸스' 캐스팅됐다니까."

"뭐어?"

은희가 눈을 크게 뜨며 주희의 어깨를 붙잡았다.

"그 드라마에 도한 오빠도 나오지 않아? 맞지, 맞지? 언니, 사인 받아 와줘."

"무슨 또 사인이야! 저번에 받으러 갔다 왔잖아. 내가 너 때문에 그날 진짜……!"

생각도 하기 싫다. 어찌나 기 빨리고 피곤했는지. 게다가 쪽팔리기까지.

"왜애. 단둘이서 얘기도 나눴다며."

"어따 써먹어. 난 그 사람 팬도 아닌데."

"에이, 잘생겼잖아. 그런 남자랑 얘기할 기회가 어디 흔한가? 솔직히 재미있었지?"

깔깔 웃는 은희를 주희가 매섭게 흘겼다.

"재미는 무슨! 도한 개 진짜……!"

"뭐 어떻게 했길래 자꾸 그래?"

주희가 입을 꾹 다물었다. 은희에게 그것까지는 이야기하지 못했다.

그 남자가 '귀찮으니까 포옹해주면, 아니, 키스해주면, 아니, 그 이상 해주면 그냥 갈래요?'라고 했다고는 도저히 말할 수가 없었다. 연애경험이 전무하다시피 한 주희에게는 남자의 그런 말이 당황스럽고 충격적이었다.

그것뿐인가. 사람 얼굴 뚫어지게 쳐다보다가 대뜸 하는 말이, 얼굴이 신기하단다.

"……몰라. 대충 그런 게 있어."

"하아, 하여간 정말 부럽다. 내가 그 장소에 있어야 하는 건데! 여하튼 언니, 예나가 같은 드라마 출연하는 거면 이렇게 저렇게 해서, 응? 좀 친해지면 안 될까? 되지? 가능하지? 어?"

가까이 다가오며 조르듯 말하는 은희를 쓱 밀어냈다.

"치이."

은희가 입술을 삐죽거리다가 5만 원을 들고 나가고, 주희는 바쁘게 오후 출근 준비를 했다.

신축성이 좋아 활동하기에 편한 스키니진에, 단색 블라우스. 따로 눈 화장 없이 파운데이션만 바르고, 그래도 마지막 자존심으로 립스틱을 재빨리 칠했다. 그렇게 문득 화장대 거울을 바라보는데,

'……나도 나이가 들었네.'

주희가 볼을 쓰다듬었다. 요즘 너무 바빠서 제대로 얼굴 들여다볼 틈도 없었다. 그래서 느끼지 못하고 있었다. 자신이 벌써 서른이란 걸.

신정도 지났고 떡국 먹는 구정도 지났고, 이제 춘삼월이었다. 서른이 된 지 벌써 세 달째란 얘기였다.

'언제 서른이 됐지.'

남들보다 배는 성실하게, 바쁘게 살아왔다. 그러다 어느새 눈 떠 보니 서른의 목전에 서 있었다. 조금 억울하기도 했다. 다른 사람들은 이렇게까지 안 해도 편하게 잘 살던데, 자신은 아등바등해야 겨우겨우 그들과 같은 선에 버티고 설 수 있다니. 불공평하다.

왜, 우리 부모님은 뭐가 그렇게 급하셔서 내가 성인이 되자마자 하늘나라로 가셨나. 왜, 내 동생은 이다지도 철이 없을까. 우리 집은 왜 가난했지?

주희가 어두워진 안색으로 자기 자신을 바라보았다. 머리 하러 갈 시간이 없어서 머리 손질도 못 했다. 그대로 길게 자란 머리카락은 어느새 쇄골을 넘어 있었다. 그녀가 검은 고무줄로 머리를 한데 높이 묶어 올렸다.

주희가 뺨을 손으로 문지르며 단화를 신고 밖으로 나갔다. 감상

에 젖어 있을 시간은 없었다. 자신이 몸담고 있는 곳은 정글, 혹은 전쟁터 같은 곳.

사람에게 잘 팔릴 수 있는 이미지를 부여하고, 상품화시키고, 경쟁시키는 곳.

"잘하자."

그녀가 스스로에게 주문을 거는 듯 말하고는 현관을 나섰다.

잘하자, 뭐든.

"잠깐, 사장님!"

잘하자, 굳게 다짐하고 나온 게 바로 한 시간 전이었는데.

주희가 핏기가 싹 가신 얼굴로 민 사장 앞에 섰다.

빌딩의 3층만 쓰고 있는 작은 소속사, 레드 엔터테인먼트. 주희는 연예인의 일거수일투족을 따라다니며 밴을 모는 로드 매니저와는 달랐다. 그녀는 치프 매니저로 연예인의 활동에 관한 모든 것을 통제하고 관리했다. 방송을 따내고, 이미지를 만들어 홍보하고, 기획했다.

민 사장이 다른 소속사에서 몇 년간 있던 주희를 데려와 팀장을 시켰다. 그녀는 노력으로 일궈낸 자기 직함에 자부심을 가지고 있었다.

그런데,

"제가 예나를 직접 따라다니라니요?"

"그렇게 됐어. 계속하라는 게 아니라 당분간만. 응?"

"아니, 상혁이는요?"

"그게…… 상혁이가 어젯밤에 사고가 났대."

"네에?"

이게 무슨 소리래. 주희가 입을 뻐끔거렸다. 어제까지 말짱하던 애가 왜?

"교통사고. 심한 건 아니지만…… 완전히 일해도 될 만큼 회복되려면 한두 달은 걸릴 거야."

"세상에."

"당장 오늘부터 예나 스케줄이 있는데 사람을 바로 구하기도 힘들고 말이야. 그리고 예나가 차 팀장을 워낙 좋아해야지. 드라마 처음 하느라 힘들 텐데 옆에서 케어해주면 좋잖아."

"아……."

주희가 손가락으로 이마를 문질렀다. 스케줄을 따라다니는 건 보통 체력으로 되는 게 아니었다. 자기 생활도 없어지고, 모든 게 연예인에 따라 맞춰지니 말이다.

"응? 괜찮지? 차 팀장."

작은 회사의 문제는 이거였다. 한 사람이 빠지면 난 자리를 메울 수 있는 보조 인력이 없다는 것. 매니저팀이라고는 그녀와 상혁 단둘뿐이니.

"……알겠어요."

"월급 올려줄게."

"감사합니다. 근데 로드 매니저를 하나 더 구하시는 건."

"지금 회사 사정에 직원 10명 거느리는 것도 힘들어. 더 이상 못 늘리는 거 알잖아."

Mr.
시크릿의
비밀연애

"그거야 알지만……."

"그러니까 예나 드라마에서 잘하게 차 팀장이 딱 붙어서 도와줘."

젠장, 앞으로 죽어나겠구나. 주희가 축 늘어져서 걸어가는데 예나가 꺅 소리를 내며 달라붙었다.

"팀장님! 팀장님이 저 로드 해주신다면서요?"

"……그래. 어휴."

"와아! 제가 팀장님 좋아하는 거 아시죠?"

"그만 부산 떨고 진 코디랑 얼른 나와. 샵 가야지. 오늘 인터뷰랑 화보촬영 있는 건 알지?"

"네, 네!"

방긋방긋 웃으며 애교 부리는 예나를 보니 앓는 소리를 할 수도 없었다. 스물셋, 반짝거리고 예쁠 때였다. 결국 주희가 예나를 보고 풋 웃고는 밴으로 향했다. 진 코디와 예나가 뒷좌석에 타고 주희가 오랜만에 운전대를 잡았다. 치프 매니저로 승진하고 나서는 밴을 직접 몰 일이 별로 없었다.

"출발한다."

"네!"

쟨 뭐가 저리 신 날까. 그래도 예쁜 애가 웃는 걸 보니 기분이 약간 좋아지긴 했다.

어느새 샵 앞에 도착해 주희가 말했다.

"예나야, 진 코디랑 먼저 샵 가 있어. 주차하고 갈게."

오랜만에 밴을 모는 거라 해도 몸은 기억을 하고 있었다. 능숙하게 주차를 하고 주희가 차 밖으로 나왔다. 요즘 부쩍 몸이 망가지는 게 느껴지는데, 로드 매니저 일을 잘해낼 수 있을지 벌써부터 걱정이 앞섰다.

주희가 뻐근한 눈가를 손가락으로 문지르며 샵 안으로 들어섰을 때였다.

"어머, 오셨어요."

직원들이 일제히 주희 쪽을 바라보며 살갑게 인사했다. 뭐지? 나한테 저러는 건 아닐 텐데? 주희가 어리둥절한 표정으로 뒤로 고개를 돌렸다.

"……아."

꿈틀.

낯익은 남자의 눈썹이 요동쳤다. 후욱. 어디선가 맡아본 것 같은, 남성의 무겁고 진중한 체향이 콧속으로 밀려들었다.

"뭐죠?"

도한이었다.

그가 몸이 딱 붙을 정도로 가까운 거리에 서 있었다.

Mr.
시크릿과의
비밀 연애

2장. 스토커 아니에요

주희가 눈을 깜빡거리며 도한을 올려다보았다. 멀리서 봐도 큰데 이렇게 붙어 있자 그의 압도적인 키가 느껴졌다. 그제야 문득그녀의 머릿속에 예전 예나가 했던 말이 스쳐 지나갔다.

'언니! 도한 선배님이 저희랑 같은 샵이에요! 실물 봤는데 완전, 와안전 잘생겼어요.'

들떠서 외치던 그 쟁쟁거리는 목소리.

도한은 상체를 쓰윽 앞으로 밀었다. 주희가 어깨를 화들짝 떨며뒤로 잽싸게 물러났다. 팬 사인회가 끝난 지 일주일도 채 지나지않은 날이었다.

'날 기억할까? 못 하겠지? 에이, 설마. 못 하겠지. 못 할 거야. 못

한다. 못 해. 못⋯⋯.'

"이제 샵까지 따라다닙니까?"

엄마야. 주희가 눈을 꽉 감았다가 떴다.

"저기, 그, 오해가 있으세요."

"사생활 따라다니는 건 아니지 않습니까. 스토커인가요?"

"아뇨!"

이 남자, 날 사생팬 같은 걸로 착각한 거야, 지금?

주희가 당황하고 부끄러워 얼굴에 화끈화끈 열이 올랐다. 그에 반해 도한은 표정이라곤 찾아볼 수 없는 고요하고도 덤덤한 얼굴이었다. 그는 주희를 요모조모 살펴보더니 사람들의 눈길이 덜 닿는 곳으로 그녀를 밀었다.

"으앗! 도, 도한 씨!"

"저는 사생활에 민감합니다."

"오해예요."

물론 오해할 상황이긴 하지만, 주희가 억울한 얼굴로 올려다보았지만 도한은 그녀가 해명할 틈을 주지 않았다.

"어떻게 이곳까지 따라붙은 건지 알 수가 없군요."

조곤조곤 말하는데 목소리가 낮아서 귀에 그렇게 잘 들어올 수가 없었다.

"제 민낯 보니 좋나요?"

민낯이었어? 주희가 도한의 결점 없는 얼굴을 바라보며 눈을 데굴데굴 굴렸다.

"이름이 뭐였죠?"

"차주희……."

"그래요, 차주희 씨. 내가 그렇게 좋아요?"

아뇨, 사실 제 취향은 도한 씨보다는 조금 더 말캉말캉하고 두부 같은 생김새에 가까운데……. 부드러운 남자요. 누가 봐도 조각 같고 남자다운 외모 말고요…….

그렇게 말할 수는 없었다. 저렇게까지 확신에 차서 물어오는데 여기서 아득바득 '아니요!'라고 반박하는 것도 웃겼고, 자기 취향이 아니라고 생각했던 도한이 한껏 다가오며 얼굴을 들이밀자, 어쩐지 숨이 막히는 것도 그럴 수 없는 이유 중 하나였다.

"이렇게 사적으로 따라다닐 거면 차라리 팬미팅 때 포옹이나 키스, 해달라고 하죠."

"아니, 아니, 아니에요. 저기, 아니라구요."

"변명의 시간인가요?"

"변명이 아니라 사실이에요!"

주희가 입술을 앙다물었다가 말했다.

"사, 사실 팬 사인회는 제 동생 대신 제가 간 거였어요. 근데 팬 아닌 것처럼 하고 있으면 실례일까 봐서, 적당히 팬인 척했는데……. 아, 또 둘이 있으니 할 말도 없었고. 거짓말한 건 죄송해요. 차라리 상황을 제대로 말씀드릴걸, 후회 중이에요."

"계속하시죠."

"네? 그러니까 요약하자면 저는 도한 씨의 팬이 아니고, 여기는 매니저 신분으로 온 거예요. 아! 여기 제 명함이에요."

주희가 급히 품속에서 명함을 꺼내 도한에게로 내밀었다. 도한이 쓰윽 기다란 손가락을 뻗어 명함을 받아 들고는 훑어보았다.

"레드 엔터?"

"네, 저희 회사요."

"그렇군요. 잘 들었습니다, 변명."

"감사……. 네? 아뇨, 변명이라뇨?"

주희가 두 눈을 동그랗게 뜨며 외쳤다. 도한이 여유롭게 팔짱을 끼고는 주희를 내려다보았다.

"매니저 팀장이라니, 민망하겠군요. 회사 사람들 앞에서는 차주희 씨가 내 팬인 것, 티 안 내도록 하죠."

"……아니라니까요?"

전부터 느꼈던 거지만 이 남자 은근히 벽창호다. 말이 안 통해.

"스토커가 아니라는 건 좀 더 지켜봐야 알겠고, 이런 장소에서는 되도록 사적으로 다가와주지 말았으면 좋겠군요. 아무리 팬이라 해도."

"아니라니까요, 도한 씨 팬……. 아니, 이걸 아니라고 설명하는 것도 힘 빠진다, 참."

팬 아니라는 걸 어필하자니 안티 같고 모양새가 우스워진다. 도한은 도통 속내를 알 수 없는 표정이었다.

"동생 대신이라니 너무 뻔한 변명이군요."

"변명이 아니라 사실……. 하아. 말해도 제 말 안 들으시겠죠?"

"예, 바빠서."

도한이 휙 몸을 돌려 스타일링을 받으러 걸어갔다. 뭐야, 자기 할 말만 계속하고. 그가 멀어지자 그제야 숨을 제대로 쉴 수 있었다.

아까는 이걸 생각을 못 했다. 이제 예나를 따라다니다 보면 도한을 계속 만나게 될 것이었다. 갑자기 상황이 차근차근 정리되면서 열이 확 올랐다. 억울하고 부끄러웠다. 그런데 저쪽에선 믿어주질 않으니 속은 터지고.

이 모든 일의 원흉, 차은희. 아무래도 집에 가면 그 기지배한테 5만 원을 돌려받아야겠다.

주희가 지끈거리는 이마를 손바닥으로 짚으며 눈을 질끈 감았다.

"형, 아무래도 차가 아까부터 계속 이상한데, 헤어랑 메이크업 하실 동안 점검 좀 받고 올게요."

"그렇게 해."

도한이 나른하게 감고 있던 눈을 살짝 뜨며 김 매니저에게 고개를 끄덕였다. 김 매니저가 매니저 가방에서 차 키를 꺼내 들고 다급하게 밖으로 나갔다.

도한이 눈을 뜨고 거울을 바라보았다. 거울 너머로 소파에 가만히 앉아 있는 주희가 보였다. 빤히 노려보는데도 시선을 느끼지 못한 건지 계속 멍한 표정으로 허공만 쳐다보고 있다.

큭. 도한이 한쪽 입꼬리만 살짝 들썩였다.

"어어, 웃으시면 안 되는데……."

메이크업 아티스트의 말에 도한이 얼굴을 굳혔다.

"안 웃었습니다."

"네, 네……."

매니저였다니, 의외였다.

공작새처럼 화려한 미인들이 가득한 이런 장소에서, 그녀는 눈에 확 띄는 외모는 아니었다. 객관적으로 못난 얼굴은 아니었지만.

마르고 자그마한 몸은 늘씬한 여자들 사이에서 종종거리고 다니면 잘 보이지도 않을 것 같다. 얼굴도 작고, 손도 작고, 목은 가늘다. 그런데 눈만 둥글둥글 커다래서 연약해 보이는 인상이었다.

매니저 가방 하나 제대로 못 들 것 같은 저런 여자가 밴을 몰고 다닌다는 거지. 보기와는 달리 깡도 있고 체력도 센 모양이다. 예상치 못한 반전이었다.

팬이 아니라는 거야 처음부터 반쯤 짐작하고 있었지만, 그런데도 아까 그렇게 몰아붙인 건…….

'재미있잖아.'

지금껏 팬이라는 걸 어필하며 다가오는 사람투성이였는데, 팬이 아니라는 걸 증명해야 하는 상황이라니, 재미있었다.

'스토커인가요?' 한마디에 어쩔 줄 몰라 하며 눈을 요리조리 굴린다. 억울하면 화를 내든가, 아니면 적당히 받아치든가. 요령이 없는 여자였다. 자신과는 달랐다.

그러나 무엇보다도 이 호기심의 근원은, '그녀의 감정이 읽힌다'는 것이었다. 도한으로서는 오랜만에 겪어보는 경험이었다.

팬미팅 때 처음에는 얼른 그 장소를 벗어나고 싶단 생각밖에 없었다. 따분했다. 그런데 그녀가 당황하고 화가 나서 일어선 순간, 신기하게도 그녀의 감정이 읽히는 것이다.

도한은 무엇에 홀린 듯 그녀를 붙잡았다. 좀 더 이야기하고 싶

Mr.
시크릿과의
비밀 연애

었다. 간만에 타인에게 흥미가 생겼다. 표정이 시시각각 변하는 여자, 그녀의 작은 몸짓 하나하나가 크게 느껴졌다.

그는 남들의 얼굴에 떠오른 감정을 제대로 식별해내지 못했다. 아주 오래전, 별로 유쾌하지 않은 일과 관련된 건 젖혀두고, 그가 사람에게 관심이 없어서 그렇게 된 건지, 아니면 그렇기에 사람에게 관심을 끊은 건지 선후관계는 불명확하다.

어쨌든 그녀의 표정만큼은 생생하게 느껴진다는 게 중요했다.

쿡 찌르면 꽥.

골리려는 의도에 반하지 않고 솔직하게 일일이 반응해오는 여자.

얼굴에 감정을 못 숨긴다고나 할까, 아니면 지나치게 친절하고 사람이 무르다고나 할까. 아무튼 투명한 여자였다. 아마도 지금껏 요령 부리지 않고 우직하고 착실하게 살아온 타입이겠지.

'아니라니까요, 도한 씨 팬……. 아니, 이걸 아니라고 설명하는 것도 힘 빠진다, 참.'

팬이 아니라는 걸 설명해야 하는데 그러면 이쪽 기분이 상할까 봐서 안절부절못하는 것도 신기하고 웃기다. 키는 그의 어깨를 간신히 넘는다. 조그마한 게 발발 떠니까 관찰하는 재미가 꽤 쏠쏠했다.

토끼? 치와와? 햄스터? 뭐, 이런 느낌.

톡톡톡. 피부에 화장을 받으면서 도한은 거울로 뒤에 앉아 있는 주희를 계속 바라보았다. 자그만 머리로 무슨 생각을 하고 있는 건지, 허공만 내내 올려다보고 있다. 그러다 그녀가 문득 고개를 돌렸다.

아, 봤다.

눈이 마주쳤다. 그녀의 둥그런 눈동자가 더 휘둥그레졌다. 당황했는지 두 무릎을 딱 붙여 오므렸다. 그러더니 후다닥 옆 소파로 자리를 옮겨버렸다. 치와와로 해야겠다. 어울려.

"배, 배우님, 그렇게 웃으시면 안 된다니까요……. 가루가 끼는데……."

직원의 말에 도한이 정색하며 눈썹을 꿈틀거렸다.

"안 웃었습니다."

조금 재미있는 정도지, 내가 웃었을 리가. 말도 안 되지.

주희가 자리를 옮긴 탓에 거울에 그녀의 모습이 비치지 않았다. 도한이 입을 일자로 다물고 눈을 슬며시 감았다.

얼마 후, 도한이 메이크업을 다 받고 느리게 자리에서 일어섰다. 김 매니저에게서 거의 다 도착했다는 연락이 왔다. 도한이 직접 매니저 가방을 챙겨 먼저 나가 있을 요량으로 주변을 두리번거렸다.

주희가 앉아 있는 쪽에 가방이 놓여 있었다.

도한의 발걸음이 한층 더 가벼워졌다. 그가 순식간에 주희 앞에 다다랐다. 그녀 위로 도한의 그림자가 가득 드리워졌다. 둥근 어깨를 구부리고 휴대폰을 보던 주희가 고개를 들었다. 눈이 마주치자 난감해하는 표정이 그녀의 얼굴에 가득 떠올랐다.

"도한 씨, 무슨 하실 말씀이라도."

내가 잡아먹기라도 하나.

불안감에 바들바들 떠는 게 신기해서 그가 계속 뚫어지게 그녀를 응시했다. 그러자 머리 주변에 물음표가 100개는 떠 있는 것같이 어리둥절해하더니 큰 눈을 깜빡거린다. 속에서 이 남자가 지금 왜 저럴까 고민하고 있을 게 훤했다.

도한이 아무 말도 없자 주희가 쭈뼛거리며 일어서 슬금슬금 옆쪽으로 걸어갔다. 하여간 신선하다니까. 그에게 달라붙는 사람은 많아도 그를 피하는 사람은 없었다.

도한이 살금살금 걸어가는 주희의 등에 대고 말했다. 낮은 목소리가 웅웅 울렸다.

"아까, 나 봤죠."

주희의 어깨가 움찔거렸다. 먼저 뚫어지게 쳐다본 쪽은 도한이었지만, 트집 잡는 데 선후가 중요하겠는가. 그는 꽤 신 나 있었다. 얼굴에서는 전혀 티가 나지 않았지만.

그녀가 삐걱대며 몸을 뒤로 돌려 그를 바라보았다.

"네?"

저한테 왜 이러세요, 정말. 그렇게 말하는 것 같은 표정.

"저 메이크업 받을 때, 봤잖습니까."

"……제가요? 아니요?"

거짓말도 못 해주시고.

"드라마 촬영장에서 종종 볼 텐데. 앞으로 어쩌려고?"

"뭐를…… 아니, 저 도한 씨."

"나 좋아하는 티, 너무 내지 마요."

그녀가 뭘 말하려다가 입술만 오물거리고 포기한 듯 고개를 숙였다. 그가 여전히 무표정한 얼굴로 그녀를 지나쳐 걸어갔다.

도한이 여러 개의 매니저 가방 중 익숙한 것을 집어 들고 나왔다. 등 뒤로 주희의 얕은 한숨 소리가 들려왔다.

남 놀리는 게 이렇게 재밌는 거였던가. 농담과는 그다지 친하게 지내지 않아서 모르고 있었다. 도한이 아주 미미하게 입꼬리를 끌어 올리며 샵 밖으로 나가려다 잠시 우뚝 멈추어 섰다.

마주치기만 하면 어쩔 줄 몰라 하며 바들거리고 피하려 드는 게, 귀엽, 아니 웃기긴 한데. 정말 나한테 조금도 관심이 없단 건가? 괜히 기분이…….

"형! 저 왔어요."

고민에 빠지려던 도한을 김 매니저가 불러 건져냈다.

관심이 있든 말든 신경 쓸 바는 아니지. 그 치와 같은 여자.

도한이 일부러 성큼성큼 걸어가 밴 안으로 들어갔다. 그는 모르고 있었지만, 호기심이 흥미가 되고, 흥미가 좀 더 내밀한 감정으로 변하는 것은 아주 순식간이었다.

"이게 도대체 어떻게 된 거지."

주희가 얼굴이 허옇게 질린 채로 그녀의 가방 안을 다시 들여다보았다. 다르다. 자신의 것이 아니었다.

"팀장님, 왜 그래요?"

샵에서 스타일링을 싹 마치고 밴에 탄 예나가 물어왔다. 주희가 손으로 이마를 짚었다.

"잠깐만."

촬영장으로 출발하려다 말고 주희가 숨을 씩씩 내쉬었다. 가방이 바뀐 모양이었다. 가방 안에 스케줄 수첩이랑 제안서 등등 다들어 있는데!

까만색 가죽으로 된 기본 디자인이라 헷갈릴 수도 있지만, 그래서 가방 앞에 떡하니 레드 엔터테인먼트 로고까지 붙여놨다. 어떤얼빠진 매니저가 착각해서 들고 갔는지. 그 시뻘건 로고를 못 봤단말이야?

주희가 한숨을 깊게 내쉬며 일단 차에 시동을 걸고 출발했다.

"팀장님, 무슨 일 있어요?"

"아니야. 신경 쓰지 마."

"근데요, 아까 도한 선배님 보셨죠?"

"봤지."

운전대를 붙잡고 있는 손에 힘이 들어갔다.

봤지, 아주 잘 봤지. 남자 연예인과 그렇게 얼굴이 가까워졌던건 처음이었다. 전 회사에서 관리했던 남자 아이돌을 제외하고는. 덕분에 그의 속눈썹 한 올 한 올까지 아주 잘 보였다.

"진짜 잘생기셨죠? 볼 때마다 놀란다니까요. 인사는 계속하는데, 제가 누군지 모르시겠죠?"

"이제 알게 되겠지."

"그, 그렇죠? 근데 아까 눈이 살짝 마주쳤거든요……. 원래 그분이 매니저 말고 다른 사람들이랑은 말도 안 하고, 쳐다보는 법도없는데."

주희가 백미러로 힐끗 예나를 쳐다보았다. 두 손까지 꼬옥 모으고 말하는 모양새가 수상하다.

"유예나, 정신 똑바로 챙겨."

"네?"

"너…… 안 돼, 절대 안 돼. 네가 제일 위험해!"

"제, 제가 뭘요!"

제가 뭘요?

남자 연예인과 눈만 마주쳤다 하면 그날 이후 사랑에 빠지는 사랑꾼에다, 고르는 남자마다 스캔들 터지기 딱 좋았다. 10살 정도는 차이 나야 남자로 보인단다. 20대 초반 여자 아이돌에게는 아주 치명적인 취향이었다.

"너, 드라마 들어가면 이제 기사도 많이 뜰 거고, 지켜볼 사람도 많을 텐데. 옷깃만 스쳐도 스캔들 나. 조심해야 돼, 응? 예나야? 내 얘기 듣고 있니?"

"네에, 근데 도한 선배님 진짜 잘생겼죠?"

이 기지배, 하나도 안 듣고 있잖아.

예나 쟤가 참 성실하고 착하고, 외모로는 어디 내놔도 꿀리지 않는데, 남자를 너무 좋아해서 탈이었다. 스물둘이면 예쁘게 사랑해야 할 나이이긴 하지만.

"너, 팀장님이 지켜볼 거야."

"히잉, 알겠어요. 그냥 해본 말이에요."

주희가 미심쩍은 눈빛으로 바라보다 시선을 거두었다.

주변에 도한 잘났다고 하는 사람들이 천지였다. 그 남자가 그렇게 잘났나?

주희가 곰곰이 그를 떠올리다가 자신도 모르게 액셀을 세게 콱 밟았다. 부우웅, 밴이 앞으로 쭈욱 거세게 미끄러져 나갔다.

"꺅! 티, 팀장님!"

"아, 미안."

이제 두 번 봤지만, 신비주의 이미지만큼이나 도통 알 수 없는 사람이었다. 한참을 머리 굴려봐도 그에 대해 나오는 대답이란, '이상한 남자'였다.

드라마에서는 오열도, 박장대소도 잘만 하는 걸 보면 안면근육에 문제가 있진 않은 것 같은데, 평소에는 무슨 말을 해도 항상 무미건조한 무표정이었다. 도대체 그가 화가 난 건지, 그냥 놀리는 건지 알 수가 없었다.

예나 말에 의하면 다른 사람들이랑은 말도 안 한단다. 그런데 자신에게는 먼저 말 걸어오는 저의가 뭔지 짐작도 안 된다.

'……피해야겠어.'

주희가 입술을 앙다물며 다짐했다. 안 그래도 팬인 척, 티 내지 말고 피하라 했으니.

사실 그가 조금 무서웠다. 아까도 스타일링 다 받고 뚜벅뚜벅 걸어와 한참을 말없이 쳐다보더라. 심장이 그대로 오그라드는 줄 알았다. 그 짙은 눈빛을 떠올리다가 주희가 문득 소름이 돋아 몸통을 움츠렸다.

순간, 조금 전의 장면 하나가 스쳐 지나갔다.

도한이 매니저 가방을 쏙 집어 들고 뚜벅뚜벅 걸어가던 모습이.

어라, 설마…….

끼이익!

"으악, 팀장님!"

"아, 예나야, 미안."

주희가 이번에는 뒤늦게 빨간불을 발견하고 급브레이크를 걸었다. 안 그래도 도한의 매니저 가방과 자신의 것이 같은 것이길래 좀 떨어진 곳에 두고 있었다.

근데 도한이 착각하고 집어 간 모양이었다. 주희가 눈을 빠르게 깜빡거렸다.

"무슨 일 있으신 거 맞죠?"

"어? 아냐, 아냐."

아, 엮이기 싫은데…….

주희가 울상을 지으며 다시 액셀을 밟았다.

"나 왔어."

그날 밤, 주희가 지친 표정으로 현관문을 열고 들어왔다. 토요일에도 이 늦은 시간까지 일이라니, 피곤해 죽겠다. 월급을 올려 받으면 뭐하나. 돈 쓸 시간이 없다.

"언니, 왔어?"

"으응."

"피곤하지?"

주희가 대답 없이 은희가 누워 있는 소파에 널브러졌다.

"고생했어. 언니, 씻고 나와. 내가 차 끓여줄게."

주희가 고개만 간신히 까딱거렸다. 오전에 돈 가져간 것 때문에 눈치가 보여 그러는가 보다. 주희가 욕실에 들어가 뜨거운 물로 샤워를 하고 나왔다. 수도세가 아까워 웬만하면 뜨겁게 샤워하지 않는데, 오늘은 그러고 싶었다.

축축하게 젖은 머리카락을 늘어뜨린 채 나오자 식탁에 은희가 찻잔을 올려놓았다.

"로즈마리네."

진한 로즈마리 향이 났다.

"응, 마셔."

주희가 의자에 앉아 차를 홀짝거렸다.

"맛있다, 따뜻해."

"언니, 근데 또 살 빠졌어?"

"그래 보여?"

은희가 반팔 아래로 드러난 주희의 얇은 팔을 걱정스레 바라보았다.

"먹고는 다니는 거지? 빠질 데가 어디 있다고 또 빠졌대."

"먹기는 먹는데, 그만큼 많이 움직이니까. 네가 나한테 스트레스만 안 줘도 살 덜 빠질걸?"

"치이, 내가 뭘. ……그렇게 째려보지 마. 알았어."

"너 이제 애 아니야. 내가 언제까지 챙겨줄 수 없다는 거 알잖아."

"……알아."

은희가 입술을 삐죽이며 섭섭한 듯 손가락을 꾸물거렸다.

"언니도 이제 슬슬 결혼 생각해야 할 나이고."

"결혼은 무슨, 연애도 못 해봤는데."

"내가 소개팅 알아봐줄까?"

"됐어, 시간도 없다."

"그놈의 시간은 10년 내내 없냐."

그러게, 어떻게 10년 내내 없을까. 기회가 아주 없었던 것은 아니었다. 분명히 다가오는 남자도 몇 있었고, 저 사람 괜찮다 싶은 경우도 있었는데.

근무 시간이 일정치 않다는 게 가장 큰 문제였다. 데이트할 시간을 제대로 뺄 수가 없으니까. 그나마 자주 마주칠 수 있는 상대는 같은 업계 종사자. 그러나 그녀는 연예계에서 인연을 만들기는 싫었다. 더러운 꼴을 많이 봐서 그런지 자연스레 거부감이 들었다.

"몰라. 이러다 나이 더 차면 적당히 중매 봐서 결혼하지, 뭐."

"연애해야지!"

"몰라, 몰라!"

연애 생각할 때가 아니었다. 주희가 대충 은희의 말을 끊어내고 차를 반쯤 마셔갈 때였다.

그녀가 도한의 매니저 것과 바뀐 가방을 힐끔거렸다. 그쪽에서 먼저 연락이 오겠지, 하고 바빠서 신경을 끄고 있었는데 아직도 감감무소식이었다.

'내가 먼저 연락해야 하나……. 매니저 번호를 모르는데.'

당장 내일은 스케줄이 없어서 괜찮았지만 월요일에는 필요했다. 내일 오전에 도한의 회사로 전화해봐야겠다 생각하고 있을 즈

Mr.
시크릿과의
비밀 연애

음이었다.

갑자기 전화가 걸려왔다.

"언니, 전화 왔는데?"

모르는 번호였다. 주희가 고개를 갸웃거리며 전화를 받았다.

"여보세요?"

-집이 어디죠?

뭐야. 주희가 당황해서 잠시 말문이 막혔다.

휴대폰 너머로 낮은 남자의 목소리가 들려왔다. 머리말 다 떼고 갑자기 집이 어디냐니.

"네?"

-어딥니까.

"잘못 거신 것 같아요."

-차주희 씨 휴대폰 아닙니까?

"맞긴 한데……."

-설마, 아직 일하는 중입니까? 집일 거라 생각했는데. 집 앞으로 갈 테니 잠시 나와요.

"……저기."

-예.

"누구세요?"

제일 중요한 걸 말하지 않고 다짜고짜 집이 어디냐고 묻는 것부터, 사람 속을 간질간질 긁어대는 낮고 칼 같은 목소리까지. 설마.

-아, 말 안 했군요.

"네, 안 하셨어요."

휴대폰 너머의 남자는 잠시 뜸을 들이더니, 나지막하게 말했다.

-도한입니다.

"……."

-이제 대답할 수 있겠군요. 집이 어디입니까.

아니, 더 대답 못 하겠거든요…….

주희가 당황해서 얼굴이 허예지자 앞에 앉아 있던 은희가 궁금한 눈으로 그녀를 바라보았다.

"왜 물어보시는 건지 잘 이해가 안 되는데……."

-가방.

대답이라고는 딱 한 단어, 가방뿐이었지만, 주희는 이제 조금은 이 남자의 대화 패턴을 알 것 같았다. 알아도 기 빨리는 건 여전했지만. 억울하게 목소리는 왜 이렇게 좋은 거야.

"매니저 가방을 가지러 오신다고요?"

-예.

"지금?"

-지금.

"당장?"

-당장.

이런, 주희가 한 손으로 얼굴을 쓸어내렸다.

-내일 새벽에 스케줄 있습니다. 안에 중요한 것도 많고요.

"제가 김 매니저님 만나서 가져다드릴게요."

-아뇨, 새벽에 둘이 어디서 만난다는 겁니까.

그럼 지금 도한 씨가 저희 집에 오시는 건 괜찮은 건가요, 라고

Mr.
시크릿의
비밀 연애

말하고 싶었지만, 도한의 목소리가 살벌해서 그럴 수가 없었다.

"아니, 그러면 김 매니저님 시켜서 받아 가시지, 왜 직접……."

-내가 잘못 가져간 거니 내가 챙깁니다. 김 매니저, 퇴근했습니다.

심장이 어찌나 거세게 뛰는지 입 밖으로 튀어나올 것 같았다. 예상치 못한 돌발 상황 때문에 머리가 어지러웠다. 주희 쪽이 잠시 조용하자, 도한이 재촉하듯 말했다.

-집 주소.

"……의정부요."

-촬영장 근처군요. 10분 내로 가죠.

허어, 헛웃음밖에 안 났다.

-문자로 자세한 주소 찍어요. 10분 후에 보죠.

"저기, 잠, 잠깐……. 여보세요? 끊으셨어요? 저기요?"

끊었다. 아아.

주희가 부들거리며 휴대폰을 내려놓았다. 10분? 10분 후라고? 아직 머리도 안 말렸는데. 그녀가 기겁해서 일어나며 급하게 화장대 앞으로 달려갔다. 비비크림이라도 바르지 않으면 안 되는데. 아니, 머리를 이렇게 하고 나갈 수도 없는데.

뭐를, 뭐부터 해야……. 머리가 뒤죽박죽이었다.

이런 적이 별로 없었는데 그녀가 평정심을 잃고 당황해하자, 은희가 물었다.

"언니, 왜 그래?"

도한의 일반상식을 파괴하는 행동에 놀라서 어쩌다 보니 말려

버렸다. 이게 이상하다는 생각도 들기 전에 도한은 후다닥 불도저처럼 상황을 이끌어 나갔다.

"잠깐 앞에 나갔다 오게 생겼어."

"왜? 일 때문에?"

"응, 뭐, 그런 거."

주희가 울며 겨자 먹기로 재빨리 비비크림만 발랐다. 저녁이니 잘 안 보이겠지만 이런 꼴로 사람을 만날 수는 없었다. 아니, 애초에 10분 후에 당장 나오라는 저 남자가 문제다.

'진짜 이상한 남자야.'

주희가 어깨를 움찔 떨며 가까스로 잡티만 가린 후에 급히 드라이어를 집어 들었을 때, 전화벨이 다시 울렸다.

"네, 네?"

-나와요.

"아, 안 되는데요."

-왜죠.

"머리를 안 말려서요."

-1분 후에 나와요.

뚝. 그리고 다시 전화가 끊어졌다.

긴 머리는 1분 안에 다 안 마르는데, 씨이. 주희가 겉만 살짝 말린 상태로 뛰어나갔다. 레깅스에 반팔, 그 위에 편하게 입는 카디건 차림. 머리끝은 여전히 축축했다.

그녀가 빌라 아래로 급히 내려가자 까만 외제차가 한 대 보였다. 이 동네에서 가장 안 어울리는 물건이었다. 딱 봐도 저기에 도

Mr.
시크릿과의
비밀 연애

한이 있겠구나 싶었다. 주희가 다가가 까맣게 선팅된 차창을 톡톡 두드렸다.

지이잉. 창문이 내려가더니 도한이 보였다.

"여기 가방이요."

주희가 열린 창문 틈새로 가방을 훅 집어넣었다.

"그럼 조, 조심히 가세요!"

얼른 여기서 벗어나야지. 주희가 고개를 꾸벅 숙이며 몸을 돌리려는 순간 도한의 낮고 끈적거리는 목소리가 그녀를 잡아 세웠다.

"타요."

"……어딜?"

"여기."

"……왜요?"

"가방 안에 중요한 문서가 있는데 보셨습니까?"

"아뇨, 하나도 안 봤는데. 제 거 아닌 거 알고 열어보지도 않았어요. 진짜예요."

"거짓말일 수도 있잖습니까."

"왜 제 말은 안 믿어주세요?"

억울했다, 진짜 안 봤는데. 저번부터 이 남자는 왜 이렇게 막무가내인지. 주희가 눈썹을 늘어뜨렸다. 달각, 갑자기 차 문이 열리더니 도한이 튀어나왔다. 그녀가 주춤거리며 뒷걸음질 쳤지만 소용없었다.

도한이 그녀의 손목을 가볍게 붙잡고 조수석에 밀어 넣었다.

"진짠지 아닌지는 차 안에서 얘기하죠."

"집에 가고 싶어요."

"납치하는 거 아닌데."

납치고 뭐고, 같이 차에 탄다는 것 자체가 문제였다. 주희가 조수석에서 한껏 몸을 차창 쪽으로 붙인 채 앉았다. 곧 도한이 차에 탔다.

"가방 드렸으니까 들어가면 안 돼요?"

"이유."

머리, 꼬리 다 자르고 단어만 말하면 어떻게 알아들으라는 건지. 분명히 이 남자는 남들과 대화라는 걸 별로 안 해보고 산 게 분명하다. 근데 더 웃긴 건 주희는 대충 도한의 말이 해석된다는 거였다.

"집에 들어가야 하는 이유를 말해보라는 거죠?"

도한이 말없이 짧게 고개만 까딱였다.

"……피곤해서?"

달칵. 갑자기 도한이 클래식 라디오 채널을 틀었다. 게다가 아로마 방향제까지 주희 쪽으로 가까이 해주었다. 뭐 하자는 거야, 이게!

주희가 어처구니없어서 돌아보자 도한이 이제 되었냐는 듯 한 쪽 눈썹만 올렸다.

"……머, 머리! 머리가 다 안 말랐어요."

도한이 히터를 최대치로 틀었다. 심지어 좌석 시트까지 따뜻하게 달아오르기 시작했다. 조금 지나자 더울 지경이었다.

이유가 더 없냐는 듯 도한이 주희를 물끄러미 바라보았다. 그녀

가 입만 오물거릴 뿐, 말하지 못하고 고개를 숙였다. 도한이 그제
야 흡족한 듯 씩 웃었다.

3장. 경계 태세를 갖춰라

주희는 두 뺨에서 불이 나는 것 같았다. 어색하고, 도대체 왜 여기에 앉아 있는지도 모르겠고, 무엇보다 남자와 단둘이 밀폐된 공간에 존재한다는 상황 자체가 그녀에게는 당황스럽고 긴장되는 것이었다.

어디 가서 부끄러워 말도 못하지만, 여중, 여고 출신에, 성인이 되고부터는 바빠 일하느라 그런 기회가 없었다. 남자랑 단둘이라니. 그것도 저렇게 의중을 전혀 알 수 없고, 지나치게 잘생긴 남자라니.

'버, 벗어나고 싶다.'

주희는 손바닥에 점점 땀이 차올랐다. 정신이 혼미해지는 듯했다.

"그렇게 바로 가버리려고 하면 어떡합니까? 차주희 씨 가방은 안 챙깁니까?"

"아, 맞다."

"정신이 없으시네요."

도한의 무뚝뚝한 말에 주희가 순간 열이 올랐다. 이게 누구 때문인데! 항상 일을 꼼꼼히 처리하는 그녀였다. 정신없다는 소리는 여태껏 들어본 적이 없었다. 주희가 입술을 꽉 다물고 고개를 옆으로 돌리고 있자, 그가 살짝 눈치를 살피다 물었다.

"왜요."

"전화는 명함 보고 거신 거예요?"

"예."

"그렇다고 이렇게 갑작스럽게 찾아오시면……. 아까 문자라도 미리 좀 주시지요."

주희가 조심스럽게 불만을 표했다.

"안 됩니까?"

돌아오는 대답은 뻔뻔했다. 주희가 손바닥으로 이마를 짚었다. 아, 골이야.

"무, 무슨 시한폭탄도 아니고, 10분 만에 나오라고 갑자기 그러시면 어떡해요? 저 계속 일하다가 방금 퇴근하고 막 씻고 나와서, 이제 좀 쉴까 하던 때였는데……. 차도 한 잔 다 못 마시고 헐레벌떡!"

말하다 보니 흥분해서 목소리가 커졌다. 주희가 빤히 꽂히는 도한의 시선에 중간에 입을 합 다물었다. 남에게 신경질 내봤자 좋을 것 없다. 게다가 얼굴을 자주 볼 사이인데, 이제 와 뭐하겠나 싶었다.

"……나왔는데, 예, 뭐. 서로 바쁘니, 급한 것도 나쁘진 않죠. 여기까지 와주셔서 감사해요."

"기분이 상했습니까?"

의외로 부드럽게 물어오는 목소리. 그녀가 도한에게로 고개를 돌렸다. 그가 몸을 반쯤 튼 상태로 그녀를 계속 보고 있었다.

"상한 건 아니고, 그냥 좀 놀라서 그래요. 괜찮아요."

"그렇군요, 미안합니다."

어라, 의외로 정상적인 대답이었다. 도한에게서 미안하다는 말을 들을 것이라곤 생각하지 못했다. 왠지 그런 이미지였다. 남에게 '고맙다, 미안하다.'라는 말을 전혀 안 할 것 같은. 주희가 놀라서 눈을 조금 크게 떴다.

나쁜 사람은 아니고, 그저 조금 독특할 뿐이겠지. 이 바닥에 독특한 사람이 한둘도 아니고. 좋게 생각하자, 좋게.

"미안하니 보상하죠. 여기 근처 카페가 어디입니까."

"……네?"

그러나 그녀는 금세 불안해졌다. 나쁜 사람은 아니더라도 그의 독특함을 도저히 받아내지 못할 것만 같은 불안함.

"차 사겠습니다."

"언제요?"

"지금."

"아뇨, 괜찮은데!"

주희가 흔들리는 동공으로 그를 바라보았다.

"차 한 잔 못 마시고 나왔다면서요?"

Mr.
시크릿과의
비밀 연애

"아, 들어가서 다시 마시면 돼요."

"식었을 겁니다."

"데워서 마시면 되죠."

도한이 입을 일자로 다물었다. 이 대답은 예상치 못했다는 얼굴이었다. 그가 곰곰이 생각하며 미간을 좁혔다. 숨 막히는 몇 초의 침묵이 흐르고 그가 낮은 목소리로 말했다.

"그냥, 나랑 차 마시죠?"

안 마시면 신상에 큰 문제가 생길 것만 같은 표정이었다.

"차 한 잔 마시는 게 어려운 건 아니잖아요?"

그렇지만, 정말 별거 아니지만, 이상하게 위기감이 들었다. 마치 아가리를 벌리고 있는 괴수 입이 동굴인 줄 착각하고 제 발로 들어가는 짐승이 된 기분이랄까. 뭐라 말로 표현할 수 없는 본능적인 감각이었다.

"출발하죠. 안전띠 매세요."

그는 대답을 채 듣기도 전에 핸들을 손으로 붙잡았다.

"……네, 그래요."

주희가 반쯤 포기하고 고개를 끄덕였다. 그의 말대로 차 한 잔 마시는 게 어려운 일도 아니고, 앞으로 촬영장에서 계속 볼 사이니까 안면을 터서 나쁠 것도 없었다.

차가 미끄러지듯 앞으로 나아갔다. 어색한 동승이었다, CF 몸값이 자신의 몇 년 연봉을 훨씬 뛰어넘는 남자와의.

주희가 운전하고 있는 그를 힐끗 쳐다보았다. 붓으로 그린 듯 딱 떨어지는 콧날과 단단한 턱선, 남자나운 손등.

불과 일주일 전만 해도 그의 차 조수석에 탈 것이라고 상상조차 못 해봤다. 아니, 아예 머릿속에 도한이라는 이름이 존재하지 않았다는 게 맞았다. 그런데 지금 도한이랑 차 한잔하러 가다니. 마치 잘 아는 사이가 된 것 같지 않은가.

물론 그에 대해 아는 것은 전혀 없지만. 나이도, 이름도, 성격은…… 음, 좀 특이하다.

"왜 그렇게 봅니까?"

도한의 말에 주희가 홱 시선을 돌렸다.

"넋 놓으면 곤란한데."

"그런 적 없어요."

"그런 것 같은데."

"아, 아니에요. 그냥 궁금해서 그랬어요."

"뭐가?"

"도한 씨는 뭐 하시는 분일까, 뭐, 그런 거."

"배우입니다."

대한민국에서 도한이 배우인 거 모르는 사람이 몇 명이나 된다고. 주희가 약하게 풋 웃으며 고개를 절레절레 흔들었다.

"아뇨, 그거 말고. 몇 살이실까, 어디서 나타나신 분인데 이렇게 특이…… 아, 아니에요. 그냥 그렇다구요."

"몇 살인지 궁금해요?"

"궁금해한다고 알려주시지도 않을 거잖아요. 지금까지 한 번도 공개한 적 없……."

"내가 차주희 씨한테 반말해도 됩니다."

나한테 반말? 반말을 해도 된다. 반말을? 아!

"저보다 연하는 아니시라는 거죠?"

도한이 대답 없이 짧게 고개를 끄덕거렸다. 역시 30대가 맞았구나.

"그럼 저랑 동갑?"

도한이 이번에는 한쪽 눈썹을 꿈틀거렸다. 도한을 마주할 때 하도 머리를 굴리며 상대하느라, 이제 그의 표정을 보면 대충 말뜻을 때려 맞힐 수 있었다.

"동갑은 아닌 거 같고, 오빠구나."

도한이 움찔거리며 급브레이크를 밟았다.

"엄마야!"

"뭐라고 했어요?"

"네?"

"방금 전에."

방금 전에 내가 뭐라고……. 곰곰이 되짚어보다가 주희가 입술을 꾹 다물었다. 은희가 도한을 보고 오빠, 오빠 부르는 게 입에 붙어 그만 무의식적으로 오빠 소리가 튀어나간 모양이었다. 민망해 죽겠다.

"자, 잘 모르겠는데요. 뭐라고 했더라?"

"다시 해봐요. 분명히……."

"아! 여기서 내려요. 역 근처에 카페 있어요."

차를 근처에 세우면서도 도한은 미심쩍은 표정을 지우지 않았다. 옆얼굴이 뚫릴 거 같았다. 왜 저렇게 쳐다보는 거야. 안 그래도 쪽팔려 죽겠는데.

주희가 안전벨트를 푸르고 나가려 하자 도한이 막았다.

"잠깐."

그러더니 상체를 기울여 팔을 쭉 뻗어왔다. 몸이 가까워지면서 그의 단단한 팔뚝이 바로 앞에 있었다. 주희가 순간 긴장해서 숨을 참았다. 단정하면서도 은은한 체향이 밀려왔다.

도한이 조수석 앞 서랍에서 선글라스를 꺼내 썼다.

"나가죠."

그가 물러날 때야 제대로 숨을 쉴 수 있었다. 주희가 차 밖으로 나왔다.

야밤에 선글라스라니. 게다가 기본 회색 니트 한 장에 바지만 입었을 뿐인데도 길쭉하고 남다른 자태까지. 누가 봐도 연예인 같았다. 주희가 급하게 챙겨 입고 나온 후줄근한 카디건을 여미며 카페 안으로 들어갔다.

카페 안에 몇 없던 사람들의 이목이 도한 쪽으로 집중되었다. 주변에 앉아 있던 커플 하나가 그를 힐끔거리며 속닥이는 게 들렸다.

"도한 아니야?"

"에이, 아닌 것 같은데."

"도한이랑 닮아 보이는데……."

"도한 오빠 저것보다 훨씬 더 잘생겼거든?"

그는 이런 상황이 익숙한지 전혀 신경 쓰지 않고 계산대로 향했다.

Mr.
시크릿과의
비밀연애

"메뉴."

이젠 그의 한 단어 대화법도 좀 적응되려 한다.

'내가 왜 이 남자한테 적응을 하고 있지?'

주희가 눈을 찡그리다가 도한의 재촉에 메뉴를 골랐다. 그러고
는 카페의 가장 구석자리에 가서 앉았다. 도한은 긴 다리를 꼰 후
주희를 물끄러미 바라보았다.

"왜 그렇게 보세요?"

"차주희 씨를요?"

"네."

"내가?"

"제 앞에 도한 씨밖에 없거든요."

"음."

도한이 손가락으로 테이블을 탁탁 두드리다가 말했다.

"……가방, 가방 때문입니다. 차주희 씨가 안에 있는 걸 봤나, 안
봤나 의심하는 중입니다."

"정말 안 봤다니까요."

이 남자는 의심병에 걸렸나.

지금까지는 도한의 사람을 압도하는 분위기 때문에 자신도 모
르게 눈치를 살피게 되었다. 말 한마디로 큰 영향력을 행사할 수
있는 톱스타라는 위치 때문이기도 했지만, 그 매섭고 짙은 눈매로
빤히 바라보면 몸이 묶이는 것만 같았다.

그러나 지금은 선글라스를 쓰고 있어서 눈동자가 직접 마주치
지 않으니 훨씬 편했다.

"사람 골리시는 게 취미신가 봐요."

"취미까지야."

도한이 뻔뻔한 얼굴로 픽 웃었다.

"제가 도한 씨한테 밉보였어요?"

"무슨?"

"아니, 이러시는 이유를 모르겠어서요."

"글쎄요."

도한이 기다란 손가락으로 테이블을 빙빙 매만졌다. 도한이 매끄러운 입술을 움찔거리며 말을 생각하는 듯했다. 몇 초 동안 대답을 끌다가 그가 느리게 입술을 열어 말했다. 무릎을 반대쪽으로 꼬면서.

"호기심?"

호기심? 그의 목소리는 딱딱하고 표정은 진지했다. 보통 남자가 그쪽한테 호기심이 있단 소리를 들으면 호감으로 해석되겠지만, 지금의 경우는 아니었다. 마치 실험대상을 두고 하는 말 같다고나 할까. 그의 관찰대상이 된 기분.

주희가 미간을 살짝 찌푸렸다.

"저는 도한 씨가 호기심을 가질 만큼 뭐, 특별한 사람이 아닌데요."

"그건 내가 판단합니다."

그때 주문한 음료가 나왔다. 도한이 쓱 일어나서 걸어가 받아왔다. 고작 쟁반에 음료 받아 오는 것인데도, 화보 찍는 걸음걸이였다. 쟁반에는 음료 말고도 허니 브레드가 같이 놓여 있었다.

Mr.
시크릿의
비밀 연애

"먹어요."

"……감사합니다."

"먹고 살 좀 쪄요."

"제 동생이랑 같은 말을 하시네요."

주희가 허니 브레드를 조금 떼어 입안에 넣고 우물거렸다. 도한은 손도 대지 않은 채 그녀가 먹고 있는 걸 가만히 바라보기만 했다.

"안 드세요?"

"살찝니다."

"저보고는 살찌라 하시더니. 혼자 이거 다 못 먹어요."

"다 먹는 게 좋을 겁니다."

그가 살벌한 목소리로 말했다. 먹다가 목구멍 안에서 걸릴 것 같다. 주희가 허니 브레드를 거의 다 먹고 티를 홀짝일 때까지 도한은 뚫어지게 그녀를 바라보았다.

정말로 날 '관찰'이라도 하고 있는 건가?

왜?

아니, 도대체 왜?

며칠 지나지 않아, 그 이유 중 하나로 짐작되는 걸 찾아낸 것 같다. 아마도.

"도한 씨가요?"

행사 담당자의 입에서 예상 밖의 '도한'이라는 이름이 나오자, 주희의 눈이 커졌다.

그녀는 예나가 소속된 아이돌 그룹 '플라워즈'를 이끌고 대기업에서 주최하는 행사에 온 참이었다. 카메라 신제품 홍보 겸 런칭쇼가 열렸다. 그 오프닝 무대 게스트로 플라워즈가 초청받은 것이다.

무대에 오르기 전 플라워즈를 데리고 모든 스태프들에게 일일이 인사를 하게 했다. 신인 아이돌은 당연히 해야 하는 절차였다. 그러다 런칭쇼 총담당자에게도 인사를 하며 불러주셔서 감사하다 말했는데.

담당자가 별것 아니라는 듯 고개를 흔들며 한 이야기가 뜻밖이었다.

"도한 씨가 플라워즈를 초청했으면 좋겠다고 해서요. 그러고 보니, 예나 씨랑 드라마 촬영 같이한다던 기사가 있던데."

담당자가 눈매를 좁히며 웃었다. 뒤에 서 있던 예나가 깜짝 놀라 어깨를 떨었다.

"아, 네, 감사합니다."

우선 그 자리를 나와 주희가 고개를 갸웃했다.

플라워즈의 인기로는 지방의 작은 지역축제 정도가 전부였다. 이렇게 큰 런칭쇼 오프닝이라니. 원래라면 꿈도 못 꿀 행사였다.

도한은 이번 신제품 CF 모델로 발탁되면서, 런칭쇼에도 참가하기로 되어 있었다. 예나가 도한과 같은 드라마에 출연하니 플라워즈를 부른 건가 했지만, 도한의 추천이었다니 이건 완전히 짐작지도 못한 일이었다.

"왜 저희를 추천해주셨을까요?"

예나가 흥분이 섞인 목소리로 종알거렸다.

Mr.
시크릿의
비밀 연애

"혹시 그분이 언니한테 마음 있는 거 아냐?"

다른 멤버 한 명이 장난치듯 예나에게 말했다. 애들은 까르르거리며 저희들끼리 웃으며 말했지만, 주희의 얼굴은 사뭇 진지해졌다.

'……정말 예나를?'

만약 정말 도한이 예나에게 관심이 있던 거라면, 요즘의 모든 상황이 설명이 된다.

예나의 매니저인 자신을 관찰하면서 사적으로 다가오는 것하며, 잘해준답시고 갑자기 카페에 데려가 먹을 걸 사주질 않나, 오늘 행사를 꽂아주기까지. 이전에는 매니저를 통해 마음을 주고받고 비밀연애를 이어가는 경우가 왕왕 있었다고 한다. 아이돌을 맡아왔던 주희는 항상 연애를 하지 못하게 감시하는 쪽이었지만.

주희가 고개를 돌려 예나를 바라보았다.

'설마 진짜 그런 거야?'

자기 가수라 그런 게 아니라 객관적으로도 예나는 꽃처럼 별처럼 예뻤다. 반하는 것도 무리는 아니지. 아무리 톱스타 도한이라도.

"으으."

머리가 아팠다. 예나 저거는 이제 바짝 떠야 할 시기인데, 도한과 엮여서 스캔들이라도 뜨면? 아마 욕먹는 건 아직 인지도 없는 예나일 것이다. 또, 팬 장사로 먹고사는 여자 아이돌에게 스캔들이 얼마나 치명적인데. 머리가 어찔해졌다.

"팀장님, 왜 그러세요? 어디 아프세요?"

"아, 아냐, 아냐."

그런 일이 있어서는 안 되지. 안 된다, 절대. 게다가 도한이 30대라면 예나랑 나이 차이가 도대체…… 아마 거의 띠동갑일 텐데?

주희가 핼쑥해진 얼굴로 앞장서서 걸어갔다.

도한이 계속 매니저인 자신에게 접근해온다면 적당히 친분을 트고 그의 속마음을 떠보는 수밖에. 도한을 자기 선에서 막아야만 했다.

"이제 또 누구한테 인사드리면 돼요?"

주희의 어지러워진 속을 모르는 예나는 방글방글 웃으며 다가왔다.

"이제…… 배우 도한 씨."

애들은 도한을 보는 거냐며 다들 들떠서 꺅꺅거렸다. 방방 뛰는 플라워즈를 데리고 도한의 대기실로 향했다. 똑똑. 노크를 하고 들어가자 그가 의자에 등을 기대고 앉아 있었다.

"안녕하세요! 플라워즈입니다."

아이들이 거의 90도로 허리를 숙여 인사했다. 도한은 눈썹 끝만 까딱거리고는 말았다.

"그래요."

아이들이 눈을 반짝거리며 그를 쳐다보았다. 도한은 한마디를 내뱉고 난 후 입술을 꾹 다물었다. 그가 눈동자를 느리게 굴렸다. 주희는 바짝 경계태세를 갖추며 그를 살폈다. 그의 시선이 잠시 주희에게 와 닿았다가, 플라워즈를 쓱 훑고 지나갔다.

"저, 도한 씨, 감사합니다."

주희가 조심스레 말을 뱉었다.

"예?"

"우리 애들 불러주셨다고 해서요."

"아."

"감사해요. 기자들도 많이 온 행사고, 이런 기회, 저희 노력으로는 잡기 힘들었는데⋯⋯."

"별거 아니니 신경 쓸 필요 없습니다. 뇌물 같은 거였으니까."

도한이 손을 휘 내저었다.

'뇌물? 뇌물이라고?'

잘 보이려고? 주희는 조금 전의 자그마한 의심이 점점 굳어져 가는 걸 느꼈다. 대화를 마친 그녀의 얼굴에 혼란스러움이 가득해졌다.

주희가 부산스레 아이들을 이끌었다.

"자, 자, 그럼 도한 배우님 방해되실 테니 이만 나가자."

급하게 밖으로 나가려는 주희의 등에 대고 도한이 말했다.

"아니, 별로. 방해 아닌데."

"아뇨, 나가봐야죠."

주희가 어색하게 웃으며 대꾸했다.

왜? 여기 계속 머무르면 뭐 하려고? 주희가 흔들리는 눈으로 도한을 보았다. 그러나 도통 속마음을 알 수 없는 오묘한 표정이었다. 그는 더 이상 붙잡지도 쳐다보지도 않았다.

주희가 아이들의 등을 떠밀어 대기실 밖으로 나갔다.

"와, 진짜 잘생기셨다."

"그치, 그치. 실물이 백 배는 나은 것 같아."

"아, 눈 마주치는데, 저 힘 빠져서 죽을 뻔했어요."

대기실을 나오자마자 그 후 한참 동안 아이들이 도한에 대해 종 알거렸다. 외모에 대한 찬양, 목소리에 대한 찬양. 주희가 들떠 있는 예나를 보며 불안한 기색을 숨기려 애썼다.

플라워즈가 아이돌에 빠진 여고생처럼 쉴 새 없이 떠들던 도중, 드디어 오프닝 무대에 오를 시간이 되었다.

"잘하고 와."

주희가 한 명씩 어깨를 두드려주고 단 위로 올려 보냈다. 런칭 쇼를 보기 위해 온 사람들의 반은 추첨으로 뽑은 도한의 팬이었고, 반은 업계 관련자 및 기자였다.

인지도 없는 여자 아이돌이 무대에 오르자 시들한 반응이었다. 다들 무표정한 눈으로 무대를 바라보았다. 음악이 시작되고, 예나 가 메인으로 치고 나오면서 플래시가 몇 번 터져 나왔다.

'잘하네……'

요즘 그룹으로 행사 나갈 일이 없어서 아이들도 들뜬 모양이었 다. 평소보다 더 열심히 안무를 추는 모습에 가슴이 울렁거렸다. 그간 고생해왔던 것이 주마등처럼 스쳐 지나갔다.

그룹 해체 직전에 예나가 드라마 캐스팅이 되어 기사회생한 '플 라워즈'였다. 혀끝이 씁쓰름해졌다. 간신히 기회의 끈을 잡았는데, 이대로 살아나야지 무너질 수는 없었다. 그러기엔 몇 년간 소득도 없이 고생한 아이들이 너무 안타까웠다.

주희가 내내 속을 졸이며 무대를 지켜보다가 아이들이 내려오

Mr.
시크릿의
비밀 연애

자마자 한 명씩 껴안아주었다.

"잘했다."

그러곤 땀이 송골송골 맺힌 이마를 솜으로 톡톡 두드려주었다.

"수고했어. 이만 갈까?"

"저희 이거 구경하고 가요."

"맞아요, 팀장님. 구경해요."

아이들이 들떠서 말했다.

"너희들, 도한 보려고 그러는 거지?"

"예나는 몰라도 저희는 언제 이렇게 가까이서 톱스타를 보겠어요, 네?"

"알았어, 알았어. 단 옆에 서서 관람하고 가자."

결국 아이들의 성화에 못 이겨 런칭쇼가 진행되는 단 아래에 붙어 구경하기로 했다.

뒤쪽에 달린 커다란 스크린에서는 이번에 출시된 신형 카메라에 대한 광고가 나왔다. 카메라로 찍은 영상과 여러 스펙 설명도 이어졌다. 몇 분 정도의 영상이 지나가고 나서 조용해진 행사장으로 도한이 걸어 나왔다.

저벅저벅. 그가 단 위로 올라오자 앞에 앉아 있던 기자들의 카메라가 일제히 높이 들렸다. 단 양옆에 서 있는 스탠드에는 그의 얼굴이 커다랗게 박혀 있는 광고 사진이 있었다.

"우와아……."

옆에서 플라워즈가 탄성을 약하게 내질렀다.

없던 마음도 생기게 할 만큼 잘생긴 외모이기는 했다. 캐쥬얼

정장을 차려입고 서 있는 그는 빈틈이 없어 보였다. 플래시 세례를 받는 게 익숙한 듯, 그는 많은 사람들 앞에서도 전혀 떠는 기색이 없었다.

진행자가 새로 출시된 카메라를 들고 나왔다. 도한이 카메라를 손에 쥐었다.

"우선 카메라에 내장된 와이파이 기능과 프로젝터 기능을 시범 보이겠습니다. 사진을 찍으면 곧장 이 화면으로 연결이 될 겁니다!"

도한은 진행자의 말에 따라 카메라 조작법을 시범하기 시작했다.

카메라로 사진을 찍으면 사진이 빔 프로젝터와 연결되는 기능이었다. 방금 찍은 사진이 곧장 뒤에 매달린 커다란 스크린에 나타났다.

"신기하네요."

도한이 낮은 목소리로 느리게 말했다.

"그럼 배우님께서 이 주변을 직접 찍어보시겠어요? 관객분들도 괜찮고."

"그러죠."

두 손으로 카메라를 부드럽게 쥔 그가 셔터를 눌렀다. 그가 찍은 천장 사진이 곧바로 스크린에 떠올랐다. 도한이 손가락으로 카메라를 매만지다가, 이번에는 카메라 렌즈를 관객석 쪽으로 향했다.

급작스레 소란스러워졌다. 팬들이 자신을 찍어달라고 도한에게

Mr.
시크릿과의
비밀 연애

손을 흔들었다. 도한은 무심하게 찰칵찰칵 셔터를 눌렀다.

그중 몇 명 팬이 그의 카메라에 찍혀 스크린에 나타났다. 그의 사진기술이 썩 대단치 않아 찍은 사진마다 다 엉망으로 나왔지만, 그래도 팬들은 그에게 찍히고 싶어 손을 들었다.

빙그르르. 그가 몸을 옆으로 돌렸다. 주희와 예나가 서 있는 쪽이었다. 그의 얼굴을 카메라가 가리고 있어 표정은 보이지 않았다.

'설마 예나를 찍으려고?'

주희가 직선으로 이쪽을 향하는 카메라 렌즈에 당황해서 고개를 숙였다.

차라라락.

도한이 촬영 버튼을 꾸욱 세게 눌렀다. 여러 장이 동시에 찍히는 셔터음이 장내를 울렸다. 그러고는 도한이 카메라를 서서히 내렸다.

"어⋯⋯."

분명히, 그가 이곳을 바라보고 있다. 눈이 마주친 것 같기도 했다.

곧바로 스크린에 도한이 찍은 사진이 커다랗게 떠올랐다. 예나와 주희, 두 사람의 모습이 한가득 담겨 있었다.

"와! 팀장님 진짜 예쁘게 나왔어요."

주희가 눈을 느리게 깜빡거렸다.

스크린에 담긴 자신의 모습이 낯설었다. 이목구비가 진하지 않아, 사진을 찍으면 항상 실물보다 못하다 소리를 듣던 그녀였다. 그러나 방금 도한이 찍은 사진 속 자신은 예뻐 보였다.

예나 옆에서 살짝 고개를 숙이고 있는 채로 찍혔다. 화려한 의상을 입고 있는 예나와 대비됐지만, 이상하게 자신의 어떤 사진에서도 볼 수 없는 분위기가 있었다.

"팀장님, 인생 사진이다."

"그러게."

방금 전까지 도한이 찍은 건 죄다 엉망이었는데 이것만 이상하리만치 잘 나왔다. 같은 사람이 찍은 것 같지 않았다.

"에이, 난 별로 안 예쁘게 나왔네."

예나가 울상을 지으며 입술을 비죽거렸다.

순간, 도한이 곁눈질로 이쪽을 힐끔거린 듯했다. 착각일까?

그는 아마 예나를 찍으려던 거였겠지. 예나 옆에 얻어걸려 의도치 않게 사진이 찍힌 것일 테다. 그런 것치고는 너무 잘 나와서 얼굴이 화끈 달아올랐다.

도한은 뒤로 고개를 돌려, 스크린을 바라보았다. 주희와 예나가 가득 담겨 있는 스크린을.

"프로젝터 기능을 사용해보셨는데 어떠신가요, 배우님?"

진행자가 마이크를 도한 쪽으로 기울였다. 도한이 마이크를 받아 들어 턱 아래에 가만히 가져다 댔다. 시선은 여전히 스크린에 고정한 채로.

"음."

도한이 입술을 느리게 열자 사람들이 그에게로 집중했다.

"좋군요."

그의 나지막한 목소리가 장내에 응응 울려 퍼졌다.

런칭쇼가 끝난 직후였다.

Mr.
시크릿과의
비밀 연애

"도한이 형."

"왜."

김 매니저의 목소리는 사뭇 진지했으나, 도한은 시큰둥하게 대답했다.

"다시는 상의 없이 이런 일 벌이지 말아주세요, 네?"

"그래."

도한이 김 매니저를 바라보지 않으며 밴에 올라탔다.

"형, 또 제 얘기 안 듣고 계시죠?"

"잘 아네."

"아, 진짜!"

김 매니저가 입술을 비죽거리며 마지못해 운전석에 올랐다. 밴에 시동을 걸면서도 김 매니저가 계속 구시렁댔다.

"이런 식으로 누구 하나 꽂아주면 말 나온다고요. 특히 그게 여자 연예인이면."

"그래? 몰랐네."

도한은 김 매니저의 말을 대강 흘려들으며 아까 런칭쇼에서 사용한 카메라를 집었다. 어떻게 켜는 거였더라. 기계에는 영 익숙지 못해서 몇 번 시행착오 끝에 전원 버튼을 눌렀다.

"형, 한 번도 이런 적 없으셨잖아요. 왜 그러셨어요?"

도한이 찍은 사진을 하나씩 넘겨보기 시작했다. 필요 없는 사진들은 다 지우다가 그의 손가락이 멈칫했다.

"글쎄."

주희가 찍힌 사진. 도한이 그걸 빤히 내려다보았다. 여린 곡선으로 이루어진 목과 어깨, 자그마한 얼굴, 부드러운 턱선, 올망졸망한 콧방울. 화면을 확대해서 주희의 얼굴만 뚫어지게 바라보았다.

김 매니저의 계속되는 잔소리에도 도한의 시선은 카메라에 고정이었다.

"원래 오프닝 무대는 예정에 없던 거라면서요? 그쪽에서 추가 행사비가 드는 건데 그건 어떻게 하신 거예요?"

"아, 내 돈으로 낸다고 했는데."

"예?"

끼이익. 김 매니저가 급하게 빨간불 앞에서 브레이크를 밟았다.

"형!"

"뭐, 푼돈인데."

김 매니저가 핸들에 이마를 대며 끄응 앓는 소리를 냈다.

"그쪽은 행사비 몇백을 푼돈이라 생각 안 할걸요?"

"그런가?"

"아, 형!"

"……소속사 쪽 윗선 누군가가 부탁한 거라 했어. 그러니 이상하게 생각 안 하던데. 흔한 일이잖아?"

"정말요?"

"그래, 스캔들 안 나. 신경 꺼."

그제야 김 매니저가 안도의 숨을 작게 내쉬었다. 그것도 잠시, 핸들을 꺾으며 어깨를 축 늘어뜨렸다.

"형 매니저 하다가 제가 수명이 깎여요. 도대체 뭔 생각을 하시는 건지……. 몇 년을 같이해도 모르겠다니까. 어려워, 어려워."

Mr.
시크릿의
비밀 연애

"힘내봐."

"힘내도 형은 어렵거든요?"

김 매니저가 백미러로 도한을 노려보며 툴툴대다, 두툼한 눈두덩이를 옆으로 늘어뜨렸다. 어느새 그의 음흉한 눈빛이 도한을 살폈다.

"형, 근데 플라워즈 중 누구 때문이에요?"

"무슨 소리야?"

"아니, 누굴 위해서 이 행사를 잡은 거냐고요."

도한이 살짝 눈만 치켜떠서 김 매니저를 바라보았다.

"예나인가? 하긴. 샵에서 몇 번 마주쳤죠? 세상에, 예나면 도대체 몇 살 차이……."

"예나? 걔가 누군데."

도한이 곧 흥미를 잃었다. 예나가 누구더라. 귀에 익은 것 같기도 하고. 그러나 얼굴이 곧바로 떠오르지 않는 것 보니 별로 중요한 인물은 아니겠지.

도한은 시답지 않는 소리를 하는 김 매니저에게 타박을 주듯 혀를 찼다.

"어? 아니에요? 그럼 누구……."

"운전이나 해."

"쳇."

김 매니저가 못마땅한 표정을 지었지만 어쩔 수 없이 고개를 전방으로 향했다. 도한은 시선을 다시금 카메라로 향했다.

누굴 위해서 이 행사를 잡았다, 라.

엄밀히 말하면 처음엔 '위해서' 한 건 아니었다. 그저 한 번 더 보고 싶었을 뿐이었다. 그래서 마주칠 방법을 생각하다가 행사 스케줄을 떠올렸다. 그래, 여기에 그녀를 불러보자.

차주희를.

저번에 그녀의 집 앞에 찾아가 카페까지 끌고 간 날 이후, 그는 아주 이상한 경험을 했다. 집에 혼자 있을 때 그녀가 생각나는 것이다. 그런 적은 처음이었다. 누군가가 궁금하고, 보고 싶은 건.

'부르길 잘했지.'

도한이 옅은 미소를 지었다.

그녀는 간만에 잡힌 행사에 들뜬 기색이었다. 역시나 이번에도 그녀의 표정만은 선명하게 읽혔다. 기뻐한다, 긴장한다, 기타 등등. 그는 작은 몸이 동분서주하는 걸 멀찍이서 지켜보고 있었다. 그녀 하나만 봐도 심심하지가 않았다.

이게 뭘까?

호기심?

김 매니저가 넋이 나가 보이는 도한에게 말을 걸었다.

"형, 근데 지금 강 이사님 만나러 가는 건 아시죠? 정신 놓지 마세요."

"강 이사? ……아, 자회사 창립한다던."

도한이 짧게 끄덕였다. 오늘 런칭쇼를 열었던 대기업에서 새로 엔터테인먼트 사업에 뛰어들 예정인 모양이었다. 그 일을 맡은 게 강 이사였다. 얼마 전부터 강 이사 쪽에서 도한에게 접근해오고 있었다.

Mr.
사프릿과의
비밀 연애

도한과 현재 소속사와의 계약이 내년 초면 종료되었다. 다음 계약은 자기들과 같이하자며 강 이사가 계속해서 러브콜을 보내왔다.

김 매니저는 신경을 곤두세우고 이곳저곳 계약 조건을 저울질하는 중이었다. 김 매니저는 지금 소속사에 소속된 사람이 아니라, 도한이 직접 고용한 개인 매니저였다. 그는 이왕이면 도한이 가장 득을 볼 수 있는 소속사로 가고자 했다.

"가서 계약 조건 좀 들어보고 판단해요, 형."

"난 잘 모르니까 네가 알아서 확인해."

도한은 대충 대답하며 한참 동안 오늘 본 주희의 모습을 곱씹었다. 김 매니저는 자기만의 세상에 빠진 도한에게 몇 마디 말을 걸다가 대답이 없자 한숨을 내쉬었다.

도한이 다시금 카메라 화면을 뚫어지게 쳐다보았다. 그렇게 묵묵히 있다가, 그가 굵은 목소리로 말했다.

"김 매니저."

"네?"

"카메라에 있는 사진, 휴대폰에 어떻게 옮겨?"

도한이 주희의 모습이 한가득 담긴 카메라 액정을 엄지로 문지르며 말했다.

며칠 후, 드라마의 첫 대본 리딩 날이었다. 대본 리딩이 이루어지는 세미나룸 밖에서 주희는 예나를 기다렸다.

다리를 떨며 긴장한 기색이 역력한 채로 안으로 들어갔던 예나는, 혼이 빠진 채로 나왔다.

"어땠어?"

"흐어엉, 팀장님."

예나가 고운 얼굴을 구기며 주희에게로 흐물흐물 다가왔다. 주희가 예나를 받아주며 등을 토닥일 때였다.

"어? 누나?"

익숙하지만 오랜만에 들어본 목소리였다. 시선을 돌리자 주변이 환해질 만큼 밝게 웃고 있는 남자가 서 있었다.

"희찬아!"

이희찬. 주희가 레드 엔터테인먼트로 이직하기 전에 있던 소속사에서 맡았던 아이돌 멤버였다.

희찬도 데뷔하고 일이 년간은 빛을 못 보고 있다가, 작년부터 예능에 나와 화제가 되면서 인기를 모으기 시작했다. 이번 드라마에서 희찬은 예나와 러브라인이 있는 조연을 맡았다고 들었다.

그녀가 희찬의 회사를 떠나올 때 그가 20살. 그로부터 3년이 지났으나 그는 여전히 앳되고 아이돌스러운 분위기를 풍겼다.

얇은 머리카락은 밝은 갈색이었다. 동글동글하고 쌍꺼풀 없이 큰 눈은 귀엽고 순한 인상에 한몫 더했다. 희찬이 입술을 끌어당겨 활짝 웃었다. 반가운 표정이었다. 방송국을 오가며 얼굴은 몇 번 봤지만, 이런 장소에서 만나자 주희도 더욱 반가웠다.

희찬이 싱글거리다가 손을 쑥 내밀어 익숙하게 주희의 손을 붙잡았다.

"누나가 왜 여기 있어요? 이제 팀장이잖아요."

"아, 그게 사정이 있어서. 내가 당분간 예나 따라다니거든."

"어? 정말? 그럼 촬영장에서 자주 보겠네요."

"그, 그렇지? 근데 너, 키 더 컸니?"

오랜만에 가까이서 본 그는 전보다 더 커져 있는 듯했다. 꽉 붙들고 있는 손아귀 힘도 남다르게 느껴졌다.

"아, 아뇨. 운동해서 몸집이 좀 불었는데, 그래서 커 보이나?"

"근육 키웠어?"

"배우는 어느 정도 체격이 있어야 한다고 해서요. 날씬해야만 하는 아이돌이랑은 원하는 체형이 좀 다르더라고요."

희찬이 볼우물이 움푹 파이도록 웃으며 붙잡은 손을 붕붕 흔들었다. 언제 봐도 자신이 따라갈 수 없을 정도로 유쾌함이 가득한 성격이었다.

"그렇구나. 참, 예나 잘 부탁해. 안면은 있지?"

"네, 네."

주희가 희찬에게서 손을 쓱 빼냈다.

그녀가 예나와 희찬을 인사시켰다. 음악방송 나갈 때 여러 번 봤을 텐데도 둘은 어색해 보였다. 예나가 그녀답지 않게 쭈뼛거리며 고개를 숙이고는, 주희 쪽으로 바짝 붙었다.

주희가 어리둥절한 표정으로 예나를 바라보았다.

"여하튼 누나 자주 봐서 좋네요. 얼굴 보기 힘들었는데."

희찬이 싱긋 웃으며 주희의 어깨를 감싸 쥐었다.

희찬의 이런 스킨십이나 응석부림이 낯설지 않았다. 희찬이 아직 10대일 때부터 주희는 그를 봐왔다. 희찬은 반지하에서 다른 멤버들과 부대끼며 힘들게 아이돌 준비를 했었다. 그 무렵 주희는 자주 숙소에 찾아가 빈 밥통도 채워넣고, 방향제도 바꾸어놓고 오곤 했다. 희찬에게는 주희가 누나이자 엄마 같은 존재였다.

잊고 있던 그때 생각이 다시금 떠올랐다. 현재의 희찬은 그때와 비교가 안 될 만큼 멋지고 남자답게 자랐지만.

'그런데 아까부터…….'

주희가 희찬과 이야기를 몇 마디 더 나누다가 뒤통수를 손으로 문질렀다.

이상하다. 뒤통수가 따가웠다. 누가 거세게 노려보고 있는 것처럼. 주희가 고개를 휙 돌려 보았다. 복도에는 아직 여러 스태프들이 남아 있었다. 저 멀리 동그란 정수리들 사이로 누군가가 살짝 보였다.

지우려야 지울 수 없는 존재감의 누군가가.

'응? 도한?'

도한이었다.

그가 복도 끝자락에서 벽에 등을 기대고는 이쪽을 못마땅한 듯 바라보고 있었다. 그의 얼굴은 전에 본 적 없이 험악하게 구겨진 상태였다. 그의 시선이 정확히 어디를 향하고 있나 자세히 살펴보자니…….

바로 희찬이었다. 그는 마치 희찬을 죽일 것처럼 노려보고 있었다.

주희가 다급하게 예나와 희찬을 번갈아 쳐다봤다.

'설마 질투해?'

Mr.
시크릿의
비밀 연애

생각해보니 도한이 정말 예나에게 마음이 있는 거라면, 충분히 짜증 날 만한 상황이었다.

희찬은 예나 또래의 아이돌이 아닌가. 게다가 이번 드라마에서 둘이 러브라인까지 있었다. 하지만 아무리 그래도 그렇지, 23살인 희찬을 상대로 질투라니?

"애들아, 우리 아래로 내려갈까? 희찬아, 너희 매니저님은?"

주희가 일부러 둘의 등을 떠미는 듯이 빨리 자리를 뜨려 했다.

"아, 매니저 형 지하주차장에 있을걸요?"

"그래? 그럼 거기로 가자."

"누나, 저 같이 밥이라도……."

"밥? 그래, 먹어, 먹어. 누나가 살게."

얼른 저 도한의 흉포한 시선에서 예나를 빼내야지. 이대론 안 되겠어.

주희가 다급하게 발을 놀렸다.

"혀, 형. 도한이 형, 얼굴 좀 풀어요."

김 매니저의 말은 도한에게는 들리지 않는 듯했다. 도한은 주희의 무리가 사라지는 걸 끝까지 이글거리는 눈으로 쫓아갔다.

방금까지의 좋았던 기분이 땅바닥으로 처박히는 듯했다. 대본 리딩은 아주 순조로웠다. 게다가 예나가 온 걸 보니, 차주희도 왔겠지. 그는 대본 리딩 하는 내내 이상하게도 설레는 기분에 사로잡힌 상태였다.

그러나 리딩이 끝나고 복도로 나오자마자 급격하게 기분은 뚝

겨졌다.

'희찬이던가?'

그래, 뭐, 그런 재수 없는 이름이었다.

싱글싱글 웃는 낯에, 허여멀건 한 피부. 누가 봐도 아이돌처럼 생긴 외모. 사람들에게 하는 말은 사내자식이 어쩌나 그렇게 상냥한지. 자신과는 정반대점에 서 있는 인물이었다.

도한은 어쩐지 초면부터 그 미소가 거북하게 느껴졌다. 아니나 다를까, 희찬은 복도에서 입이 찢어져라 웃으며 주희의 손을 붙잡고 있었다. 그걸 발견한 순간, 도한은 위장이 요동치는 것처럼 배배 꼬이고 배 속은 불이 난 듯 뜨거워졌다.

아주, 누가 보면 몇십 년 만에 상봉한 이산가족인 줄 알겠어?

그렇게까지 여자 손을 덥석 잡을 필요가 있나? 아니, 어깨까지 잡았지?

도대체 지가 뭔데?

바스락.

"혀엉! 대본 구겨져요!"

도한이 쥐고 있던 대본을 찢어발길 기세로 손에 힘을 주었다.

"왜 그래요? 리딩 때 뭐, 맘에 안 들었어요? 아, 감독님이 대사 톤 디렉팅을 좀 깐깐하게 하셨나? 근데 형 그런 걸로 기분 상하고 하는 사람 아니잖……."

"김 매니저."

도한이 땅을 뚫고 내려갈 정도로 낮게 깔린 목소리로 말했다.

"넵."

"이희찬 걔, 뭐 하는 애지?"

"희찬 씨? 그건 왜요?"

"궁금해서."

"아이돌이잖아요? 형이 누굴 궁금해하는 것도 별일이네. 형, 요즘 진짜 이상하다니까요."

김 매니저가 여전히 구겨진 도한의 얼굴을 바라보다 절레절레 고개를 내저었다. 도한이 아랫입술을 윗니로 잘근잘근 씹었다.

김 매니저가 도한의 험악한 분위기를 감당하지 못하고 있을 때 지원군이 나타났다.

"도한 씨, 왜 그래?"

이번 드라마의 연출자인 태석이었다. 태석과 도한이 친분이 있다는 걸 알고 있는 김 매니저가 자리를 피해주었다. 아니, 도한에게서 달아났다는 게 더 맞을 것이다.

도한은 미간을 좁히고 있다가 태석의 등장에 굳은 표정을 조금이나마 풀었다.

"잠깐 어디 좀 들어가서 얘기하자."

태석이 도한을 이끌어 빈방으로 들어갔다. 방 안에 들어오자마자 태석이 도한의 어깨를 두드렸다.

"아저씨."

도한이 누그러진 말투로 태석에게 말했다.

"잘 지내는지 왜 연락 한 번이 없어?"

"바빠서요. 죄송해요."

"섭섭하네."

도한이 혀로 아랫입술을 쓱 쓸어내곤 잠시 머뭇거렸다.

"물어볼 게 있어요."

"뭔데?"

"유예나 씨 촬영 스케줄이 어떻게 되죠?"

도한이 망설이다가 기어코 물었다.

예나의 스케줄이, 곧 주희의 스케줄일 테다. 아무래도 주희가 언제 촬영장에 오고 떠나는지 알아야만 할 것 같았다. 요 며칠간 그녀에 대한 모든 것이 궁금했다. 그녀가 어디 있는지 모른다는 사실 자체가 그를 불안하게 만들곤 했다.

"예나? 예나는 왜? 아는 사이야?"

"아뇨."

"예나한테 관심 있어? 걔, 너보다 10살은 어리다."

도한이 얼굴을 확 구겼다.

"김 매니저도 그렇고. 왜 제가 유예나 씨를 좋아하냐고 물어보죠?"

"아냐? 그럼?"

"그저……."

도한이 시선을 굴리며 주희의 얼굴을 떠올렸다.

"호기심 가는 사람이 생겨서. 아, 다시 말하지만 유예나 씨는 아닙니다."

태석이 한쪽 눈을 찌푸리며 도한을 응시했다.

"호기심? 너 여자 생겼냐?"

"아니요."

Mr.
시크릿과의
비밀 연애

도한이 딱 잘라 거절하면서도 마른침을 삼켰다. 그의 목울대가
꿀렁거렸다. 태석은 도한이 더 이상 말해주지 않으려 한다는 걸 알
고 더 캐묻지는 않았다.

"네가 다른 사람에 대해 궁금해하고…… 놀랄 일이네. 아저씨
눈물 날 것 같다, 야. 네가 어려서부터 계속 그곳에서 혼자……."

"그때 얘긴 하지 마요."

도한이 태석의 말을 중간에 끊어냈다. 평소와 다름없는 무뚝뚝
한 얼굴이었지만 미묘하게 뒤틀린 입술이 불편한 속내를 대변하
고 있었다. 태석 앞에서만은 남들에게 말할 때보다 목소리가 부드
러워지는 도한이었지만, 지금은 달랐다.

"미안, 아저씨가 말실수했다."

"괜찮습니다."

"……그래. 누군지는 모르겠지만 잘 친해져봐. 사람들 사이에
부대끼고 사는 거, 나쁘지만은 않아."

사회성, 사회, 사람들, 친구. 모두 도한과는 너무 먼 단어였다. 학
교에 가서 또래친구를 사귀고 사회성을 길러야 할 시기에, 그는 이
세상에 없는 사람처럼 동떨어져 살았다. 빗장을 뚫고 사회에 나오
고 나서도 별로 달라질 건 없었다.

"친해지는 건, 글쎄요. 그저 좀 확인하고 싶은 것뿐입니다."

도한은 밀려드는 부정적인 기억을 밀어내려 일부러 단호한 투
로 말했다.

확인하고 싶었다. 왜 그녀의 감정은 이다지도 또렷하게 읽히는
지, 도대체 무엇이 자신의 시선을 그녀에게 붙잡아두는 건지.

"알았어. 여하튼 예나 스케줄은 내가 알려줄게."

"감사합니다."

그러려면 조금 더 그녀에게 다가가 그녀를 알아볼 필요가 있었다.

"으아아, 정신없다."

"그러게요, 촬영 시작되니까 정말 정신이 하나도 없네요."

주희가 김 매니저의 말에 맞장구치며 뒷목을 주물렀다. 촬영이 개시되고 난 후에 눈코 뜰 새 없이 바쁜 일상이 지속되고 있었다. 촬영이 계속 이어지는 가운데 매니저들끼리만 짬을 내 방송국 구내식당에 왔다. 식권을 구입하고 식당 안으로 들어섰다. 늦은 오후라 식당 내는 한산했다.

음식을 받고 자리에 앉았다. 앞에는 도한 담당인 김 매니저, 옆에는 희찬의 매니저였다.

"희찬이 때문에 죽겠어요."

희찬의 매니저가 빵을 집어 들며 앓는 소리를 했다.

"왜요?"

"제가 컨트롤을 못해서요. 말을 어찌나 안 듣는지."

"희찬이가요? 아닌데. 제가 할 땐 되게 얌전했던 걸로 기억하는데……."

주희가 고개를 갸웃거렸다.

"얌전은 무슨. 어휴, 그놈 사고 치지 못하게 막는 게 일인데요."

"정말요?"

주희가 눈을 둥그렇게 떴다. 사고를 치는 희찬이라니. 한 번도 제 속을 썩여본 적 없는 아이라, 도저히 상상이 되질 않았다. 두 매니저의 대화를 가만히 듣던 김 매니저가 한숨을 푹 쉬었다.

"도한이 형만 할까요."

"왜요?"

요즘 들어 도한에게 경계 촉을 세우고 있던 주희가 김 매니저를 바라보았다.

"신비주의 그거요. 컨셉이 아니라 리얼이에요, 리얼. 저한테도 그런다니까요."

"김 매니저님한테도요?"

"예, 제가 도한이 형 맡은 지가 지금…… 한 4년 되나? 그런데 정확한 나이도 모르고, 속내도 모르겠고. 아, 하여간 그 형 생각하면 골 아파요."

희찬의 매니저가 흥미로운 눈빛을 보냈다.

"전 솔직히 도한 씨 그러는 거 컨셉인 줄 알았는데. 주변 지인들도 도한 씨에 대해 잘 모르나 봐요?"

"몰라요. 사장님은 아시나? 뭐, 계약하셨으니 본명 정도는 아시겠죠."

"진짜 뭐 하던 분이시려나. 소문에는 외계인이란 말도 있잖아요."

희찬의 매니저가 숨을 죽여 키득거렸다.

"차라리 외계인이라 하면 포기하고 편해질 텐데. 나 참, 요즘엔 더 이상해졌다니까요? 밴 뒷좌석에 타서 자꾸 혼자 뭔가를 보다가, 사람 하나 확! 죽일 것처럼 얼굴 구겼다가, 히죽거렸다가. 아, 혼잣말까지 한다니까요!"

김 매니저의 말을 가만히 듣고 있던 주희의 얼굴이 점점 질려갔다.

'역시 평범한 남잔 아닌가 본데……'

그런 남자에게 예나를 맡길 수는 더더욱 없지.

"그래도 그런 신비스러운 점이 도한 씨의 셀링 포인트잖아요?"

"그건 그렇죠, 뭐."

매니저들끼리 모여서 하는 이야기들은 대개 이러했다. 내가 맡은 연예인이 세상에서 제일 어렵고 제일 힘들다, 내기라도 하는 모양새로 털어놓곤 했다.

하지만 김 매니저의 푸념하는 표정을 보니 과장은 아닌 듯했다. 확실히 도한이 대하기 어려운 타입이기는 했다. 4년간 같이 지낸 매니저도 저럴 정도이니. 주희가 고개를 저으며 빵을 집어 들었다.

그때 희찬의 매니저가 붙임성 좋게 다가왔다.

"저희 사진이나 한 장 찍을까요? 아, 셀카 찍는 걸 좋아해서."

"네, 뭐."

희찬도 셀카 찍는 게 취미였다. 속 썩인다고 뭐라 하면서도 매니저와 아이돌 둘이 똑 닮아 있었다. 매니저 셋이서 옹기종기 얼굴을 맞대고 사진을 한 장 찍으려고 할 때였다.

"어? 도한이 형한테 전화 왔네?"

김 매니저가 투덜거리며 전화를 받았다.

"네, 형. 쉬는 시간이에요? ……네? 잠깐. 누구요? 형? 아, 매니저들끼리 잠시 뭐 먹으러 왔는데. 얘기도 나눌 겸. ……어억, 여기요? 구, 구내식당인데. 왜요? ……잠깐만요, 형? 형? 형!"

김 매니저가 사색이 된 얼굴로 전화를 끊었다.

"왜요? 무슨 일 있어요?"

"아니, 무슨 일 있는 건 아닌데."

김 매니저의 눈동자에 당황한 기색이 가득했다.

"곧 뭔가 일어날 것 같긴 하네요."

김 매니저의 뜻 모를 말에 주희가 의아한 표정을 지었다. 그러나 곧 김 매니저의 말이 어떤 의미인지 알게 되었다.

"어머!"

"도한이야?"

얼마 안 가, 조용하던 구내식당이 시끄러워졌기 때문이다.

4장. 예측할 수 없는 남자

몇 없던 방송국 여직원들이 갑작스레 등장한 도한의 모습에 옥타브가 한껏 올라간 목소리를 내질렀다. 보통 도한 정도 되는 스타들은 구내식당에서 볼 일이 없었다.

그런데 도한이 촬영용으로 머리와 의상이 완전히 갖춰진 상태로 구내식당에 불쑥 나타난 것이다. 그는 바지 주머니 한쪽에 손을 꽂고 구내식당을 쭈욱 훑어 내리기 시작했다. 주희가 한 입 베어 물려던 빵을 그대로 내려놓았다. 앞에 앉아 있던 김 매니저가 펄쩍 뛰었다.

"형! 여긴 왜 왔어요?"

"어, 거기 있네."

도한이 압도적으로 긴 다리를 움직여 성큼성큼 이쪽으로 다가왔다.

왠지, 방금 눈이 마주친 것 같았는데?

주희가 얼떨떨한 눈으로 훅훅 가까워지는 도한을 바라보았다. 도한은 거침없이 다가오더니 의자를 휙 끌어당겨 김 매니저 옆에 앉았다.

"여기서 뭐 해?"

도한이 짙은 눈썹을 꿈틀거리며 말했다.

"아니, 형이야말로 여기서 뭐 해요?"

김 매니저가 꽥 소리를 질렀다.

"배고파서."

"연기자들은 아까 먹었잖아요."

"뭐, 그냥 심심해서?"

"아, 형!"

멀찍이 서 있던 여직원 한둘이 이쪽을 힐끔거렸다.

"저것 봐! 사람들 쳐다보는 것 좀 보라고요!"

"보라 그래."

도한이 뻔뻔스럽고 태평한 얼굴이었다. 그가 긴 다리를 꼬고 앉아서는 턱을 괴었다. 멀리 있던 여직원들이 쭈뼛거리며 다가와 사인을 부탁했다. 도한은 손이 안 보일 만큼 휘황찬란한 손놀림으로 사인을 해주었다.

"뭐 하고 있었냐니까?"

도한이 살벌한 목소리로 재차 김 매니저에게 물었다.

"아니, 그냥 빵 먹고…… 이야기 좀 했는데."

"그래? 아, 그쪽은 누구시죠?"

도한이 쓱 돌아보며 희찬의 매니저에게로 시선을 향했다.

"이희찬 매니저입니다."

"이희찬…… 씨."

방금 도한의 미간이 확 좁혀졌다가 펴진 것 같았는데.

"이쪽은, 차주희 씨고. 나랑 구면이죠?"

도한이 주희를 똑바로 바라보며 웃을락 말락 입꼬리를 움직였다.

"네, 도한 씨."

주희가 어색한 얼굴을 한 채 도한의 시선을 마주했다. 속내를 알 수 없고 종잡을 수 없다는 말이, 딱 맞았다. 갑자기 도한과 주희 사이에 이상한 신경전 내지 기류 같은 게 흘렀다. 잠시 테이블 위로 침묵이 내려앉았다.

희찬의 매니저가 눈치를 살피다가 분위기를 깨보려 일부러 소리 내서 웃었다.

"저희 이제 슬슬 올라가봐야 하지 않을까요?"

김 매니저가 과장되게 맞장구치며 자리에서 일어섰다.

도한이 구내식당에 떴단 소문이 퍼진 모양인지 차츰 사람들이 몰려들고 있었다. 요즘은 SNS에 떴다 하면 빛의 속도로 퍼지는 게 이런 소문이었으니. 정작 이 소란스러움의 대상인 도한은 아무렇지 않은 표정이었다.

매니저 셋에, 톱스타인 도한. 그다지 평범하진 않은 조합으로 넷은 구내식당을 나섰다.

주희와 희찬의 매니저가 앞서서 걸어가고 뒤에 나머지 둘이 따랐다. 희찬의 매니저가 주희에게 휴대폰을 내밀며 사진을 보여줬다.

"아까 같이 찍은 사진! 이거 제 페이스북에 올려도 돼요?"

"아, 네. 그러세요."

그는 SNS를 꽤 열심히 하는 모양이었다. 조금 전 식당에서도 내내 휴대폰을 손에 쥐고 있던 걸 보면.

"오, 주희 씨 예쁘게 잘 나왔다."

"그런가? 고마워요."

주희가 볼을 긁적거리며 웃었다. 그가 열심히 SNS에 사진과 함께 글을 올리는 걸 지켜보던 중, 갑자기 등 뒤에서 커다랗고 시커먼 그림자가 다가오는 게 느껴졌다. 스산한 기운에 몸을 돌려 뒤를 바라보자 그곳엔…….

"엄마야!"

도한이 엄청나게 살벌한 표정으로 서 있었다.

"아. 까, 깜짝이야."

"뭐 합니까?"

도한이 뒤에서 불쑥 고개를 들이밀고는 빤히 쳐다보았다. 희찬 매니저의 휴대폰에 떠 있는 사진을 보고는 도한의 얼굴이 미묘해졌다.

"뭐죠, 저 사진은?"

"아, 아까 다 같이 찍은 거예요."

그의 얼굴이 바로 옆에 와 있었다. 너무 가까웠다. 주희가 몸을 뒤로 살짝 물러 그를 피하며 설명했다.

"단체 셀카?"

"네, 뭐, 그런 거."

"난 그런 거 잘 이해 안 가더군요."

도한의 불퉁한 얼굴로 중얼거렸다.

"셀카 찍거나, 그걸 또 어디에 올리는 것들, 이해가 안 됩니다. 이상하잖아요?"

도한의 태클에 희찬 매니저의 표정이 시무룩해졌다. 주희가 힐 끗 둘을 번갈아 쳐다보다 입을 열었다.

"그래요? 전 이해되던데. 나에 대한 기록을 남기는 거잖아요. 도한 씨도 한번 해보세요."

주희도 셀카 찍는 걸 즐기는 성격은 아니었지만 희찬 매니저의 편을 들었다. 도한이 예나에게 관심을 가지고 있을지도 모른다 생각하자, 그의 모든 게 미심쩍기 때문일까? 괜한 반발심이 일었다.

"그렇습니까?"

도한의 얼굴이 이상해졌다. 뭐라고 더 툭 무심한 말투로 치고 나올 줄 알았는데. 그대로 입을 꾹 다물더니 그가 뒤로 물러났다. 어쩐지 기분이 미묘해졌다.

'……뭐지?'

주희가 찝찝한 기분을 떠안고 다시금 드라마 세트장으로 올라갔다.

그녀와 몇 발자국 떨어져 걷던 김 매니저는 이 일련의 사건을 뒤에서 관찰하고 있었다. 시시각각 김 매니저의 얼굴은 새하얗게

Mr.
시크릿의
비밀 연애

질려가는 중이었다. 김 매니저는 조금 전 도한과의 통화를 떠올렸다.

'네, 형.'

-너 어디야.

'쉬는 시간이에요?'

-차주희 씨 어디 있어?

'네? 잠깐, 누구요? 형?'

-유예나 씨 매니저 어디 있냐고. 없잖아.

'아, 매니저들끼리 잠시 뭐 먹으러 왔는데. 얘기도 나눌 겸.'

-갈게.

'어억, 여기요? 구, 구내식당인데. 왜요?'

-끊어.

'잠깐만요, 형? 형? 형!'

에이, 설마. 에이. ······아니겠지?

김 매니저가 어깨가 처진 것 같은 도한의 등을 바라보며 혀로 입술을 축였다. 도한이 손으로 뒷목을 벅벅 긁었다. 평소에 전혀 안 하던 행동이었다.

"도한이 형, 설마, 아니죠?"

"뭐가?"

"아, 아니에요. 됐어요. 그냥 안 물어볼래."

김 매니저는 도대체 어떻게 돌아가는 상황인지 알 수 없었지만,

딱 하나만은 확실히 알 수 있었다.

도한은 원래도 이상했지만, 요즘의 도한은 정말로 이상하다는 것.

오늘의 스케줄이 마무리된 후, 주희는 예나를 데려다 주곤 지친 몸으로 집에 돌아왔다.

주희가 흐느적거리며 소파로 걸어가더니 그대로 소파 위에 벌렁 엎어졌다. 씻으러 갈 여력도 없었다. 한참을 뭉개다가 간신히 몸을 일으켰다. 노곤한 몸에 따뜻한 물을 끼얹고 나와서는 곧장 푹신한 침대로 향했다.

주희가 머리를 수건으로 털어내며 노트북을 열었다. 인터넷 기사를 몇 개라도 보고 잘 요량이었다.

"응?"

그런데 실시간 검색어에 좀 이상한 게 떠 있다.

"뭐야, 이게⋯⋯?"

달칵. 주희가 검색어를 클릭했다.

검색어 1위 도한 셀카. 2위 도한 트위터. 3위 도한 SNS. 최상위 순위가 다 도한으로 범벅이었다.

'셀카라니? 그런 거 싫어한다면서?'

조금 전 오후, 그의 말이 아직 기억에 남아 있었다. 주희가 의문이 가시지 않은 표정으로 기사 하나를 클릭했다. 말 그대로 도한이 트위터에 셀카를 올린 게 화제라는 거였다.

아니, SNS에 셀카 사진을 올리는 거야 누구나 하는 건데, 도한이 했다고 이렇게 온 포털이 들썩들썩 난리가 났다. 기사 몇 줄을 읽어보았다. 왜 그런가 하니 그가 셀카를 올린 건 데뷔 이래 최초란다.

주희가 눈을 깜빡거리며 노트북 화면을 뚫어지게 쳐다보았다. 도한이 찍은 셀카가 기사 사진으로 쓰였다. 셀카를 정말 한 번도 안 찍어봤는지 각도가 아주 엉망이었다.

휴대폰을 턱 아래에 두고 찍었나 보다. 평소 휴대폰을 들고 있는 각도 그대로. 근데 더 화제인 건 그 각도로 찍었는데도, 잘생겼다는 거였다. 분명히 이 각도면 턱이 2개가 되고 콧구멍이 동굴처럼 보여야 맞는 건데?

기사는 도한의 셀카 하나로 다양하게 쏟아졌다.

왜 그가 셀카를 찍었나?

왜 그가 셀카를 올렸나?

그가 셀카 찍은 장소는?

굴욕 없는 그의 얼굴!

주희가 입을 벌리고 도한에 관한 궁금증이 범람하는 인터넷 화면을 쳐다보았다. 이게 무슨 일이람.

"정말…… 대단하네."

확실히 다른 세계에서 사는 사람이라는 게 느껴졌다. 그의 행동 하나하나가 사람들의 관심거리와 기삿거리가 된다.

'근데 진짜 왜 올렸지?'

주희가 턱을 괴고 생각하다가 노트북을 그냥 덮어버렸다. 그의 의중을 고민하는 건 별 유익한 일이 못 되는 듯싶었다. 해봤자 결과도 안 나오고 머리만 아파지니까. 주희가 침대 위에서 축축한 머리를 비비며 뒹굴거렸다.

주희는 그녀가 도한에게 셀카 한번 찍어보라고 말했던 걸 전혀 기억하지 못했다.

이전까지는 거의 바닥을 기고 있던 플라워즈의 인지도가, 요새 들어 많이 올라갔다.

드라마는 아직 방영 전이었지만, 제작 발표회와 예능 등에 예나가 나오면서 대중들에게 모습을 비쳤다. 또 저번에 도한이 잡아준 대기업 런칭쇼 행사 덕분에 예나뿐만 아니라 플라워즈라는 이름도 알릴 수 있었다.

"생각보다 팬이 많이 왔는데요?"

"그러게……."

팬 카페 회원 수도 늘은 참에, 이 기회에 팬을 붙잡아놓으려는 생각으로 팬미팅을 열었다.

팬미팅은 작은 아트홀을 빌려서 진행했다. 플라워즈가 무대로 나가기 전에 주희가 바깥을 살폈다. 100석 남짓한 관객석이 꽉 차 있었다.

데뷔하고 1년쯤 지났을 때였나. 그때 했던 팬미팅에는 9명밖에 오질 않았었다. 왔던 팬도, 가수도 모두 민망하고 슬펐던 행사였다.

그러나 이번에는 남성 팬들의 커다란 함성을 받으며 플라워즈가 무대 위로 올라갔다. 주희가 관객석 옆으로 빠져, 행사를 통제

했다. 노래뿐만 아니라 팬과의 질답 시간, 게임 등 여러 이벤트가 이어졌다.

"여기서부터 다섯 분씩 앞으로 나가주세요."

주희가 사람들을 관리하며 무대 위로 줄을 세워 올려 보냈다. 마지막 순서는 플라워즈와의 악수회. 팬들은 손바닥을 허벅지에 문지르며 상기된 표정을 지었다.

낯익은 풍경이었다. 도한의 사인회에 갔던 날이 떠올랐다.

긴장하고 설레어 하는 팬들의 모습이 똑같았다. 그러나 커다란 차이가 하나 있다. 무뚝뚝하고 사무적이던 도한과 반대로, 플라워즈는 상냥하고 방긋방긋 웃고 있다는 것. 도한의 무심하고 의중 모를 얼굴이 눈앞에 어른거렸다.

'으, 떠올리고 싶지 않은 기억이야.'

주희가 고개를 흔들어 머릿속에서 도한을 밀어냈다.

"자, 여기서부터 올라가실게요."

주희가 마저 사람들을 통솔했다. 그러다 문득 익숙한 얼굴을 발견했다.

30대 후반 혹은 40대 초반 정도 되었을까. 항상 후줄근한 검은색 후드 티와 철 지난 카고 바지를 입고 오는 남자. 덩치는 꽤 우람했으나 그의 얼굴은 늘 주눅 들어 있는 것처럼 보였다.

플라워즈가 데뷔했을 때부터 지금까지 쭉 팬이었던 사람이다. 내는 앨범이 족족 망해서 팬이라고는 손에 꼽았을 때. 플라워즈를 보러 오는 사람이 워낙 적다 보니, 주희도 얼굴을 기억하고 있었다.

그가 두툼한 눈두덩이를 움찔거리며 주희를 째려보았다.

'뭐야…….'

명백하게 적의가 느껴지는 눈빛이었다.

그가 무대 위로 뒤뚱거리며 올라갔다. 남들보다 2배 정도는 될 법한 두툼한 손으로 플라워즈와 악수를 하고 내려왔다. 그의 얼굴에 비 오듯이 땀이 흐르고 있었다. 그가 씩씩거리며 자리에 앉았다.

'역시 이상해.'

주희가 그 남성 팬을 계속 주시했다.

사람의 감이라는 게 있었다. 주희는 그가 께름칙했다. 우울하게 생긴 얼굴 때문이 아니었다.

플라워즈는 몇 없는 팬을 챙기기 위해 웬만한 팬 서비스는 다 해주는 편이었다. 그는 그걸 이용해서 좀 무례하거나 과도하게 굴었던 적이 있었다. 사진을 찍을 테니 엉덩이를 이쪽으로 해보라거나, 치마가 너무 기니까 좀 들춰보라는 둥.

그때마다 주희가 나서서 정리를 했다. 주희가 강하게 경고하고 나서는 최근엔 그러지 않았지만, 그래도 전적이 있으니 불안했다.

팬미팅이 끝날 때까지 주희는 경계심을 놓지 않고 홀 이곳저곳을 주시했다. 대개 플라워즈를 순수하게 응원하는 팬이었다. 플라워즈는 평소보다 기분이 훨씬 들떠 보였다. 팬이 늘었다는 걸 눈으로 확인하고 직접 체감한 건 이번이 처음이었으니.

다행히도 팬미팅은 별 사고 없이 끝났다.

주희가 안도의 숨을 내쉬었다. 그러나 문제는 며칠 후, 다른 날

Mr.
시크릿의
비밀 연애

에 터졌다.

"잠깐만요! 카메라에 다 잡혀서요. 뒤로 좀 물러나주세요!"

거리는 사람들로 거의 포화상태였다.

통제해보려는 스태프들의 노력이 무색하게 사람들은 점점 더 불어났다. 드라마의 길거리 촬영 때문이었다. 딱히 번화가도 아니고 근처에 사람들이 많던 것도 아니었다.

그러나 요즘엔 인터넷과 SNS로 소문이 무섭도록 빠르게 퍼지는 게 사태의 원인.

이 근방에서 도한이 드라마 촬영을 하고 있다는 정보가 뜨자 사람들이 하나둘씩 모이더니, 이내 통제할 수 없는 지경에 이르렀다. 결국, 촬영이 잠시 중단되었다.

이번 신은 도한과 예나가 같이 나오는 장면이었다. 극중에서 예나는 도한의 이복 여동생이었다. 예나가 주변을 둘러싼 인파에 눈을 휘둥그레 뜨며 주희의 곁으로 붙었다.

"우와! 장난 아니다, 진짜."

"그러게."

"드라마 방영도 하기 전인데 말이죠. 사람들이 도한 선배님을 워낙 궁금해하니까, 떴다 하면 우르르 몰려드는 것 같아요."

주희가 조금 떨어진 곳에 서 있는 도한을 바라보았다. 도한은 검은색 정장을 빼입은 채 무심하게 드라마 대본을 넘겨보고 있었다. 사람들의 환호와 아우성은 들리지 않는 듯했다. 그의 꼿꼿하고 고고한 등은 움찔거리는 법이 없었다.

"대단하긴 하다. 도한 파워네, 정말."

"제가 이렇게 대단한 분이랑 드라마에 같이 나오다니."

예나가 급작스레 긴장된 기색을 표하며 다리를 떨었다.

"예나도 곧잘 하던데. 기죽지 마."

"힝, 팀장님."

아이같이 과장된 소리를 내며 예나가 달라붙었다. 주희를 엄마로 생각하고 파고드는 아기새 같았다. 주희가 예나의 어깨를 두드리며 물었다.

"아 참, 희찬이랑은 촬영장에서 좀 어때? 잘 지내?"

주희가 문득 전에 맡았던 희찬이 궁금했다. 그러자 주희의 어깨에 찰싹 달라붙어 있던 예나의 얼굴이 요상해지기 시작했다.

"왜 그래?"

"아, 아뇨. 뭐……."

"잠깐, 너 좀 수상하다?"

주희가 예나를 떨어뜨려놓고 그녀의 얼굴을 빤히 살폈다. 입술을 오물오물하고 눈동자를 굴리는 게, 아무리 봐도 심상치 않았다.

"예나 너, 설마……."

"네? 아니에요. 아뇨, 그냥 제가 혼자서, 그러는 건데!"

"나 아직 아무 말도 안 했거든."

"윽, 죄송해요."

"너…… 희찬이 좋아해?"

주희가 목소리를 죽여 속삭였다. 예나의 귀 끝이 시뻘게지기 시작했다. 진짠가 보다. 이건 예상외의 일이었다. 주희가 곁눈질로

Mr.
시크릿의
비밀 연애

도한을 힐끔거렸다. 이런, 도한 씨.

"조, 좋아한다기보다 엄청 팬이었거든요."

"전혀 몰랐네."

예나가 눈을 깜빡거리며 수줍은 표정을 지었다.

"그래도 연애는 안 할 거예요. 지금은 아닌 것 같아요."

"네가 그런 말을 하다니……."

툭하면 남자에게 빠져서 주희의 속을 새카맣게 태우던 예나였다.

"그냥, 이번에 온 기회는 놓치기 싫어서요. 드라마에 집중해야죠!"

"잘 생각했어."

주희가 예나의 허리를 툭툭 두드려주며 칭찬했다.

어쩐지, 발랄하던 예나가 희찬의 앞에만 서면 얌전해진다 했다. 그래도 다행이었다. 한시름 놓은 기분이 들었다. 혹시나, 예나가 도한에게 넘어가 도한이 좋다고 하면 어쩌나 골이 아팠는데.

"기특하네, 기특해."

오늘따라 예나가 더 예뻐 보였다.

"저, 대본 한 번 더 볼 거예요!"

"좋아, 팀장님이 봐줄게!"

열의를 불태우며 예나가 대본을 펼쳐 들었다.

아직까지 주변 상황 정리는 되지 않은 채였다. 경호원 몇 명과 스태프들이 열심히 사람들을 옆으로 몰고 있었지만, 뜻대로 되지 않는 듯했다.

도한이 있는 쪽에 사람들이 겹겹이 뭉쳐 있었다. 예나와 주희가 서 있는 쪽에는 한산했다. 그러다 다급하고 육중한 발소리가 바로 뒤에서 들려왔다. 등골이 바짝 서는 것이, 안 좋은 예감이 들었다.

주희가 주변을 둘러보며 예나를 감싸 안으며 그녀를 안쪽으로 밀었다. 헉헉대는 숨소리와 함께 다가온 남자. 항상 오는 그 우울한 생김새의 남성 팬이었다.

그는 경계를 곤두세우고 있는 주희를 발견하곤 매섭게 째려보았다. 그가 목소리를 높여 소리쳤다.

"예나야! 예나야! 나 왔어! 나 알지?"

예나가 기겁하는 표정으로 한 발자국 물러섰다.

"헉, 루비플라워 님이잖아요?"

예나는 그를 닉네임으로 기억하고 있었다. 그에 대한 안 좋은 기억이 남아 있어서, 그녀가 주춤거리며 뒷걸음질 쳤다.

"예나야! 다 필요 없어, 이런 것들! 널 계속 좋아했던 사람은 나라고! 예나야, 나 좀 봐! 야! 유예나!"

그가 악을 지르며 카메라를 들어 예나를 찍기 시작했다. 주변을 둘러보았지만 도와줄 만한 스태프가 없었다. 도한 쪽에 난 아수라장을 정리하러 죄다 그쪽에 몰려 있었기 때문이다.

"죄송하지만 현재 촬영 중이라서 조금만 조용히 해주세요."

주희가 예나를 그녀의 등 뒤에 숨기며 앞으로 나섰다.

"넌 뭐야? 아씨, 매니저 년이네."

그가 켁 가래침을 바닥에 뱉었다.

"네가 예나 이 드라마에 꽂았냐? 아이돌이 무슨 연기야? 예나야, 너는 지금껏 해왔던 것처럼 지방 행사 뛰면서 노래나 불러. 섹시 컨셉 하나 내고 군부대도 돌고, 아이돌은 그러면 되는 거야. 괜히 배우 하겠다고 설쳐서 망한다고. 뭘 알아야지."

그가 걸걸한 목소리로 계속 중얼거렸다. 되도 않는 훈수에 주희의 얼굴이 점점 구겨졌다.

그는 정상적인 팬이 아니었다. 자신만 알고 있던 예나가 이제 떠서 사람들에게 이름을 알리기 시작하자, 심기가 불편해진 모양이었다.

"저희 아티스트에게 그런 말 하지 말아주세요. 물러나세요."

주희가 강한 어조로 말했다. 그의 덩치는 주희의 거의 2배는 되어 보였다.

"이년이, 진짜."

그가 커다란 덩치로 사람들을 밀치며 주희 쪽으로 성큼성큼 다가왔다.

"예나야! 오빠랑 얘기 좀 하자고!"

"오지 마세요! 예나야, 뒤로 빠져."

예나가 급히 다른 남자 스태프에게 손짓을 했지만, 이미 그는 주희의 바로 앞까지 다가온 상태였다.

"진짜 쬐끄만 게 빡치게."

그가 막아서는 주희의 팔을 거칠게 잡아당겼다. 그녀가 이를 악물고 버텼다. 그에게 붙잡힌 팔이 뽑혀나갈 것처럼 얼얼했다. 몇 초간의 실랑이 끝에…….

부우욱! 천 찢어지는 소리가 들렸다.

"팀장님!"

그제야 다른 스태프들이 이쪽으로 와, 난입한 팬을 제압했다.

그러나 이미 주희의 옷이 찢어진 후였다. 예나가 사색이 돼서 주희에게로 뛰어왔다. 그가 무지막지한 힘으로 잡아당기던 중 아예 블라우스의 왼쪽 팔소매가 뜯겨 나갔다. 가슴 아래부터 허리까지가 횅했다.

"헉, 팀장님. 어떡해요!"

아래를 내려다보니 옷이 꽤 넓게 찢어져서 팔뚝뿐만 아니라 가슴 아래쪽도 드러났다. 그리고 틈새로 브래지어도 살짝 보였다.

주희의 얼굴이 확 달아올랐다. 순간 머리가 멍해졌다. 소란에 사람들이 죄다 그녀를 쳐다보기 시작했다. 사람들의 웅성거림이 주희의 귓가를 후려쳤다.

그때, 갑자기 어깨 위에 풀썩, 재킷이 덮어졌다.

"저 새끼가."

한 번도 들어본 적 없는 격한 말투.

주희가 느리게 고개를 돌렸다. 도한이 아랫입술이 새하얗게 될 정도로 꽉 깨물고서는 남성 팬을 노려보고 있었다. 어깨에 둘러진 옷은 도한의 것이었다. 품이 넉넉하게 남아서 옷이 주희의 몸을 완전히 감쌌다.

"괜찮아요?"

도한이 미간을 잔뜩 좁힌 채로 주희를 내려다보았다.

옷에서 도한의 체향이 짙게 맡아졌다. 너무 놀라서겠지. 심장이 엇박자로 쿵쿵댔다.

"네, 네⋯⋯."

"왜 차주희 씨가 맞서요?"

도한이 화난 목소리로 소리쳤다.

진상 팬들을 숱하게 상대해온 주희였지만, 이런 식으로 몸싸움이 격렬하게 붙은 건 처음이었다. 생각보다 놀란 마음이 컸는지 자꾸만 심장이 벌렁거렸다. 씩씩거리는 도한의 거친 숨결이 느껴졌다.

"제가, 제가 매니저니까요."

"하."

도한이 고개를 푹 숙이더니 거친 손짓으로 자신의 머리를 헤집었다.

"다친 데는."

"다치지는 않았어요."

결국 촬영을 접으려는 모양이었다. 주변에 스태프들이 철수 준비를 하기 시작했다. 난동을 피운 남성 팬은 사라졌고, 차츰 주희도 마음이 안정되었다.

놀란 가슴을 진정시키며 주희가 현 상황을 차분하게 생각해보려 애썼다.

지금 어떻게 된 거지?

주희가 도한을 올려다보았다. 누가 봐도 동요하고 있는 그의 표정, 바로 달려와 자신의 몸에 옷을 둘러준 행동. 단순한 걱정에서 나온 호의라고 보기에는 조금 과했다. 도한이 자신한테 왜 이렇게까지 하는지 알 수 없었다. 머리가 혼란스러워졌다.

"조심해요."

그가 착 가라앉은 목소리로 말했다.

주희가 간신히 고개를 끄덕였다. 지금까지 생각하고 있던 모든 게 꼬이는 기분이 들었다.

주희는 그녀에게 쏟아지는 그의 뜨거운 눈빛에 당황했다. 그의 새카만 눈동자가 오로지 자신만을 향하고 있었다. 명백하게.

"언니, 옷이 왜 그래?"

주희가 터덜터덜 집에 들어오자 은희가 놀라서 소리 질렀다. 도한에게 재킷을 돌려주고 나서는 얇은 담요로 상체를 감싸고 왔다. 은희가 너덜너덜해진 블라우스를 이리저리 들춰 보았다.

"뭐야, 무슨 일 있었어?"

"말도 마. 팬 하나가 난입해서 난리 쳤어."

주희가 흐트러진 머리카락을 쓸어 넘기며 한숨을 쉬었다.

"웬일이야. 다친 데는?"

"응, 다치지는 않았고."

"어후, 또라이 때문에 괜한 옷 하나 버렸네."

주희가 들어가 옷을 갈아입고 나왔다. 조금 전 아찔했던 상황이 다시금 떠올랐다. 도한이 잽싸게 옷을 덮어주어서 다행이었다. 아니면 사람들이 잔뜩 몰려 있는 곳에서 크게 민망할 뻔했다.

그러고 보니 너무 당황해서 고맙다는 말도 제대로 못 했다. 그간 예나 때문에 그에게 경계심만 잔뜩 세우고 있었는데 이번 일로 다르게 보였다.

Mr.
시크릿의
비밀 연애

전에 그가 바뀐 가방 때문에 무턱대고 전화했을 때 그의 연락처를 저장해놓았다. 그러나 지금 갑자기 연락해서 고맙다고 하기는 망설여졌다.

'다음에 촬영장에서 보면 고맙다고 해야겠지.'

Rrrrrr.

"어……?"

기막힌 타이밍이었다. 주희가 눈을 크게 뜨며 휴대폰을 내려다보았다. 휴대폰 화면에 떠 있는 이름이 당황스러웠다.

도한.

도한에게서 전화가 걸려오고 있었다.

전화벨이 계속 울렸지만 선뜻 휴대폰을 집어 들지는 못했다. 저번에 그가 집에 찾아온 이후로 전화가 온 건 처음이었다.

꿀꺽. 주희가 침을 삼켰다. 긴장으로 손가락 끝이 약하게 떨렸다. 전화벨이 일고여덟 번쯤 울렸을 때야, 그녀가 전화를 받았다.

"여보세요?"

-차주희 씨.

"네."

-도한입니다.

"알아요."

-다행이군요. 저장해놨나 보네요.

왜 나한테 전화를?

주희가 휴대폰을 쥐고 있는 손에 힘을 주었다.

"어쩐 일로……."

-별건 아닌데. 비는 시간에 혼자 드라이브 나왔다가 길을 잘못 들었습니다.

도한의 말투가 듣기에 이상할 정도로 굳어 있었다.

-정신, 차려보니 의정부.

"……네?"

-근처에 모카 빵집이라는 게 있고, 대박 슈퍼도 있군요.

"거기 저희 집 앞이잖아요!"

-아, 그렇습니까. 어쩐지 낯이 익던데.

침대 끄트머리에 앉아서 전화를 받던 주희가 벌떡 일어섰다.

-그럼 나오는 게 어떻습니까.

주희가 입을 뻐끔거렸다. 갑작스러운 상황에 황당해서 할 말을 잃었다.

뭐, 길을 잘못 들어? 직업이 배우라는 사람이 거짓말 연기를 이렇게 못할 수가. 거짓말이라는 게 너무 티가 났다. 진짜라고 믿기도 힘든 상황이었다. 어떻게 길을 잘못 들면 서울특별시를 넘어서 의정부까지?

"잠깐만요."

-안 나와요?

그의 목소리가 갑자기 아주 낮게 깔렸다. 오소소 뒷목에 소름이 돋을 정도로.

"아뇨, 나갈게요. 나가요."

주희가 급히 전화를 끊었다. 우선 후우 숨을 깊게 내쉬었다. 침착하자, 침착…… 은 무슨!

주희가 앞머리를 한 손에 쥐고는 미간을 찌푸렸다. 신비주의라 도한에 대한 정보는 전혀 공개되어 있지 않은 상태. 게다가 하는 행동은 이렇게 항상 돌발적이니. 그는 알쏭달쏭하기만 했다.

"아니, 왜 여길 와……."

주희가 마른세수를 하고는 집 바깥으로 나갈 준비를 했다.

그의 의중은 모르겠지만 우선 만나서 부딪쳐봐야겠지. 빌라 아래로 내려가자, 전에 봤던 외제차와는 다른 종류의 것이 길목에 서 있었다. 다시 봐도 이 허름한 동네와는 어울리지 않는 물건이었다.

주희가 차 가까이 다가가자 짙게 선팅 되어 있던 차창이 조금 내려갔다. 그 틈새로 도한이 보였다. 주희가 혀로 입술을 축이고는 차 문을 열고 들어갔다.

"왔군요."

"네."

조수석에 엉덩이를 붙이고 앉았다. 도한은 물끄러미 주희를 바라보더니, 갑자기 몸을 뒤로 꺾어 뒷좌석을 손으로 뒤적였다.

"뭐, 뭐 하세요?"

"가져온 게 있습니다."

도한의 손에 들린 것은 쇼핑백 다섯 꾸러미였다. 주희가 한쪽 눈을 좁히며 요상한 얼굴로 그걸 바라보았다.

"이게 뭔데요?"

"옷."

그는 짤막하게 말하더니 쇼핑백 안에서 옷을 하나둘씩 꺼내기 시작했다. 블라우스나 셔츠, 간혹 원피스도 있었다. 가격대가 꽤 나가 보였다. 거의 열 벌 정도 되는 옷을 너저분하게 꺼내놓고는 주희를 빤히 응시했다.

항상 담담하던 그의 눈이 반짝 빛났다. 마치 주희가 칭찬을 해주기를 기대하는 듯한 눈빛.

"저기, 도한 씨."

"예."

"제발, 말로 설명을 좀 해주시겠어요?"

도한이 눈썹을 꿈틀거렸다.

"아, 옷이 찢어졌잖아요?"

"네."

"그래서 옷을 몇 벌 사왔습니다."

옷이 찢어져서, 옷을 사왔다. 어떻게 보면 너무나 단순한 논리 구조라 맥이 빠질 정도였다. 그러나 주희는 점점 더 그를 이해할 수 없었다.

"이게 다 제 옷이라고요?"

"별롭니까?"

도한의 얼굴에 시무룩한 빛이 떠올랐다.

"아니, 별로라는 게 아니라. 이걸 저한테 주시는 이유를 모르겠어요."

"그야……."

도한이 자신 있게 입을 열었다가 몇 초간 그대로 굳어 있었다.

"그야?"

"그야……."

Mr.
시크릿의
비밀 연애

도한이 갑자기 말하는 법을 잊어버린 사람처럼 입을 꾹 다물었다. 그의 눈썹이 팔(八)자로 처졌다.

주희가 혼란스러운 낯빛의 도한을 가만히 쳐다보았다. 도한의 투박한 행동을 유심히 살펴보고 미루어 짐작하건대, 그는 자신을 걱정했던 것 같았다.

그게 아니라면 야밤에 이곳까지 찾아와 옷을 열 벌이나 안겨주는 그를 이해할 방도가 없었다. 그렇담 왜 이렇게까지 해주느냐가 문제였다. 주희가 제 무릎 위에 떨어진 새 원피스를 조심스레 집어 들었다.

이게 무슨 의미일까?

"도한 씨."

"예."

"저랑 친해지고 싶으세요?"

도한이 좁혔던 미간을 확 폈다. 혼란스럽던 그의 눈동자에 갑자기 생채가 돌았다.

"그런 것 같군요."

"왜요? 예나 때문예요?"

주희가 그의 속내를 파헤치기 위해 돌직구를 날리기로 했다. 주희의 입에서 '예나'라는 말이 나오자 도한의 얼굴이 다시 구겨졌다.

"왜 여기서 그 이름이 나오죠?"

"아니에요? 예나한테 마음 있으셔서 저랑 친해지려고 하신 거?"

확실하게 대답을 받아내야겠다. 그래야 조금이나마 이 남자를 알 것 같았다.

"아닙니다."

도한은 단호하게 말했다. 말투 끝에 날이 서 있었다.

주희가 긴장된 어깨에 힘을 쭉 풀었다. 예나를 좋아하는 게 아니었다니. 지금까지 오해하고 그에게 경계 태세를 갖추었던 게 죄다 삽질이었다. 그럼 왜 대기업 행사를 잡아주고, 희찬을 노려보고 했던 걸까?

머릿속이 복잡해졌다. '설마'를 시작으로 말도 안 되는 상상이 떠올랐다. 설마 그가 날?

아냐, 말도 안 돼. 말도 안 되지. 그가 그럴 이유가 없지. 괜한 공상일 것이다. 주희는 스스로에게 자신감이 없는 편은 아니었다. 일반인 기준으로 겉모습도 이만하면 괜찮고, 지금껏 쌓아온 커리어에도 자부심이 있었다.

하지만 상대가 연예인이라면, 게다가 톱스타인 도한이라면 사정은 달라진다. 그는 대한민국을 대표하는 얼굴 중 하나였다. 당연히 그의 주변에는 엄청나게 예쁜 여자들이 수두룩할 테다.

같은 업계에서 일하고는 있지만, 그뿐. 아예 자신과는 사는 세계가 다른 사람인걸.

주희가 이마를 손으로 짚으며 생각을 떨쳐내려 할 때였다. 도한이 나지막하게 말했다.

"난 그저, 차주희 씨한테 관심이 있는 것뿐입니다. 다른 사람 상관없이."

Mr.
시크릿의
비밀 연애

후읍, 주희가 숨을 크게 들이마셨다.

머리가 급격하게 뜨거워졌다. 여러 생각이 뒤엉켜서 정신이 없었다. 그의 짙은 눈동자가 직선으로 그녀를 향하고 있었다. 차내에 잠시 정적이 흐르자, 그의 숨소리까지 들렸다.

주희가 침을 꿀꺽 삼켰다.

"왜 친해지고 싶은 건지 물어봐도 돼요?"

"차주희 씨가 궁금해서요."

주희가 눈을 느리게 감았다 떴다.

"······그래요, 잠깐만요. 다 좋아요. 알겠어요."

도한의 눈빛에 거짓은 없어 보였다. 그는 덤덤한 표정이었지만 주희는 정신을 차리기 힘들었다. 어떤 여자가 도한에게서 '당신이 궁금해요.' 같은 말을 듣고 멀쩡할 수 있을까. 주희는 더 이상 깊이 생각하는 걸 포기했다.

"그런데 이 옷가지들은 받을 수 없어요."

"왜죠?"

"너무 과해요."

"뭐가?"

"이게 도대체 한 벌당 얼마야······."

"별거 아닙니다. 얼마 안 해요."

"그거야 도한 씨 기준이겠죠."

"난 그저······!"

도한이 항의하듯 입을 열었다.

"네, 호의로 가져와주신 거 알아요, 감사해요. 하지만, 친해지는 방법엔 이런 것 말고, 돈 안 들고 부담 없는 것도 있어요."

도한이 짙은 눈썹을 까딱거렸다.

"뭐죠?"

"연락을 한다든가."

"연락?"

"문자 같은 거 말이에요."

"아."

"마주치면 인사를 해서 호의를 표시할 수도 있죠."

"그렇군요."

어쩐지 대화가 자꾸 이상하게 흘러가는 것 같다. 주희가 눈을 찡그렸다. 왠지 초등학생, 아니 유치원생에게 '친구와 사귀려면 어떻게 해야 할까요?' 이런 걸 가르치고 있는 기분이었다. 심지어 도한은 그녀의 이야기를 경청하고 있었다.

"알겠습니다, 참고하죠."

도한이 고개를 끄덕거렸다.

"그래도 옷은 이번은 받아둬요."

"하지만."

"환불도 못 합니다. 택 다 뗐어요."

도한이 다시금 옷을 쇼핑백 안에 집어넣었다. 그러고는 주희가 다 들고 가기도 벅찰 만큼 한 아름 그녀의 품에 안겨주었다. 주희가 어쩔 수 없이 그의 선물을 받아들었다.

"감사해요. 여하튼…… 음, 저 걱정해주신 거죠?"

도한이 미묘한 표정이 되더니 느리게 끄덕거렸다.

"이만 가볼게요."

주희가 쭈뼛거리다가 차 문을 열었다. 도한이 마지막까지 주희를 눈으로 좇았다.

도한의 차가 좁은 골목을 벗어나 사라졌다. 주희가 쇼핑백을 두 손에 나눠 들고는 잠시 목을 꺾어 하늘을 올려다보았다. 별이 하나도 안 보일 만큼 구름이 가득 낀 밤이었다. 두 손에 묵직하게 느껴지는 무게감만큼 가슴도 무거워졌다.

아직도 그저 멍했다. 도한은 참 서툴고 투박한 사람인 듯하다. 조금 전 일로 걱정되어 이렇게 막무가내로 옷을 사오는 걸 보니. 하지만 그의 거친 호의가 기분이 나쁘진 않았다.

오히려……

주희가 턱을 아래로 당겨 물끄러미 가슴께를 바라보았다. 심장이 평소보다 빠르게 뛰고 있었다.

지이잉.

드라이어를 든 주희의 손이 가만히 멈춰 있었다. 한곳에 계속 뜨거운 바람을 쐬자 두피가 화끈해졌다.

"앗뜨!"

그제야 주희가 정신을 차렸다. 요즘 멍하게 앉아 있는 때가 늘었다.

띠링. 지금처럼 '띠링' 하는 문자음과 함께 도착하는 누군가의 문자 때문이었다.

[아침?]

도한에게서 온 것이었다. 허어. 주희가 눈을 깜빡거렸다. 또 잠시 넋을 놓고 드라이어를 들고 있었던 탓에 두피가 데일 뻔했다. 대충 머리를 말리고 드라이어를 내려놓자마자, 성질 급한 문자가 한 번 더 날아왔다.

[답.]

몰랐는데 요 며칠 문자를 해보니 알겠다. 도한은 성격이 급했다. 안 그렇게 생겼는데.

[먹었어요. 출근 준비 중.]

주희가 답장을 하자마자 몇 초 안 돼서 또 문자가 왔다.

[나도.]

또 하나 알게 된 건, 얼굴 볼 때는 존댓말이지만 문자 할 때는 반말을 한다는 거였다. 자신보다 연상인 것 같으니 별 불만은 없었지만, 그럼 아예 말을 놓든가. 하여간 특이한 사람이었다.

며칠 전 마치 유치원생을 가르치는 것처럼, 친해지는 방법에는 간편하게 휴대폰으로 연락하는 게 있다고 말한 이후, 정말 시도 때도 없이 그에게서 문자가 오고 있었다.

'……으아아! 미치겠네.'

주희가 화장대 위에 잠시 엎드렸다.

"언니이, 출근해?"

"응."

"이렇게 빨리?"

"오늘 촬영이 좀 이르게 잡혔어. 예나 데리고 샵도 들러야 하고."

"으응."

"너 얼른 더 자고 출근해."

주희가 누워 있는 은희의 엉덩이를 톡톡 두드리고는 현관으로 나갔다.

드라마 촬영장으로 또 출근이었다. 아직까지 촬영장 분위기가 신기했다. 수많은 스태프들과 장비들, 대본, 갑자기 다른 사람이 되는 것처럼 연기하는 배우들.

[언제 와?]

주희가 도한에게서 온 문자를 바라보았다. 그녀의 눈이 빠르게 깜빡거렸다. 기분이 이상했다. 주희가 애써 마음을 달래며 운동화 끈을 꽉 묶었다. 집 밖으로 나오면서 도한에게 답장했다.

[곧이요.]

이번에도 얼마 지나지 않아 빠르게 답이 왔다.

[얼른 와.]

잠시 동작을 멈추고 휴대폰만 뚫어지게 바라보았다. 꽃샘추위가 몰려와 날이 쌀쌀했는데도 몸은 화끈거렸다.

'……이건 반칙이잖아.'

친해지고 싶다고 했으면서, 이건 친해지는 게 아니라 마치…….

남자를 잘 모르는 연애치였지만, 그래도 주변에서 주워듣는 건 있었다. 이건 이상하다. 다 떠나서, 이 문자를 보자마자 스스로가 이상해지는 기분이 드니까.

주희가 그냥 걸어가려다 잠시 다리를 멈추었다. 가방 안에 넣어 둔 파우치에서 팩트를 꺼내고 얼굴을 살폈다. 톡톡. 괜히 피부를 한 번 더 두드렸다. 봄바람이 들었나, 싱숭생숭해졌다. 주희가 립스틱도 꺼내서 입술에 칠했다. 간만에 새로 산 것이었다.

평소에 바르는 것보다 채도가 높은 화사한 색깔이었다. 봄 시즌에 맞춰 나온 촉촉한 코랄빛 립스틱. 너무 튀는가 싶어 민망해졌지만 잘 어울린다 했던 은희의 말을 믿기로 했다.

주희가 묶은 머리를 찰랑거리며 출근하기 위해 발을 재빠르게 놀렸다. 양옆에서 서늘한 바람이 불어닥쳤다. 그러나 하늘은 맑았고, 막 떠오르기 시작한 해는 따뜻했다. 정말로 이젠 봄이었다.

밴에 예나와 진 코디를 태우고 샵을 들렀다가 촬영장으로 향했다.

예나는 잔뜩 굳은 얼굴로 뒷좌석에서 대사를 중얼중얼 외웠다. 이번에 찍는 건 희찬과의 러브신이었다. 긴장해 죽으려는 예나를 보자, 덩달아 자신까지 긴장되는 것 같았다.

방송국에 도착해 촬영장으로 들어가며 주희가 예나의 어깨를 도닥였다.

"너무 떨지 말고 해. 티 내지 말고!"

"네, 팀장님. ……아, 근데 사실 죽을 것 같아요."

"심호흡하고, 응?"

"팀장님, 손 한 번만 잡아주세요."

죽을상을 하고 울먹이는 예나의 손을 꼭 잡아주었다. 비록 예나의 손이 그녀의 것보다 컸지만, 주희가 예나의 손등을 살살 쓸어주며 물었다.

Mr.
시크릿과의
비밀 연애

"좀 괜찮아?"

"네, 역시 팀장님 손은 엄마 손 같아요. 진정되는데요?"

"말만 해. 손잡는 거야 언제든 해줄 수 있는 건데."

"팀장님은 엄하면서도 되게 다정하세요."

"뭐야, 갑자기."

"그냥 감사하다구요. 저희 험한 거 안 시키려고 많이 애쓰셨잖아요."

주희가 고개를 털어내며 예나의 등을 밀어냈다.

"그래. 그러니까 더 열심히 해."

"팀장니임."

예나가 덥썩 달려들며 주희에게 팔짱을 꼈다. 얼굴은 도도하게 생겼지만 마음이 여린 애였다. 주희가 자신보다 큰 예나를 감싸 안으며 드라마 세트장으로 향했다.

"으아아, 어떡해요!"

"괜찮아, 괜찮아."

예나가 오두방정을 떨며 주희의 두 손을 꽉 붙잡았다. 주희도 세트장 내부를 쓱 눈으로 훑었다. 세트장에 있는 여러 장비가 보기만 해도 압도적이었다. 저것들 앞에서 연기를 한다는 게 보통 일은 아니겠다.

게다가 몇 년간 좋아했던 희찬과의 러브신이라니. 희찬이 뒤에서 예나를 껴안는 장면이었다.

"잘할 거야."

"그렇지만, 응, 맞아요. 그렇지만…… 어?"

쉴 새 없이 떠들던 예나의 입이 잠시 멈추었다. 그러더니 미묘하게 시선이 주희를 비껴 나갔다.

"왜 그래?"

주희가 의문스럽게 예나를 바라보다가 그녀의 시선을 따라 뒤로 고개를 돌렸다.

"좋은 아침입니다."

낮고 깊은 목소리가 울려왔다. 향수 냄새보다는 가볍고, 스킨 냄새보다는 달콤한 체향. 도한이 바로 뒤에 서서 주희를 바라보고 있었다. '인사'를 건네면서.

그를 이렇게 가까이서 마주한 게 처음도 아닌데 주희는 갑자기 머리가 하얘졌다. 순간 바보가 된 것처럼. 그녀가 아무 말도 없자 도한이 입술을 미세하게 꿈틀거렸다.

그러더니 조용히 한 손을 들어 올려 흔들었다. 인사하듯이.

"마주치면 인사하라고 했잖아요?"

"네? 네, 맞아요."

"답은?"

주희가 무엇에 홀린 듯 그를 따라 손을 들었다.

"좋은 아침이에요, 도한 씨."

그러다 퍼뜩 이게 다 큰 어른 둘이서 뭐 하는 짓인가 싶었다. 도한은 아무렇지 않은 표정이었지만, 주희의 귀 끝이 조금 달아올랐다.

저번의 차에서 대화를 나누고 난 이후, 그만 보면 머리가 복잡해졌다. 그가 워낙 종잡을 수 없는 인물이라 그런 걸까? 철저하고 꼼꼼한 여자처럼 보이기 위해 항상 노력해왔는데, 그와 몇 마디 나누고 나면 모두 수포로 돌아갔다.

열여섯쯤으로 돌아간 기분이었다. 모든 게 불확실하고, 불안하면서도 작은 것에 까르르 웃던 그때로.

도한이 잠시 주희를 물끄러미 바라보았다. 이번 드라마에서 도한은 검사 역할이었다. 까만 고급 슈트에 넥타이, 짧은 앞머리는 단정하게 세웠다. 매끈하고 단단한 이마가 도드라지면서 더욱 남자다워 보였다.

도한이 무표정하게 있다가 눈썹만 살짝 까딱거렸다.

"뭔가 바뀌었는데."

"네?"

"뭔가."

도한이 손가락으로 입술을 두드리면서 골똘히 고민했다. 그의 시선이 세밀하게 주희의 얼굴을 훑었다.

"바뀌었습니다."

"제가요? ……어떤 게요?"

"음, 글쎄요. 이렇게?"

도한이 말로 설명 못 하겠다는 듯 두 손을 들더니, 살짝 좌우로 흔들었다.

흔들흔들. 아니, 저게 뭔데? 주희가 도한의 몸짓을 바라보며 고개를 기우뚱했다. 손을 얼굴 근처에서 흔드는데 도저히 의미를 모르겠다.

"무슨 뜻인데요?"

"그러니까……."

도한이 머뭇거리며 말을 고를 때, 스태프가 그를 불렀다.

"이따가 말하죠."

그가 걸어가고 나자 몇 발자국 떨어져 있던 예나가 입을 쩍 벌리고 주희에게 다가왔다.

"뭐, 뭐예요?"

"뭐가?"

"아니, 팀장님이랑 선배님이랑 어떻게……. 되게 친한 말투였는데?"

"아냐."

"아는 사이셨어요?"

"그냥 조금."

예나가 여전히 놀란 표정으로 주희를 바라보던 중이었다.

희찬이 세트장에 등장했다. 예나가 바짝 긴장하며 주희의 등 뒤로 다가갔다. 희찬은 주변이 몇 배는 환해지는 웃음을 달고 주희에게로 다가왔다.

"누나!"

히이익, 예나가 숨을 집어삼키는 목소리가 들렸다.

"어, 희찬아."

희찬이 싱글거리며 주희를 내려다봤다. 반짝이는 눈동자가 예뻤다. 남자에게 쓰기엔 좀 그럼 형용사였지만, 희찬은 예쁘다는 말이 정말 잘 어울렸다.

"누나, 근데 그거 들었어요?"

"어떤 거?"

"채화 선배님이요."

"응? 여배우?"

"네, 이번에 저희 드라마 합류한다는 소문이 있던데요?"

"왜? 이미 캐스팅 다 끝났잖아. 촬영 시작한 지도 좀 됐는데……. 도대체 무슨 역으로?"

희찬이 주변을 두리번거리더니, 허리를 숙여 가까이 다가왔다. 그러고는 귓가에 대고 소곤소곤 귓속말을 했다. 예나가 뒤에서 부러움 섞인 눈으로 쳐다보는 게 느껴졌다.

"그게 김정희 선배님이 프로포폴 복용 때문에 문제 생겨서 하차하실지도 모른대요. 그 빈자리를 급히 채화 선배님이 맡게 될 지도……."

"정말? 하지만 빈자리 메우기에는 채화 씨 급이 훨씬 높……."

주희가 심각한 표정으로 희찬에게 답을 하려 할 때였다.

"지나가죠."

갑자기 희찬과 주희의 사이를 가르며 도한이 뚜벅뚜벅 걸어왔다.

"윽, 무, 무슨……."

희찬이 도한의 손에 밀려서 뒷걸음질 치며 황당한 표정을 지었다. 이 넓고 넓은 세트장에서 굳이 이 사이를 지나가야 할 필요가 있냐는 얼굴이었다.

도한은 아무렇지 않게 쓱 지나치다가, 갑자기 몸을 휙 돌렸다. 도한이 주희를 뚫어지게 쳐다보았다.

"왜, 왜요?"

"바뀐 거 입술이죠."

도한이 그녀의 입술 부근을 바라보며 말했다. 주희가 반사적으로 손가락을 입가에 가져다 댔다. 립스틱 바꾼 걸 알아본 건가? 어쩐지 낯이 뜨거워졌다.

"……마, 맞아요. 용케도 알아보셨네요."

"확 달라졌는데."

괜찮다는 거야, 별로라는 거야. 주희가 눈동자를 굴리다가 조금 전 그가 했던 제스처를 떠올렸다. 두 손을 얼굴 근처에 올리고 흔들흔들. 그가 했던 대로 따라하며 물었다.

"근데 아까 이건 무슨 뜻이에요? 흔들흔들? 별로라고?"

"흔들흔들 아닌데."

도한이 픽 웃으며 손을 들어 움직였다.

"뭔데요?"

"반짝반짝."

"네?"

도한이 다시 한 번 주희의 입술을 바라보았다가 눈을 마주쳤다. 그러고는 아까 희찬이 했던 것처럼 가까이 다가와 자그맣게 귓속말을 했다.

"예뻐졌단 뜻입니다."

화르륵.

도한은 금세 귓가에서 멀어졌지만, 주희는 시선을 어디에 둬야 할지 알 수가 없었다. 그저 고개를 땅바닥을 향하게 푹 숙였다. 이런 말을 자연스레 할 남자로는 안 보였는데. 여자에게 '예쁘다'라고 말하는 게 어떤 의미로 들리는지 알고는 있는 걸까?

도한은 무표정한 얼굴로 다시금 저 멀리 걸어갔다.

"누나, 도한 선배님이 뭐래요?"

희찬이 한쪽 눈을 찡그리며 물었다.

"아, 아니. 아무것도 아니야."

"뭔데요?"

"아무것도 아니라니까."

"왜, 나한테 말 못 할 거라도 있어요?"

항상 밝고 해사하던 희찬의 얼굴이 구겨졌다. 목소리도 날카로웠다. 희찬의 뜻밖의 반응에 주희가 당황했다. 갑자기 분위기가 미묘해졌다. 다행히도 예나와 희찬이 촬영할 때가 되어, 자연스레 무마되었지만.

주희가 촬영장 구석 쪽으로 빠졌다. 배우들이 연기하는 모습을 가만히 바라보다가, 문득 손을 들어 입술을 매만졌다. 반짝반짝. 도한의 목소리가 계속 생생하게 메아리쳤다.

도한이 쉬는 시간이 되자마자 촬영장 밖으로 튀어나왔다. 그가 두리번거리며 누군가를 찾았다. 요즘 계속 머릿속에서 어른거리는 얼굴. 차주희.

그녀가 뭘 하고 있는지 알지 못하면 불안감이 들었다. 그런 점에서, '문자'는 생각보다 아주 유용했다. 물론 문자라는 기능이 있다는 거야 알고 있었지만, 사용할 일이 없었다. 타인과 연락을 하는 경우가 거의 없었으니까.

업무에 관련된 건 일체 김 매니저에게 대리해놓은 상태. 가끔 가다 태석이나 김 매니저와 짧게 전화 통화를 하는 게 전부였다.

하지만 요 근래에는 그의 문자함이 조용할 날이 없었다. 그는 시간이 날 때마다 주희에게 문자를 보냈다. 떨어져 있어도 그녀가 뭘 하는지 알 수 있다니. 만족스러웠다.

그러나 지금은 어디를 갔는지 보이질 않는다.

'어디 있는 거야.'

도한이 촬영장 근처를 헤맸다.

혹시나 그 희찬인가 뭔가 하는 놈과 따로 있는 건가?

방금 전, 딱 달라붙어 귓속말할 때도 짜증 났는데. 이러다가 희찬과 그녀가 단둘이 같이 있는 걸 보기라도 하면…… 속에서 열불이 날 게 분명했다. 왜 이렇게 열 받는지 모르겠다.

그때 저쪽 복도에서 익숙한 목소리가 들려왔다. 도한이 귀를 종긋 세우고 그리로 뛰어갔다.

"아, 조연출님. 15일 날 일정은 저희 측에서 한참 전부터 말해둔 건데…… 빠지면 안 되는 그룹 스케줄이 있어서요."

차주희다. 그녀가 조연출 한 명과 심각하게 이야기를 나누고 있었다.

도한이 조용히 그녀에게로 다가갔다. 작고 마른 뒷모습이 눈에 들어왔다. 하나로 높이 묶은 머리카락 아래로 드러나는 희고 얇은 목이 한 손으로 콱 쥐면 부러질 것 같았다.

뭘 자꾸 먹이고 싶고, 먹는 걸 보고 싶고 그랬다. 보호본능을 자극했다.

이런 게 그녀 말처럼 '친해지고 싶은' 감정인 건지. 자꾸 그녀 생각이 나면 속이 울렁거리는 게 묘하면서도, 딱히 기분이 나쁘지는 않았다.

"글쎄요, 드라마 촬영 스케줄도 급해서."

"조연출님!"

"레드 엔터 쪽에서 협조해주시면 안 될까요?"

"그렇지만……."

"주희 씨, 저 지금 일이 있어서 가봐야 하는데."

"……네, 알겠습니다."

조연출이 사라지고 주희는 그 자리에 못 박힌 듯 가만히 서 있다가 누군가에게 전화를 걸었다.

"네, 안 된대요. 회사가 작은 게 서러움이지. ……네, 절대 안 된 대요. 모르겠어요. 아, 제가 처음부터 말해놨는데. ……네, 그러게 요. 까먹었는지, 아니면 듣고도 반영을 안 해준 건지. 너무 서럽다, 속상해."

주희의 힘없는 목소리가 텅 빈 복도를 울렸다. 툭. 그녀의 목이 아래로 굽었다. 입고 있는 흰 티 겉으로 톡 튀어나온 날개뼈가 보였다.

지끈. 갑자기 심장께에 차가운 얼음이 얹어진 것처럼 싸한 기운이 몰려왔다.

"다른 멤버들은요? 괜찮대요? 상혁이 몸은? ……그래요. 아니에요. 조금 힘들긴 한데. 요 며칠 계속 일이 꼬이니까. 응, 네, 사장님, 들어가세요. ······네, 힘내야죠."

주희가 전화를 끊고 두 손으로 얼굴을 감쌌다. 좀 더 작아지고, 좀 더 지쳐 보이는 주희의 뒷모습을 바라보다가, 도한이 느리게 다가갔다. 가까워지는 발소리를 듣고 그녀가 몸을 뒤로 돌렸다.

쿡. 주희의 콧잔등이 도한의 가슴팍에 닿았다. 주희가 깜짝 놀라며 고개를 위로 들어 올렸다.

"······차주희 씨."

지끈. 다시 한 번 심장이 욱신거렸다.

5장. 감정표현

그녀의 둥그런 눈동자가 울음을 참은 것처럼 붉었다. 이 여자가 이렇게까지 작았나? 도한이 그녀를 내려다보며 꽉 주먹 쥐었다.

"도한 씨?"

놀란 듯 약하게 떨리는 목소리가 자신을 부르자 도한이 눈썹을 꿈틀거렸다. 그는 순간 아무런 말도 할 수 없었다. 혀끝에서 여러 말이 맴돌기만 하다가 사라져버렸다. 이런 기분은 처음이었다. 안달이 나고 머리가 새하얘졌다.

어떻게 해야 좋을지 모르겠는데, 뭐라도 하고 싶었다.

차라리 울어버리지. 울음은 용납할 수 없다는 듯 앙다물린 입술과 힘이 들어간 눈가가 더 애처로워 보였다.

그녀가 지치고, 속상하고, 서럽단다. 그러나 그런 감정에 빠진 사람에게 어떤 말을 해야 하는지 도한은 알지 못했다. 지금껏 맡아왔던 배역들을 하나둘씩 떠올렸다. 그들은 어떻게 했지? 다정하게 위로를 했나, 감싸 안았나.

나는 차주희 씨한테 지금 뭘 하고 싶은 거지?

모르겠다. 그저 울지 않았으면, 눈동자에 가득한 붉은 기가 어서 사라졌으면 싶었다.

도한이 손을 쥐었다 폈다. 바로 코앞에 그녀가 서 있었다. 속에서 열이 났다. 답답해죽을 것 같았다. 뱃속 중간에 아주 뜨거운 불덩어리가 똬리를 틀고 있는 기분이었다.

안절부절못하다가 그가 충동적으로 한 걸음 다가갔다.

"……어, 도, 도한 씨?"

주희가 당황하며 한 발짝 뒤로 물러섰다.

성큼, 한 번 다가가면, 탁, 뒤로 물러섰다. 도한이 빈틈없던 무표정을 무너뜨리고 미간을 좁혔다. 그가 손으로 앞머리를 쓸어 넘겼다.

"무슨."

도한이 머뭇거리다가 첫마디를 뗐다.

"네?"

"……무슨 일 있습니까?"

"아."

주희가 예상치 못했다는 듯 눈을 동그랗게 뜨다가, 이내 풋 작게 웃었다. 지친 기색이 가득하던 얼굴이 풀어지며 팡 하며 환한 빛이 터지는 듯했다.

그러자 신기하게도 아까까지 몸 안을 불태워버릴 것처럼 가득 차 있던 열기가 꺼져갔다. 이유 모를 답답한 기운도 슬며시 가셨다. 도한이 짙은 눈동자를 깜빡거렸다. 꽉 쥐고 있던 주먹이 스르륵 풀어졌다.

이제야 살 것 같았다.

"왜 웃죠?"

도한이 혀로 바짝 마른 입술을 축이며 물었다.

"얼굴 이렇게 찡그리시고, 성큼성큼 다가오시길래 화나신 줄 알았거든요."

주희가 도한의 표정을 흉내 냈다.

내가 저렇게 험악한 표정을 짓고 있었다고? 속이 순간 불타는 것 같았으니 그럴지도 모른다.

"화난 거 아닙니다."

"네, 저 걱정해주신 거였는데, 제가 착각했어요."

"걱정……."

"걱정해주셔서 감사해요. 별거 아니에요. 신경 쓰지 마세요."

주희가 상냥한 목소리로 말하며 가볍게 목을 숙였다.

걱정이었다. 아까 그 감정, 연기를 할 때를 제외하고는 감정이 격렬해진 건 오랜만이었다. 연기도 다른 사람들이 하는 것을 완벽하게 '카피'한다는 것에 가까웠지, 직접 느끼는 경우는 드물었다.

자신은 부족한 인간이니까.

하지만 지금은 달랐다. 도한은 감사하다고 말하며 옅게 웃는 주희를 보고는 다시 한 번 심장이 쿵쿵 뛰기 시작했다. 이 감정의 이름은 뭘까. 흡족하다, 짜릿하다, 먹먹하다?

어쨌든 '친해지고 싶은' 감정만 있는 건 아닌 게 분명했다.

그래, 단순히 친해지고 싶은 사람이라기엔, 그녀의 존재감이 너무 크다. 주희가 살풋 웃고는 그대로 총총 걸어 도한을 지나쳐 갔다.

도한이 손을 다시 한 번 쥐었다 펴고는 침을 삼켰다.

"아……."

손으로 얼굴을 쓸어내리자 뺨이 뜨거워져 있었다.

난생처음 느껴보는 격렬한 감정. 그 여파는 생각보다 오래갔다. 도한은 그 자리에 못 박힌 듯 한참을 서 있었다. 김 매니저가 급히 그를 찾으러 올 때까지.

"형! 왜 연락이 안 돼요!"

"……연락했어?"

"표정이 왜 그래요?"

"내 표정이 뭐."

김 매니저가 눈을 끔벅거렸다.

"그…… 아, 모르겠네. 뭔가, 처음 보는 표정인데? 아파 보이는 것 같기도 하고, 울려는 것 같기도 하고."

"별거 아냐."

도한이 시선을 쓱 돌리며 대충 둘러댔다. 아직까지 심장이 거세게 뛰고 있었지만 아닌 체하며.

"정말 괜찮은 거죠?"

"그렇다니까. 아, 그것보다."

도한이 아까 주희의 모습을 떠올렸다. 툭 치면 바스라질 것 같은 뒷모습. 조연출과의 대화. 속상하다, 서럽다고 말하던 목소리.

"촬영 스케줄 하나만 바꾸지? 15일에."

"네? 왜요? 누구랑?"

김 매니저가 이건 또 뭔 소린가 싶어 입을 벌렸다.

"유예나 씨랑."

"그럼 형 스케줄이 너무 꼬이는데?"

"불가능, 가능."

"……가, 가능이요. 아슬아슬하게."

"그럼 됐네. 들어가자."

도한이 김 매니저의 어깨를 툭툭 두드리며 촬영장 안으로 발걸음을 옮겼다.

원래 배우가 프로포폴 혐의로 하차하고, 채화가 자리를 급히 메울 거라던 소문이 사실이었다.

순조롭게 촬영이 진행 중이던 촬영장에 채화가 들어서자, 수많은 이목이 그쪽으로 쏠렸다. 그녀는 결혼 후 한참 활동을 안 하다가 최근에 복귀했는데, 시간의 흐름이 무색하게 여전히 예쁘고 우아했다.

도저히 중년으로 보이지 않는 얼굴이었다. 조막만한 얼굴과 그 안에 조화롭게 들어찬 이목구비. 옆에서 예나가 감탄조로 말했다.

"진짜 시간이 저분만 비껴갔나 봐."

걸음걸이도 고아하고 아름다웠다. 채화가 곧장 태석에게로 다가갔다. 스태프들이 아닌 척하면서 다들 그쪽을 바라보았다. 잠깐 촬영이 중지되었다.

세트 안에 있던 도한이 성큼성큼 걸어 나갔다. 무슨 이유에선지 도한의 얼굴이 잔뜩 구겨져 있었다. 채화가 아예 촬영장 바깥으로 빠져나가는 도한의 등을 물끄러미 바라보았다.

"분위기가…… 좀 이상한데요?"

예나가 목소리 크기를 낮추어 소곤거렸다.

태석은 의자에 앉아 이마를 손가락으로 문지르며 채화와 대화를 계속했다. 얼마 안 있어 채화는 돌아갔지만, 이상해진 분위기는 계속 이어졌다. 감독인 태석은 기본적으로 상냥한 사람이었다. 배우나 스태프가 실수해도 크게 다그치는 법이 없었다.

그러나 오늘은 달랐다. 촬영 내내 태석이 날카로웠다. 예나가 대사 하나가 자꾸 안 돼서 몇 번이고 NG를 냈는데, 태석에게 지지적을 세게 받은 모양이었다.

촬영이 다 끝나고 돌아가는 밴 안에서 예나가 자꾸 훌쩍거렸다.

"예나야, 괜찮아. 다음에 잘하면 되지."

"흐으윽, 팀장니이임."

주희가 한 손으로 운전하며 휴지 곽을 뒤로 건넸다.

"야, 너 콧물 난다."

"크응, 정말요?"

예나가 휴지로 코끝을 문질렀다.

"그만 울어. 눈 붓겠다. 내일 제주도도 가야 하는데."

"아, 맞다."

"짐은 다 쌌어?"

내일부터 2박 3일간 제주도로 로케이션을 갈 예정이었다.

"아직이요."

"짐 꼼꼼히 다 싸고, 대본 연습도 하고. 희찬이랑 키스신 있더라?"

히끅.

예나가 이젠 울다 못해 딸꾹질을 하기 시작했다. 백미러로 예나를 바라보다가 주희가 풋 웃음이 터졌다.

"좋아?"

"좋기는……."

예나가 빨개진 얼굴을 팩 돌렸다.

주희가 예나를 숙소까지 데려다주고 집으로 돌아왔다. 빌라 계단을 오르던 중에 전화가 걸려왔다. 조연출에게서 온 전화였다.

-예나 씨 스케줄 조정 가능하게 됐어요. 15일에.

"네? 갑자기 왜요?"

-그날 도한 씨가 갑자기 일정이 바뀌었다고 방금 연락이 와서요.

"……정말요?"

좋은 소식이었지만 얼떨떨했다. 전화를 끊고 주희가 잠시 멈추어 섰다.

'설마…….'

그때 복도에서 얘기하는 걸 듣고 바꿔준 건 아니겠지?

주희가 생각에 빠져 입술을 오므리며 집에 들어왔다. 일찍 퇴근해 누워 있던 은희가 주희를 보고 손을 흔들었다.

"고생했어. 새로 산 립스틱 잘 바르고 다니네."

주희가 신발을 벗다가 입술을 만지작거렸다. 바깥에 하루 종일 있어서 조금 거칠어져 있었다.

"언니, 왜 얼이 빠져 있어?"

"야, 은희야."

주희가 터덜터덜 동생 곁으로 다가가 앉았다.

"왜?"

"도한 말이야."

"도한? 나, 나 이제 그 오빠한테 별로 돈 안 써! 대신 며칠 전에 데뷔한 신인 아이돌인데, 언니 얘들 좀 봐봐. 진짜 잘생겼······."

"아니, 도한, 도한 말이야."

"도한 오빠는 왜?"

"막, 남 위해주고, 챙겨주고, 그럴 성격인가?"

은희가 손가락을 펴 까딱거렸다.

"전혀. 인터뷰 나오는 것만 봐도 무뚝뚝하고 차가워 보이는데. 그 점이 매력인 거지만."

"그래?"

"왜? 촬영장에서 싸가지 없게 굴어?"

주희가 약하게 고개를 저었다.

"아니, 그냥. 언니 씻을게."

궁금한 눈빛을 던져오는 은희를 내버려두고 욕실로 걸어갔다. 그때 도한에게서 문자가 왔다.

[집?]

Mr.
시크릿의 비밀 연애

그의 짧은 문자가 이제는 별로 당황스럽지 않았다. 처음에는 어색했는데 이제는 숨 쉬는 것처럼 자연스러운 일상이 된 느낌이었다. 어찌나 자주 오는지.

[네, 집이요.]

[피곤해?]

'조금요.'라고 치려다가 말았다. 주희가 고민하며 엄지를 움찔거렸다.

[많이 피곤해?]

재촉하듯이 그의 문자가 한 번 더 날아왔을 때, 주희가 통화 버튼을 눌렀다. 뚜루루. 두 번 만에 그가 전화를 받았다.

──……어.

짧게 내뱉은 그의 목소리는 낮고, 조금 당황한 듯 들렸다.

"안녕하세요."

-차주희 씨.

"네."

──……전화해도 됩니까?

"제가 걸었잖아요."

-젠장, 전화할걸.

"좀 묻고 싶은 게 있어서요."

묻고 싶은 말이 목구멍 바로 아래에서 간질거렸다.

혹시 도한 씨가 스케줄 일부러 바꿔주신 거예요? 왜 이렇게 문자를 자주 하시는 거예요? 도대체 저한테 왜 이러세요? 설마, 절…… 아니죠?

혀끝에서는 여러 말이 맴도는데, 정작 아무런 말도 할 수가 없었다. 아직 어떠한 확신도 없는 관계였으니, 가슴만 갑갑할 뿐이었다. 화가 난 기분은 아니었다. 울렁거리고 간지러운 느낌? 종종 도한이 떠오르면 멍해지는 것이 집중력도 흐트러졌다.

결국 많은 질문을 아래로 삼키고 주희가 맥 빠진 목소리로 말했다.

"근데 왜 문자로는 반말하세요?"

-답답해서. 안 되나?

"아뇨, 싫다기보다 그냥 궁금해서요."

-빨리 보내고 싶은데. 길게 치기 답답해서.

빨리, 보내고, 싶은데. 그의 말이 한 어절씩 떨어져 웅웅 귓가에 울렸다.

-휴대폰 자판 치는 것도 어렵고.

"……사실 30대 아니라 대라는……. 뭐, 그런 거 아니죠?"

-아닙니다. 휴대폰 잘 안 써서 그렇습니다.

"요즘 시대에?"

-꼭 휴대폰 붙잡고 있어야 되나. 딱히 연락할 사람도 없는데.

그의 말이 신빙성 없게 들렸다. 그에게서 온 문자 알람 때문에 휴대폰이 조용할 날이 없었으니까. 으음, 하고 뜸 들이는 게 느껴졌는지 도한이 한마디 덧붙였다.

-차주희 씨 빼고.

왜 이럴까, 이 남자.

"아, 예……."

잠시 몇 초 정적이 흐르고 도한이 나지막한 목소리로 말했다.

-전화, 좋네요.

"그런가요?"

-자주 하죠.

전화를 자주 하겠다는 그의 목소리에 심장이 또 주책맞게 요동 쳤다. 요 근래에 틈만 나면 심장이 시끄러웠다. 샤워를 하려고 옷 을 벗던 손이 어정쩡하게 허공에서 멈추어 있었다. 그가 앞에 있는 것도 아닌데 긴장이 되었다.

"……그, 그만 끊을게요."

-내일 봅시다. 좋은 밤.

그가 산뜻하게 마무리 멘트를 했다. 전화를 끊고 주희가 몇 초 간 멍하니 서 있었다. 좋은 밤. 그 짧은 인사말이 특별하게 들리는 건 그의 목소리가 너무 섹시해서인가. 새벽 라디오 디제이의 마지 막 속삭임 같은 목소리.

"음, 좋은 밤."

주희가 그의 말을 자그맣게 따라 해보았다. 역시나 이상해. 심장 이 울렁거린다. 주희가 세차게 머리를 좌우로 흔들었다.

다음 날, 드라마 촬영팀과 다 같이 제주도에 도착했다.

"팀장님, 저 어떡해요. 죽을 것 같아요. 아, 숨이 안 쉬어지는 것 같아요. 으악, 미치겠네, 정말."

예나가 모래사장 위를 빙글빙글 돌았다. 그녀의 발 아래로 깊이 자국이 파였다. 말리지 않았다가는 그대로 땅을 파고들어 갈 기세였다. 주희가 예나의 어깨를 붙잡았다.

"이러면 더 이상하게 생각한다니까? 아무것도 아니야. 그냥 키스신이잖아. 연기라고, 연기."

"맞아요. 응, 연기지. 아무것도 아니지. 나랑 희찬이랑 키스하는……. 으아아!"

예나가 풀썩 모래사장 위에 쪼그려 앉았다.

로케이션 촬영 일정에는 예나와 희찬의 키스신도 포함되어 있었다. 그것 때문에 서울에서 비행기를 타고 올 때부터 난리도 아니었다. 지금은 키스신 촬영이 들어가기 직전이었다. 저러다 과호흡으로 죽지는 않을까 걱정될 만큼 예나는 숨을 빠르게 몰아쉬고 있었다. 엄청나게 긴장한 기색이었다.

"준비하실게요."

스태프의 부름에 예나가 고개를 위로 휙 쳐들었다.

"망했다아……."

"팬이었다며. 기뻐해야 하는 거 아니야?"

"팀장님, 그게 아니죠. 어디 감히 우리 희찬이 입술에 제 입술을 들이대요. 희찬이 입술은 성역이라고요."

"……너 진짜 엄청 팬이었구나."

예나가 후욱 숨을 내쉬었다. 예나가 표정을 갈무리하고 일어섰다. 입술을 꾹 다물고 있으면 차가운 이미지의 미녀였지만, 실상은…….

예나가 비틀거리는 발걸음으로 촬영을 위해 앞으로 나갔다. 주희가 힘내라는 의미에서 뒤에서 작게 주먹을 흔들었다.

Mr.
시크릿의
비밀연애

저쪽에서 앉아 있던 희찬도 걸어 나왔다. 둘이 나란히 서자, 잘 어울리는 한 쌍이었다. 냉미녀와 꽃미남. 두 사람이 스캔들에 민감한 아이돌만 아니었더라도, 잘되라고 밀어줬을 텐데. 매니저라는 직책상 대놓고 응원할 수야 없지만.

카메라가 돌아가고 촬영이 시작되었다. 희찬이 예쁘장한 생김새와 대비되게 남자다운 손으로 주희의 옆얼굴을 감쌌다. 희찬이 부드럽게 얼굴을 틀며 예나에게 다가갔다. 예나가 그의 허리춤에 손을 올렸다.

몇 초간 부드러운 키스가 이어지고 컷 소리와 함께 둘이 떨어졌다. 희찬이 슬며시 눈을 떴다.

'……어?'

주희가 희찬과 눈이 마주쳤다. 항상 싱글싱글 웃고 있는 희찬의 얼굴이 이번에는 미묘했다. 평소보다 좀 더 남자답게 보였다. 찍은 장면을 모니터링하기 위해 감독 쪽으로 달려가기 전까지, 희찬의 시선은 계속 주희에게 머물러 있었다.

이상한 기분이 들었다. 희찬이 저렇게 남자다운 얼굴도 할 수 있었나? 그녀가 알고 있던 희찬이 아닌 것만 같았다.

키스신은 생각보다 장면이 예쁘게 나와서, 이후 두 번만 더 찍고 마무리되었다.

"팀장님, 제 심장 멀쩡히 뛰고 있는 거 맞아요……? 키스하는 거, 어, 어땠어요?"

"응, 예뻤어. 잘 어울리던데."

키스신을 마친 예나는 온몸에 기운이 다 빠져나갔다. 대답을 듣고

기뻐할 여력도 없어 보였다. 아직까지 뺨이 붉은 예나와, 아까 희찬의 눈빛. 2개가 머릿속에서 겹쳐지면서 이상하게도 입안이 썼다.

머리가 복잡해지려는 찰나, 다행히도 바로 점심시간이었다. 조연출 한 명이 일회용 도시락을 하나씩 나누어주었다. 다들 적당한 자리에 앉아 밥을 먹었다. 이른 비행기로 제주도에 도착하고 나서 첫 끼였다.

"근데 제주도라서 엄청 따뜻할 줄 알았는데, 그렇지도 않네요. 바람 때문에."

옆에서 밥을 먹던 예나가 추운지 몸을 바르르 떨었다.

"바닷가라 그런가 보다. 버스에 담요 놓고 왔는데 가져올게."

"팀장님, 밥 드셔야죠."

"나 다 먹었어."

주희가 자리에서 일어나 촬영팀에서 대절한 단체 버스로 걸어갔다. 바닷가를 가로질러 걸어가던 도중이었다. 누군가 뒤에서 주희를 불러 세웠다.

"차주희 씨."

저렇게 풀네임으로 '씨'까지 붙여서 부르는 사람은 한 명밖에 없다.

"도한 씨?"

도한이지, 뭐. 주희가 고개를 돌려 뒤에 삐딱하게 서 있는 도한을 바라보았다. 도한은 불만이 가득한 얼굴이었다.

"도한 씨도 버스에 가세요?"

"아뇨, 차주희 씨한테 말 걸려고 따라온 건데요."

"아하."

주희가 입을 조개처럼 꾹 다물었다. 도한이 지금처럼 똑바로 쳐다보며 단호한 말투로 저런 말을 할 때면, 어찌해야 할지를 모르겠다. 침묵을 지키는 수밖에.

"이희찬인가, 말입니다."

입을 다문 주희 대신 도한이 말했다.

"희찬이는 왜요?"

"뭡니까?"

주희의 둥그런 눈이 반쯤 찡그려졌다. 도한의 입에서 희찬이라는 이름이 나온 것도 놀라운데, 다짜고짜 뭐냐니?

"희찬이가 희찬이죠. 뭐가 더 있어요?"

도한의 표정이 점점 더 어두워지고 험악해졌다. 주희가 어깨를 움찔거렸다. 체격과 키가 한참 차이 나는 남자가 바로 앞에서 이러고 있자 긴장이 됐다.

"아니, 차주희 씨한테 뭐냐는 소리였습니다."

"저한테요?"

"예."

"전에 맡았던 아이돌인데……."

"또."

또? 주희가 눈을 데굴데굴 굴렸다.

"친동생 같은 아이이기도 하고요. 나이 차이도 꽤 나니까."

"친동생?"

도한의 잔뜩 구겨진 이마가 살짝 풀어졌다.

"흐음, 또 없습니까?"

"……네, 뭐, 없는데요."

"사귀는 사이는 아니고?"

"……네?"

주희가 입을 크게 벌렸다.

지금 저 남자가 뭐, 뭐라는 거야?

너무 황당해서 말도 안 나왔다. 발을 딛고 서 있는 모래사장 아래로 쏙 빨려 들어갈 것 같은 기분이었다.

희찬과는 나이 차이만 7살이었다. 한참 어린 데다 희찬이 고등학생일 때부터 봐왔다. 오늘처럼 가끔 그의 남자답게 성장한 모습을 알아차리곤 하지만, 그뿐. 겉모습이 어떻게 변했건 주희에게 희찬은 언제나 어린 동생 같았다.

"말도 안 되는 소리예요. 와, 진짜!"

주희가 시뻘게진 얼굴로 숨을 거칠게 내쉬었다.

"정말 아닙니까?"

"네!"

"서로에게 이성적인 뭔가가 없다는 거, 확실하게 상호 확인된 건 맞고?"

"상호 확인이고 뭐고, 그럴 리가 없다니까……. 아니, 갑자기 이런 건 왜 물으세요?"

도한이 고개를 까딱거렸다.

"글쎄요, 차주희 씨는 아니라고 하지만, 내 눈엔 그렇게 안 보여서."

"그렇게 안 보이다니요?"

"이희찬이 차주희 씨를 좋아하는 것 같던데."

희찬의 이름 뒤에만 '씨'가 붙어 있질 않았다. 게다가 평소의 덤덤한 말투가 아니라, 미묘하게 비꼬는 듯 불쾌감이 섞여 있는 말투였다.

'희찬이가 날 좋아해?'

주희가 어처구니없다는 듯 헛웃음을 지었다.

"왜 그런 추리를 하셨는지 모르겠지만 아니에요."

"글쎄요."

도한은 계속 미심쩍다는 듯 그녀를 바라보았다.

"이희찬, 그 사람 눈빛이 심상치 않습니다."

"……휴, 이런 황당한 얘기가 중요해요?"

"중요하죠. 아주."

도한이 짙은 눈썹을 꿈틀거리며 눈가에 힘을 꾹 주었다. 그가 주먹을 꽉 쥐었다. 주희가 눈을 가늘게 뜨며 그를 응시했다. 도한은 갑자기 곧 폭발할 기세로 부들거리더니, 크게 한숨을 쉬었다.

"그 사람이 차주희 씨 옆에 있는 게 싫단 말입니다."

순간 주변의 소리가 모두 사라지고 도한의 목소리만 들리는 듯했다. 그만큼 현실감 없는 내용이기 때문이리라.

"둘이 같이 있기만 해도 속에서 열이 난다고."

멍해진 정신을 붙잡는 데에는 꽤 오래 걸렸다. 몇 초가 흐르고 나서야 주희는 주변의 소리가 들렸다. 차차 도한의 말도 머릿속에 입력되었다. 주희가 작게 심호흡하며 생각을 정리해보았다.

도한은 희찬이 날 좋아하는 거라 의심하고 있다. 그런데 희찬이 내 옆에 있는 게 싫다. 왜냐하면 둘이 있는 걸 보면 짜증이 나니까.

이 일련의 논리 흐름. 아무리 생각해봐도 답은 하나로 귀결된다. 아주 믿을 수 없는 답으로. '도한이 차주희를 좋아한다.' 이것밖엔 없는데. 그러나 도한은 그의 입으로 확답을 내려주지는 않았다.

주희가 눈을 느리게 깜빡거렸다. 이대로 몸이 흩어져 모래처럼 흩날릴 것 같았다. 그만큼 몸에 힘이 들어가지 않고 붕 뜨는 기분이었다. 주희가 마른침을 삼키고는 말했다.

"잠깐, 도한 씨."

"예."

어마어마한 말을 내뱉은 장본인은 정작 태평한 얼굴이었다. 아마 자신이 한 말이 어떤 의미인지 미처 생각을 못했던 것 같다.

"……아니에요."

심장박동이 귀에 들릴 것처럼 거세고 시끄러웠다. 주희가 잽싸게 몸을 돌렸다. 가슴이 갑갑했다. 왜 이러지?

"가볼게요. 그리고 희찬이 관련한 건…… 도한 씨 오해예요."

주희가 도망치듯이 그에게서 멀어졌다. 제주도에 온 첫째 날. 로케이션 중에 사건사고도 잦고, 체력적으로 힘들기 때문에 단단하게 마음을 먹고 왔지만.

이런 이유로 진이 다 빠질 줄은 몰랐다. 예상치 못한 이유, 도한 때문에. 주희는 복잡한 마음을 들키지 않으려 오후 촬영 내내 도한을 슬슬 피해 다녔다.

그러나 제주도에서의 문제는 여기서 끝이 아니었다.

쏴아아. 하늘과 바다가 하나가 된 것 같았다. 하늘은 새카만 먹

Mr.
시크릿코의
비밀 연애

구름으로 물들어 있고, 바다에는 매섭게 바람이 내리쳤다.

"허……."

주희가 낡은 마루에 앉아 다리를 흔들었다. 해풍이 너무 비현실적으로 몰아쳐서, 화가 나거나 걱정이 되는 단계를 넘어섰다. 해탈한 기분이랄까.

극중의 주요 갈등을 이루고 있는 과거의 사건. 그 사건에 희찬과 예나 역이 엮여 있었다. 과거 장면의 촬영은, 제주도에서 배를 타고 나가야 하는 작은 섬에서 이루어질 예정이었다.

분명히 제주도에서 출발할 때만 해도 정상적인 날씨였다. 부슬비 수준으로 비가 내리긴 했지만 배를 띄우는 데에는 전혀 문제가 없었다.

그러나 섬에 도착하고 나서 얼마 지나지 않아 바다가 요동치기 시작했다. 바람이 너무 세게 불어 배를 다시 띄울 수가 없었다. 희찬과 예나, 촬영 스태프들은 그대로 섬에 고립되었다. 내일 점심쯤은 되어야 나갈 수 있었다.

몇 가구 살지 않는 자그마한 섬이었다. 다행히 주민들의 도움으로 잘 곳은 정해졌다. 섬 꼭대기에 있는 빈집에서 하루 묵기로 했다.

"누나."

희찬이 마루로 나오며 주희 옆에 털썩 앉았다. 희찬이 거리낌 없이 몸을 기대어왔다. 몇 시간 전 도한의 말 때문일까, 희찬과 가까워지자 주희가 반사적으로 어깨를 움찔거렸다.

"와, 비바람 좀 봐요."

희찬이 주희의 어깨에 옆얼굴을 기댄 채 중얼거렸다.

"응. 그러게."

"지금 스태프들이 A팀 촬영 스태프들한테 연락했대요. 잘 있다
오래요."

"그래? 전화는 돼?"

"되긴 하는데, 통화 상태가 별로래요. 인터넷도 느리고."

"예나는 뭐 하고 있어?"

희찬이 어깨에 기대고 있던 머리통을 들었다. 그가 주희를 물끄
러미 쳐다보았다.

"누난 이제 예나 매니저죠?"

"갑자기 무슨 소리야?"

"아니요, 그냥. 기분이 좀 이상해서."

희찬이 객쩍게 웃으며 두 팔을 뒤로 해서 마룻바닥을 손으로 짚
었다. 희찬이 빙긋 작게 미소 지으며 말했다.

"예전엔 누나가 날 봐줬는데, 나만 챙겨주고. 이젠 아니니까."

"그게 몇 년 전 얘긴데……."

멋쩍어져서 주희가 괜히 둘러댔다.

"전 누나랑 지냈던 거 다 기억해요."

희찬의 목소리가 낮게 깔렸다. 주희는 분위기가 이상하게 흐르
고 있음을 감지했다. 문득 도한이 했던 말이 다시금 떠올랐다.

"누나 없었으면 저 데뷔 못했겠죠."

"그럴 리가. 넌 원래 열심히 했잖아."

"아뇨, 연습생 시절 도중에 너무 힘들어서 몰래 숙소 나간 적 있

Mr.
시크릿의
비밀 연애

잖아요. 큰 배낭에 옷가지 챙겨 넣고. 하하, 기억나요?"

희찬이 소리 내어 웃으며 주희를 물끄러미 바라보았다.

"그래, 기억난다."

"그때 멤버들이랑도 사이 안 좋을 때여서 아무도 저 안 붙잡았잖아요. 실력도 별로였고, 사장님은 나가라 했죠, 새로운 애 뽑을 거라고. 근데 그때 누나만 저 찾아왔어요."

주희가 세찬 바람에 흩날리는 머리카락을 손으로 쓸어 넘기며 그의 이야기를 들었다.

"너 왜 그러냐고, 그러면 안 된다고, 지금 나가면 다 물거품이라고. 완전 울고불고하면서 저 설득했잖아요."

"부끄럽게 왜 그 이야기를……."

"전 되게 충격이었어요. 누가 날 위해서 그렇게 힘껏 울어준 거, 처음이었거든요. 마지막이기도 하고요. 누나 같은 사람 또 없었어요."

희찬이 바로 앉아 주희 쪽으로 다가왔다. 힘들다며 뛰쳐나갔던 18살 소년. 그 무렵의 희찬은 말랐고 하얗고 자그마했다. 모든 것에 불만이 가득 차 있어서 얼굴은 어두웠다. 그러나 지금 눈앞에 있는 희찬은 그렇지 않았다.

단단해진 몸과 눈빛. 밝고 생기 있어진 얼굴. 흐른 시간만큼이나 희찬도 성장했다.

희찬이 빤히 그녀를 바라보다가 차츰 고개를 숙여 다가왔다.

"내가 누나 좋아했는데."

주희가 잠시 숨을 참았다. 무너지려는 표정을 간신히 가다듬었다.

"이상한 소리 그만하고 들어……."

희찬이 귓가까지 가까이 다가와 속삭였다.

"지금도 좋아해요."

주희의 눈동자가 커졌다. 희찬이 뒤로 물러나며 씩 화사하게 웃었다. 그는 산뜻하고 후련한 표정을 지었지만, 주희는 머리가 아파왔다. 철없는 애정으로 치부하기엔 희찬의 눈빛은 진지했다.

그때 마침 안에서 스태프 하나가 나왔다. 희찬이 아무 일 없었다는 듯 일어섰다.

"대답은 천천히 들을게요. 애처럼 재촉하기 싫으니까."

"야, 희찬아……."

"저 들어갈게요. 아, 피곤하다."

희찬이 기지개를 쭉 피며 안으로 들어갔다.

마루에 혼자 남겨진 주희가 두 손으로 얼굴을 감쌌다. 폭풍우는 바다 위뿐 아니라, 그녀의 머릿속과 가슴에도 치고 있었다. 손끝이 저릿저릿해질 정도로 몸에 긴장이 가득 찼다.

'그 사람이 차주희 씨 옆에 있는 게 싫단 말입니다.'

갑자기 희찬의 웃는 얼굴 위로, 도한이 말하던 모습이 겹쳐졌다. 왜 이럴 때 도한의 얼굴이 선명하게 떠오르는 걸까.

"아, 미치겠네."

도한부터 희찬까지. 감당하기 힘든 상황들이 한꺼번에 몰려오고 있었다. 주희가 몸을 동그랗게 말며 한숨을 쉬었다. 밤새 폭풍

우는 그칠 줄을 몰랐다.

"안 되겠어. 헬기라도 띄워."

"아, 형. 제발 진정 좀 해요!"

"뭐? 진정?"

도한이 사람 하나 죽일 것 같은 표정으로 김 매니저를 휙 돌아보았다. 김 매니저가 어깨를 움츠리며 뒷걸음질 쳤다.

"형 지금 완전 정신 나간 것 같아 보여요."

도한이 그답지 않게 왁 소리 지르고 싶은 걸 꾹 참았다.

"날씨도 안 알아보고 로케이션을 잡았대?"

"원래 오늘 오후에 약한 비 정도였대요. 이렇게 비바람이 칠 줄은……. 여긴 심하지 않은데, 해상은 아닌가 봐요."

"제길."

A팀 촬영장에 막 비보가 도착했을 때였다, 예나와 희찬이 포함된 B팀이 섬에 고립되었다는.

촬영 중간에 그 이야기를 전해 들은 도한의 얼굴은 점점 굳어갔다. 아예 B팀이 그곳에서 빈집을 빌려 하룻밤 묵고 온다는 전화가 왔을 때는, 기어코 폭발했다.

김 매니저가 초조하게 그를 바라보았다. 김 매니저가 스태프들 눈이 닿지 않도록 도한을 멀찍이 이끌었다.

"내일 점심에 온대요. 심각한 상황도 아니라는데……. 아니, 애초에 왜 형이 불안해해요?"

"넌 모르겠지만 바다라는 게 아주 위험한 거다. 어떻게 될지 알 수 없는 거라고."

도한은 윗니로 아랫입술을 꾹 눌렀다.

불안. 그저 불안으로는 설명할 수 없는 감정이었다. 주희가 희찬과 함께 섬에 고립되었다는 사실을 안 순간 머리가 팽 돌고 가슴이 냉해졌다. 옆에 스태프들이 같이 있다는 걸 알았지만, 진정이 되질 않았다. 이성을 잃은 듯이.

전에 방송국 복도에서 주희가 눈물 참는 모습을 봤을 때처럼. 심장 부근에 커다란 얼음 덩어리 하나가 놓여 있는 기분이었다. 피부가 조여들고 욱신거렸다. 그와 반대로 얼굴은 뜨거워졌다.

무엇보다 그녀가 자신의 눈에 보이지 않는 곳에 있다는 사실 자체가 힘들었다. 차주희가 닿지 않는 곳에 있다, 갈 수도 올 수도 없는 곳에, 내일 점심까지. 그 사실 하나로 이렇게 초조하고 이성이 마비될 줄은 몰랐다.

"됐고, 헬기 띄워서 데려오자."

"무슨 헬기예요. 헬기가 애들 장난감도 아니고……."

김 매니저가 장난으로 치부하며 고개를 내저었다.

"헬기 그거 얼마나 한다고. 내가 부르면 되잖아."

"아, 형! 그리고 거기 지금 스태프까지 해서 10명은 된다던데, 다 어떻게 태워요."

차주희 씨만 우선 데려올 생각이었는데.

도한이 말을 입 밖으로 내진 않고 얼굴만 굳혔다. 그가 휴대폰을 초조하게 내려다보았다. 문자를 여러 통 보내보았지만 아직 답이 오질 않았다. 도한이 고민하다가 전화를 걸었다.

Mr.
시크릿의
비밀 연애

Rrrrr.

전화 연결음만 들리고 받지를 않았다. 도한이 입술을 깨물었다.

"도한이 형."

김 매니저가 도한의 어깨를 붙잡았다.

"진정 좀 해요."

"진정하게 생겼······! 됐어."

이런 적이 처음이라 도대체 어떻게 해야 할지 감이 오지 않았다. 누구 때문에 애가 타고 초조하다니, 평생토록 느껴보지 못할 거라 생각했는데.

김 매니저가 목소리를 낮추어 말했다.

"차 매니저 때문이에요?"

"······뭐?"

도한이 미간을 좁힌 채 김 매니저를 돌아보았다.

"주희 씨 때문에 이러는 거 맞죠?"

도한이 침묵으로 긍정을 대신했다. 김 매니저가 눈을 크게 뜨며 중얼거렸다.

"혹시나 했는데 진짜라니······."

도한이 한쪽 눈썹을 획 올렸다. 김 매니저가 우물쭈물하며 혀로 입술을 축였다.

"형, 언제부터 주희 씨 좋아한 거예요? 네?"

김 매니저의 말을 듣는 순간 뒤통수를 어딘가에 얻어맞은 것처럼 정신이 멍해졌다.

"내가?"

"……지금 주희 씨 걱정돼서 형답지 않게 이러는 거잖아요. 아니에요?"

"잠깐, 너 좀 저쪽으로 가 있어봐."

도한이 급히 손을 휘저어 그를 내쫓았다. 입안이 바짝바짝 말랐다. 몇 시간 넘게 물을 안 마신 사람처럼.

'내가 차주희 씨를 좋아해?'

항상 단정하게 다물려 있던 도한의 입술이 톡 벌어졌다.

'누굴 좋아한다고, 내가?'

애초에 불가능하리라 단념하며 살아왔다. 사실 그에게 있어 사랑이라는 게 별로 중요한 가치도 아니었다. 아쉽지도 않았다.

도한이 왼손에 쥐고 있던 구겨진 대본을 내려다보았다. 대사 한 줄마다 깨알 같은 글씨로 메모가 되어 있다. 첫 번째 줄 대사 옆에는, <분노, 슬픔, 좌절, 배신감, 미간을 찡그릴 것, 손 주먹 쥐고 어깨를 한 번 올리고 내림.>이라고 적혀 있었다.

그에게 감정이란 학습의 대상이었다.

이럴 때는 이런 감정, 이런 표정, 이런 몸짓. 하나씩 매칭해가며 외웠다. 오열 연기를 해도, 이 부분에서는 울어야 하는 감정이라 '외웠으니까' 우는 것뿐이지, 진짜로 슬퍼서 우는 건 아니었다.

가끔 사람들에게 연기에 진정성이 없어 보인다는 이야기를 들을 때마다 흠칫했다. 그래도 그럴싸하게 꾸며낼 수는 있었다. 배우 생활을 하는 데 남들보다 몇 배의 노력이 필요했지만.

감정표현 불능증.

그는 딱히 자신의 상태에 명칭을 부여하고 싶지 않았지만, 병원

Mr.
시크릿의
비밀 연애

에서는 그렇게 말했다.

감정의 주사위가 있다면 남들은 1부터 6까지, 상황에 따라 다양한 강도로 다양한 감정을 느낀다. 그러나 그의 주사위는 온통 1뿐이었다. 타인을 볼 때도 그 사람이 무슨 감정을 느끼고 있는지 명확히 구별되지 않았다.

아니, 이제 와서는 타인의 감정에 별 관심이 없다는 게 맞았다.

그런데 요즘 달라졌다.

'……차주희.'

그녀 때문에.

도한이 휴대폰을 물끄러미 내려다보다가 다시금 통화 버튼을 꾹 눌렀다. 이번에도 안 받겠지. 점점 달리기를 할 때처럼 심장이 빠르게 뛰었다.

Rrrrr.

-여보세요?

그런데, 받았다.

도한의 눈이 커졌다. 그가 허겁지겁 귓가에 휴대폰을 댔다.

"차주희 씨?"

-네. ……예요?

그러나 목소리가 자꾸 끊겨서 들렸다. 도한이 마른침을 삼켰다.

-여기 지금 전화가 잘 안 돼서요.

"……그래요."

주희의 목소리를 듣자, 아까보다는 진정되는 것 같았다.

-무슨 일 있어요?

"아뇨, 그냥······."

보고 싶어서.

궁금해서.

두 마디는 목구멍 아래로 삼켜냈다.

-네? 어, 잠깐. 잘 안 들리는데······.

전화가 곧 끊어질 것 같았다. 도한이 주먹을 꾹 쥐었다. 그때 불쑥, 전화에 반갑지 않은 목소리가 끼어들었다.

-누나, 안 들어와요?

희찬이었다. 도한의 가슴팍이 크게 들썩였다.

"차주희 씨."

-네? 어, 왜 안 들리지. 죄송해요. 끊을······.

전화는 그대로 끊겼다.

도한의 손이 부들거렸다. 친근하게 '누나'라고 부르던 목소리. 도한이 아득, 어금니를 세게 물었다. 항상 매사에 침착하고 동요가 없던 도한이었다. 지금처럼 불안하고 미칠 것 같은 기분은 낯선 것이었다.

내일 점심에야 그녀가 돌아온단다. 도저히 그때까지 이런 기분으로 버틸 자신이 없었다. 도한이 몸에 힘을 쭉 빼고 쪼그려 앉았다.

'내가 차주희 씨를······.'

온몸이 화끈거렸다.

저벅저벅.

"아, 혀엉!"

다음 날도 김 매니저의 애 타는 외침은 여전했다.

도한이 스태프 사이를 헤치고 앞으로 걸어 나갔다. 섬에 고립되었던 촬영팀의 차가 들어오고 있었다. 도한의 목울대가 크게 울렁거렸다. 어젯밤에는 거의 잠을 자지 못했다.

제주도에는 촬영에 큰 지장이 안 갈 정도의 비만 내렸지만, 해상에는 계속 매서운 해풍이 몰아쳤다고 한다. 이러다가 내일도 돌아오지 못하면? 아마 내장이 새카맣게 타버릴지도 몰랐다. 도한은 침대에 누워 있지 않고 새벽 내내 방 안을 뱅뱅 돌았었다.

하루 동안 정신이 죄다 빠져 있었다. 다행히도 B팀은 예상시각에 무사히 도착했다.

차 문이 열리고 스태프들이 먼저 내렸다. 그 뒤로 희찬의 얼굴도 보였다. 도한이 경계심이 가득한 눈빛으로 그를 훑었다. 희찬과 도한의 눈이 마주쳤다.

희찬이 고개를 숙여 도한에게 인사했다. 도한도 고갯짓으로 인사를 받아주었지만, 굳은 표정은 풀리지 않았다. 희찬이 열린 차문 옆에 서서 주희가 나올 때까지 기다렸다가 같이 걸어왔다.

주희는 아니라고 했지만 도한은 희찬이 미심쩍었다. 타인의 표정을 잘 읽지도 못하고, 관심도 없는 도한이었지만 희찬만은 며칠 동안 주시해왔다. 아무래도 이상했다. 주희를 바라볼 때만 희찬의 얼굴이 변하는 것이…….

둘이 곁에 서서 걸어오는 것도 못마땅했다.

"무사히 잘 다녀왔네, 다행히."

총감독인 태석이 그들을 맞았다.

스태프들이 이러저러한 얘기를 태석에게 할 동안, 도한이 주희에게로 다가갔다.

"아, 도한 씨, 어제 전화는……. 콜록!"

주희가 말을 하다 말고 격하게 기침을 내뱉었다.

"어디 아픈 겁니까?"

도한이 화들짝 놀라 말했다.

"누나가 감기가 좀 심하게 걸려서요."

너한테 안 물어봤는데.

주희 대신 대답하는 희찬을 도한이 쎄한 눈으로 쳐다봤다. 어라, 희찬도 그의 눈빛을 굳이 피하지 않고 맞받아쳤다.

"누나, 자던 방이 추웠지?"

"응, 그렇더라."

살갑게 주희에게 말을 붙여오는 희찬을 떼어내고 싶었다.

그러나 촬영을 하지 않을 때는 어찌나 딱 붙어 있는지, 속에서 열불이 났다. 도한의 표정이 하도 험악하자, 태석이 무슨 일 있냐고 물어올 정도였다. 도한도 그녀에게 다가가 있고 싶었지만 쉽게 그럴 수 없었다.

주희가 예전에 희찬의 매니저였기에 둘이 있는 건 다들 이상하게 생각하지 않았다. 하지만 도한이 그녀에게 다가갈라치면 김 매니저부터 말리기 시작했다.

저녁까지 촬영이 빡빡하게 이루어지고 잠깐 쉬는 시간이었다. 도한이 두리번거리다가 촬영지 바깥으로 걸어갔다. 선글라스를 쓰고 주변을 두리번거렸다. 아까 휴대폰으로 근처 약국 하나를 찾아놓았다.

주희는 정말로 감기에 심하게 걸린 모양이었다. 촬영 도중에 소리가 들어가지 않도록 기침을 꾹 참다가, 컷 소리가 들리면 피를 토할 것처럼 기침을 했다.

"감기약 하나 주세요."

도한이 약국에 들어가 약을 샀다. 여러 가지 몸에 좋다는 건 죄다 쓸어 담아 나왔다.

주희에게 가져다줄 생각에 발걸음이 빨라졌다. 촬영지 구석에 혼자 앉아 있는 모습이 보였다. 콜록대느라 그녀의 몸이 들썩거렸다. 평소보다 유난히 말라 보였다. 티셔츠 위로 툭 튀어나온 날개뼈, 굽어진 목.

그녀의 등 뒤로 걸어가려 발을 내딛는 순간이었다.

"누나, 약 사왔어요."

반대쪽에서 희찬이 튀어나왔다. 희찬은 익숙한 듯 주희의 옆에 앉았다. 도한이 멀찍이 서서 그 모습을 바라보았다. 입안이 소태처럼 썼다. 도한이 그녀에게 주려던 약 봉지를 등 뒤로 숨겼다.

"고마워."

"얼른 먹어요, 여기 물."

희찬은 자신과 너무 달라 보였다. 살갑고, 상냥하고, 따뜻하다. 희찬을 인정하긴 싫었지만, 그건 사실이니까.

"몸은 오전에 비해 어떤 것 같아요?"

"그냥 그래."

"얼른 나아요."

무뚝뚝하고 내내 홀로 살아온 자신과는 정반대였다. 도한이 주먹을 꽉 쥐었다. 바스락, 손에 들려 있던 비닐봉지가 구겨졌다.

"희찬아."

"응?"

"근데 어제 얘기는…… 진심이야?"

어제 얘기? 도한이 최대한 귀를 쫑긋 세워 둘의 이야기에 집중했다.

"네."

희찬의 단호한 목소리가 들려왔다.

"농담으로 고백할 만큼 가벼운 성격 아니에요, 저."

고백?

쿵. 순간 온몸의 장기가 내려앉는 것 같았다. 뒷목에서 진땀이 났다. 불안한 예감이 들더라니. 어제 그 섬에서 희찬이 고백을 했나? 손바닥이 금세 축축해졌다. 주희가 작게 한숨을 내쉬었다.

제발, 안 된다고 해. 제발, 제발.

초조함에 입술이 바짝바짝 말랐다. 속에서 뭔가를 이렇게 간절하게 바란 건 처음이었다. 부디 주희가 희찬과 같은 감정이 아니기를.

'……젠장.'

도한이 신발 코로 바닥을 툭툭 걷어찼다. 애타는 마음에 속에서 불이 나다가 갑자기 찬물이 끼얹어진 듯 몸에 힘이 쭉 빠졌다. 김 매니저의 목소리가 생생하게 다시금 떠올랐기 때문이다.

'형, 언제부터 주희 씨 좋아한 거예요?'

요 몇 주간 느꼈던 이상상태가 한 번에 몰아닥쳤다. 그녀의 표정이 읽히고, 그녀가 궁금하고, 한 번 더 보고 싶고, 항상 불안했다. 이 모든 감정의 답은 하나로 연결되고 있었다.

"좋아해요, 누나."

희찬의 목소리가 머릿속을 세차게 후려쳤다. 도한의 팔이 부들거렸다. 그가 더 이상 대화를 엿듣지 못하고 휙 몸을 돌려 걸어갔다. 긴 다리를 크게 뻗어 바닥을 쿵쿵 밟았다. 숨은 점차 거칠어졌다.

패배감이 짙게 찾아왔다. 눈가가 시큰해졌다. 이제, 아니, 이제야 깨달았다.

'내가 차주희 씨를……'

희찬은 이미 살갑게 다가가 고백까지 하고 난 후였는데, 이제야.

'……좋아한다.'

거의 뛰다시피 걸어가던 도한이 우뚝 멈춰 섰다. 쏴아아. 멀리 있는 바닷소리가 귓가에 들렸다.

촬영지 군데군데에 서 있는 여러 명의 스태프들. 도한을 보고 구경하러 온 사람들. 사람들로 주변이 복작거리고 있었으나 그의 눈에는 아무도 보이지 않았다. 혼자 이상한 세계에 쑥 빠진 기분이었다. 도한이 바들거리는 손으로 앞섶을 쥐었다.

열감기에 걸린 사람처럼 그의 숨은 뜨거웠다. 쌕쌕, 숨을 몰아쉬다가 그가 눈을 꾹 감았다. 다 크고 나서 찾아온 첫사랑은 지독했다.

로케이션의 마지막 밤. 오늘도 도한은 당연히 잠이 올 리 없었다.

리조트를 촬영팀에서 단체로 빌렸다. 그다지 유명하지 않은 해변가에 위치한 작은 리조트였다. 자정이 넘은 새벽. 리조트는 아주 조용했다. 살인적인 스케줄에 모두들 곯아떨어진 후였다. 그러나 도한은 말똥말똥 눈을 뜨고 있었다.

차주희 씨를 좋아한다. 좋아해. 좋아……. 한 문장만 내내 머릿속에서 메아리쳤다.

마음을 자각하자 감정이 일렁거리다 못해 빵 터질 것 같았다. 오후에 희찬과 주희의 대화를 끝까지 엿듣지 않은 게 후회됐다. 주희가 도대체 뭐라고 대답했을까.

희찬을 받아줬을까?

그녀에게 물어보고 싶었으나 그럴 수 없었다. 아무런 사이도 아니니까. 안타까움과 자책이 한 번에 찾아왔다. 이제 자신이 그녀에게 무엇을 하고 싶은 건지 명확해졌다. 가슴은 복잡하고 속은 들끓었지만, 머릿속은 오히려 선명했다.

그녀를 곁에 두고 싶었다. 그저 친한 사이가 아닌, 더 깊은 사이로.

도한이 침대에 눕기 전 문자 한 통을 보냈다.

[자겠지? 푹 자. 아프지 마.]

타자 치는 게 익숙지 않아 항상 단답으로 보냈었는데. 한참 동안 휴대폰을 손에 쥐고 씨름하다가 보낸 문자였다. 답장이 오리라 기대하지 않았다. 그래서 휴대폰을 침대 옆 협탁에 올려두고 누우려는데…….

지이잉.

문자가 왔다. 도한이 벌떡 몸을 일으켜 휴대폰을 확인했다.

[네, 감사해요.]

도한이 떨리는 눈동자로 초조하게 액정을 바라보았다. 그가 머
뭇거리다가 전화를 걸었다.

-여보세요.

"……안 잡니까?"

그녀의 목소리 뒤로 미약하게 파도 소리가 들리는 듯했다.

"설마, 밖이에요?"

-네.

"몸도 아픈데, 자야지. 왜…….""

-도저히 잠이 안 와서요.

"어딥니까."

주희가 잠시 뜸을 들이다 말했다. 그녀의 대답을 기다리는 동안
피가 마르는 것 같았다.

-여기 리조트 앞이요.

"혼자 있어요?"

-저밖에 없네요. 다들 자겠죠. 도한 씨는 왜 안 주무……. 콜록콜
록.

"기다려요."

도한이 전화를 끊고 급하게 일어섰다. 잠시 제대로 걷는 법을
잊어버린 사람처럼 우왕좌왕하다가 두툼한 카디건을 손에 들고

나갔다. 그가 다급하게 리조트 밖으로 뛰어나갔다.

리조트 주변에는 빛이랄 게 별로 없었다. 밤바다는 칠흑같이 검어 보였다. 해변가 가장자리에 주희가 쪼그려 앉아 있는 게 보였다.

"하아."

그녀의 뒷모습을 발견한 순간 몸에 맥이 탁 풀렸다. 희찬이 옆에 없다는 사실에 안도감이 들었다. 도한이 저벅저벅 그녀에게로 걸어갔다. 가져온 카디건을 뒤에서 덮어주었다.

"아, 도한 씨."

주희가 깜짝 놀라 고개를 들어 그를 바라보았다. 도한이 조용히 주희 옆에 주저앉았다. 엉덩이와 발아래에 바스락거리는 모래알이 느껴졌다. 도한이 주희를 빤히 바라보다가 카디건 앞을 여며주었다.

"감기도 걸렸으면서."

"왜 나오셨어요?"

"차주희 씨 보려고."

도한이 툭 말을 내뱉었다. 그녀에 대한 감정을 자각한 이상 더 이상 숨겨지지 않았다. 숨기고 싶지도 않았다.

"이희찬 씨 말입니다."

"네?"

"내 말이 맞죠?"

주희가 눈을 둥그렇게 떴다.

"……어떻게 아셨어요?"

"차주희 씨를 계속 지켜보고 있었으니까."

주희의 눈이 좀 더 커졌다.

"주변에 누가 달라붙는지 보이더군요."

주희가 고개를 푹 숙였다. 밤바람에 그녀의 머리카락이 휘날리고 있었다. 언뜻 비치는 그녀의 목덜미가 붉었다. 도한이 잠시 머뭇거렸다. 이런 말을 할 권리가 자신에게 없다는 건 알지만…….

"그 남자, 받아주지 마요."

도저히 참을 수가 없었다. 주희가 숙였던 얼굴을 들었다. 그녀의 갈색 눈동자가 떨리고 있었다.

"안 받아줬음 좋겠습니다."

"……왜요?"

도한이 주먹을 꾹 쥐었다가 폈다. 도한이 입술을 열어 말했다.

아까까지 목구멍 바로 아래에서 찰랑거리던 그 말, 연기가 아닌 실제로 해볼 거라 상상조차 못했던 그 말. 그러나 지금은 너무나 하고 싶어 가슴이 거세게 뛰는 그 말을.

"나도 차주희 씨를 좋아하니까."

6장. 미스터 데이비드

잠시 정적이 흘렀다. 도한이 주희만 가만히 바라보았다. 그녀 특유의 맑은 눈동자에 점점 붉은 기가 감돌았다. 움찔대는 콧방울, 달싹이는 입술. 그가 덮어준 카디건 아래에서 그녀의 작은 손이 꼼지락거렸다.

놀라고 당황한 얼굴마저 사랑스러워 보였다. 주변에 불빛이 없어 그녀의 얼굴은 좀 더 자세히 보지 못하는 게 아쉬웠다.

"도한 씨, 저는요……."

한참 있다가 주희가 조심스레 운을 뗐다.

그녀가 다음에 무슨 말을 할까. 혹시 날 밀어낼까.

그녀의 거절을 상상하는 것만으로도 가슴이 시큰거렸다. 그러나 주희는 쉽사리 다음 말을 잇지 못한 채 주저했다. 혼란스러운 표정이었다.

Mr.
시크릿과의
비밀 연애

"대답은?"

도한이 나지막하게 물었다. 파도 소리와 함께 바람이 훅, 둘 사이를 갈라놓고 지나갔다. 주희가 몸을 한껏 웅크렸다. 주희가 동그란 공처럼 작아졌다. 도한이 그녀의 굽은 목덜미를 물끄러미 바라보다 말했다.

"대답하기 곤란하면 잠시 그렇게 있어요. 내가 말할 테니까."

콜록콜록. 대답 대신 주희의 기침 소리가 들렸다. 도한이 주머니에 넣어온 목캔디를 건넸다.

"먹어요."

"……감사해요."

"그렇게 얼떨떨한 표정 짓지 말죠."

"안 놀랄 수가 없잖아요."

감기 때문인지 주희의 얼굴을 발갛게 달아올라 있었다. 주희가 목캔디를 입속에 넣고는 다시 고개를 숙여 모래를 바라보았다.

"도대체 절 왜……."

"글쎄요. 이미 일어난 일에 이유를 찾는 게 부질없군요. 그냥 어느 순간부터 그랬습니다."

"……"

"촬영장에 오면 차주희 씨부터 찾게 되고, 안 보면 궁금하고 보고 싶고."

"……"

"틈날 때마다 문자 하고 싶고, 이희찬 그 사람이 치주희 씨 옆에 있으면 짜증 나고."

"……."

"아프면 걱정되고. 그래요."

도한이 한 치의 흔들림도 없는 덤덤한 말투로 말했다. 그간 그녀에게 느꼈던 '감정'들을 하나하나 나열하자, 점점 더 감정이 부푸는 듯했다.

"차주희 씨?"

도한이 고개를 숙인 채 몸을 웅크리고 있는 주희를 불렀다. 계속해서 아무런 말이 없자 초조하고 걱정도 됐다. 도한이 그녀의 둥근 어깨에 가만히 손을 올려놓았다. 그제야 주희가 휙 고개를 들었다.

아.

도한의 눈이 커졌다.

"차주희 씨, 지금……."

처음 보는 표정이었다. 그녀를 열심히 관찰해오던 몇 주 동안 한 번도 보지 못했던 새로운 표정. 두 뺨은 홍조가 올라와 있었고, 빨간 입술은 약간 벌어져 있다. 눈동자에는 뜨거운 눈빛이 일렁였다.

적어도 자신을 거부하거나 밀어내는 기색은 아니었다.

도한이 그녀의 얼굴을 더욱 깊이 쳐다보았다. 그녀의 얼굴을 마주한 순간 심장이 빠르게 두근거리고, 침이 꼴깍 넘어갔다. 방금 전까지의 불안함이 한풀 죽고, 대신 설렘이 찾아왔다.

그녀가 무슨 생각을 하고 있는지 정확히 알 수는 없지만, 좀 더 다가가도 될 것 같았다. 기분 좋게 두근거리는 심장이 그 근거였다.

Mr.
시크릿의
비밀 연애

도한이 엉덩이를 움직여 그녀의 옆으로 붙었다. 사라락, 모래가 부서지는 소리가 났다.

"지금, 이거 무슨 표정이죠?"

도한의 물음에 주희가 눈을 한 번 감았다가 떴다. 그녀가 미약하게 떨리고 있는 목소리로 답했다.

"당황한 표정이요."

"그게 전부가 아닌 것 같은데. 또?"

"부끄러운 표정⋯⋯."

"또."

주희가 고민하듯 미간을 좁히고 입술을 오물거렸다. 이내 결심한 듯 그녀가 목에 힘을 주고 말을 쥐어짜냈다.

"⋯⋯서, 설레는 표정?"

그 순간 도한은 아주 신기한 경험을 했다.

귀에 이명이 들릴 때처럼 머리가 멍해지고, 다른 소리가 아무것도 들리지 않았다. 파도 소리며, 몸을 비틀 때마다 부딪치는 모래 부서지는 소리며. 멍한 정신 가운데에 주희의 얼굴만 커다랗게 다가왔다.

"왜, 왜 아무 대답도 없어요."

주희가 민망한 듯 뺨을 긁적거렸다. 오물거리는 입술에 시선이 뺏겼다. 갑자기 지독한 갈증이 났다. 말도 안 되는 충동이 남자의 몸을 두드렸다.

설레는 표정이었다고?

그녀는 위험하다. 지금껏 느껴본 적 없는 것들을 예고하지 않고 시시각각 던져준다. 그럴 때마다 심장이 깜짝 놀라 가슴팍이 아플 정도로 빨리 뛰었다. 주희가 도한의 눈치를 살피며 그를 물끄러미 바라보았다.

도한이 갑자기 몸을 더 가까이해 그녀 옆에 바짝 붙었다. 주희가 화들짝 놀라 어깨를 움츠릴 만큼 빠른 속도로.

"내가 차주희 씨와 친해지고 싶다고 했죠, 기억합니까?"

도한의 목소리에는 다급함이 녹아 있었다. 여유란 게 없었다. 주희가 말없이 느리게 고개만 끄덕였다.

"좀 빠르게 해볼까요."

"무슨……."

"우리 친해지는 속도."

도한이 팔을 뻗었다. 손바닥으로 그녀의 뒤통수를 단단히 감쌌다. 두 사람의 얼굴이 점점 가까워졌다. 도한이 똑바로 주희의 눈을 살폈다.

스스로도 미쳤다고밖에 생각이 안 되지만, 아랫배에서 뜨거운 열이 일렁이고 있었다. 그녀를 껴안고, 그녀의 입술에 입을 맞추고 싶어서. 도한이 침을 삼켰다.

그의 얼굴이 찬찬히 더 다가갔다, 입술이 닿을 만큼.

두 입술 사이에는 손가락 반 마디만큼의 공간밖에 없었다. 콧잔등에 닿는 그녀의 숨이 불안정했다. 도한이 마지막 허락을 구하듯 눈을 치켜떠 그녀의 눈동자를 바라보았다.

주희는 대답 대신 그저 눈을 질끈 감았다.

그 후 도한은 잠시 이성을 내던졌다. 그가 거친 몸짓으로 그녀에게 입 맞추었다.

감기와 함께 찾아온 열 때문일까.

주희는 이 모든 상황이 비현실적으로 느껴졌다, 그가 자신을 좋아한다고 말할 때부터. 처음에는 생생한 꿈을 한바탕 꾸는 건가 할 정도였다. 고백해오는 그의 목소리는 진중하면서도 절절했다.

지금의 키스처럼.

도한의 키스는 뜨겁고 거칠었다. 그의 몸이 위협적으로 확 그녀 쪽으로 기울어졌다. 허리가 뒤로 꺾일 정도로 강렬했다. 그는 너무 커다랗고 단단하다. 그대로 그에게 흡수되어버릴 것만 같았다.

주희의 아랫입술이 바르르 떨렸다. 이게 키스구나, 적응도 하기 전에 그가 입술을 세게 빨아들였다. 정신이 하나도 없었다. 항상 단정하다 생각했던 그의 체향이 거친 사내의 것처럼 느껴졌다.

그가 턱을 비틀며 다시 한 번 그녀의 입술을 집어삼켰다.

"으읏……."

저절로 약한 신음이 흘러나왔다. 그녀가 몸을 휘청거리자 그가 잽싸게 팔뚝으로 허리를 받쳐주었다. 그녀가 그의 품 안에 그대로 파묻혔다.

맞대고 있는 건 입술인데 왜 온몸이 뜨거워지는 건지. 찌릿찌릿한 기운이 아랫배부터 서서히 차올랐다.

뜨겁다. 뜨겁다. 너무 뜨겁다.

그것 말고는 머릿속에 떠오르는 단어가 없었다. 그만큼 충격적이고 강렬한 감각이었다. 그가 온몸으로 위에서 짓누르면서 하는 거친 키스. 심장이 빠르게 쿵쿵 뛰었다.

물기가 슬며시 고인 눈동자를 반쯤 뜨자, 그의 얼굴이 바로 앞에 있었다.

'이, 이러면 안 되는데…….'

쏴아아.

다시금 파도 소리가 귓가에 들려오자 그제야 정신이 좀 돌아오는 것 같았다. 그녀가 맥이 빠져 후들거리는 손으로 간신히 도한의 어깨를 꾹 눌러 밀어냈다.

그러나 도통 밀리지가 않았다. 그녀의 힘없는 손으로는 역부족이었다. 그는 거침없이 계속해서 입술을 부딪쳐왔다. 한참 후에야 그가 가빠진 호흡을 하며 잠시 입술을 떼었다.

그가 짙은 눈을 떠서 그녀를 바라보았다. 주희는 그제야 숨을 몰아쉬며 그의 팔뚝을 세게 잡았다.

"그, 그만……."

한밤중이라 다행이었다. 지금 서 있는 곳이 불빛이라고는 하나도 없어서, 정말 다행이었다. 지금 어떤 표정을 짓고 있을지 자신조차도 짐작이 되질 않았다.

"차주희 씨."

그가 그저 나지막하게 이름을 불렀다. 키스를 하고 있는 것도 아닌데 아까처럼 찌릿찌릿한 기운이 확 밀려왔다.

주희가 그녀의 허리를 감싸고 있는 그의 팔을 떼어내고 한 발자국 물러섰다.

"지, 지금 여기 밖이에요."

Mr.
시크릿과의
비밀 연애

심하게 떨리는 목소리로 간신히 주희가 말을 내뱉었다.

"아무도 없습니다."

그의 목소리는 잠겨 있는 채로 평소보다 갈라져 있었다. 듣고 있자니 몸이 오싹해졌다. 주희가 풀리려는 다리에 힘을 꽉 주었다.

"그, 그래도……."

주희가 말을 더듬었다. 매섭게 꽂히는 그의 시선을 피해야 할지, 아니면 정면으로 마주 봐야 할지 판단할 수가 없었다.

"괜찮습니다."

도한은 태연한 듯했다, 정작 들키면 곤란한 쪽은 도한이었음에도. 아까는 짙게 내린 어둠이 고마웠는데, 지금은 조금 거추장스럽게 느껴졌다, 그가 어떤 표정을 짓고 있는지 자세히 볼 수가 없어서.

아직까지 키스의 여파가 몸에 남아 있었다. 입술은 따갑고 손은 약하게 떨렸다.

"……싫었으면 미안합니다."

"아뇨, 그게 아니라."

주희가 말을 하다 말고 입을 다물었다. 키스하는 동안은 쏙 들어가 있던 기침이 격렬하게 터져 나왔기 때문이었다.

"콜록, 후우. 도한 씨, 옮지 않았을까요?"

왠지 민망한 소리인 것 같아 주희가 뺨을 붉혔다.

"옮으면 좋겠군요. 차주희 씨 아픈 거 보는 게 곤란해서."

도한이 타액으로 반짝이는 입술을 손등으로 문질러 닦았다. 그 모습이 지나치게 위험하고 섹시하게 보여, 귀 끝이 화끈거렸다.

"내가 아픈 게 낫지."

도한이 브레이크가 고장 난 차처럼 거침없이 감정을 표현해왔다. 당황스러웠지만 싫지는 않았다. 얼마 전부터 어렴풋이 느끼고 있던 것이었다. 하지만 이전에는 심증이었다면 지금 비로소 확증이 되었다.

'도한이 날……'

좋아한다.

지금껏 그가 보여줬던 행동 하나하나가 새롭게 다가왔다. 예나를 좋아해서 그러는 거라 착각했던 것들이.

주희가 그의 체향이 배어 있는 카디건을 좀 더 여몄다. 정말 머리가 어떻게 되어버린 것 같았다. 도한과 키스를 했다니. 더 웃긴 건, 그의 입술이 떨어지자마자 아쉬움을 느꼈다는 것이었다.

불안정하게 엇박자로 뛰는 심장도 제정신은 아닌 듯했다.

"차주희 씨."

"네?"

저절로 긴장하게 만드는 그의 부름.

그를 돌아보는데 몸이 이상했다. 눈앞이 흐려지고 세상이 핑핑 도는 것 같았다. 뭐지? 왜 이러지? 어?

격렬한 키스의 부작용인가. 아까부터 뜨겁던 이마가 이제는 펄펄 끓었다. 뎅, 머리가 울렸다. 자신을 부르는 도한의 얼굴이 점점 흐릿해지고 그의 목소리는 희미해졌다.

"일어나요, 얼른."

"저, 으……."

Mr.
시크릿 과의
비밀 연애

"안 되겠어, 지금 상태가……."

도한이 더 뭐라뭐라 했지만 귀에 잘 들어오질 않았다. 그가 그녀의 두 어깨를 붙잡고 휙 일으켜 세웠다. 그의 부축을 받고 리조트 쪽으로 향했다. 걸을 때마다 옆얼굴에 도한의 가슴팍이 부딪혔다.

"괜, 괜찮아요."

찢어질 것 같은 목으로 간신히 말을 내뱉었다. 도한이 굳은 얼굴로 주희의 안색을 살폈다. 괜찮다고 했지만 도한은 기어코 그녀를 방 앞까지 부축해주었다.

"들어가요."

"……네."

주희가 고개를 숙이고 빠르게 방 안으로 들어갔다. 탁, 문이 닫히고 몇 초간 문에 기대어 있었다. 방 안은 적막했다. 진 코디는 이미 잠에 빠져 있었다. 방 안이 너무 조용해서 빠르게 뛰는 심장소리가 들릴 것만 같았다. 주희가 문에 기대고 있던 몸을 일으켜 침대 근처로 걸어갔다. 열 기운 때문에 머리가 핑 돌았다. 더듬거리는 손으로 약을 입안에 털어 넣고 침대에 쓰러지듯 누웠다.

'방금…… 그러니까…….'

생각을 좀 더 하고 싶었다. 그러나 무거워진 몸은 말을 듣지 않았다. 얼마 지나지 않아, 그녀는 거의 기절하듯이 눈을 감게 되었다. 열이 38도를 치솟고 있었다.

"은희야, 언니 물 좀."

"이제 살 것 같아?"

주희가 은희가 주는 물컵을 받아 들며 침대에서 일어났다. 땀 때문에 등이 축축했다. 전기매트를 깔아놓고 그 위에서 자고 일어난 흔적이었다. 주희가 간신히 정신을 차리며 눈을 비볐다.

"도대체 지금 몇 시야?"

"6시쯤."

"……헐."

아무래도 그냥 감기가 아니라 독감이었던 듯했다. 제주도에서 돌아오자마자 병원에 들러 주사 한 대를 맞고 쓰러지듯이 잤다. 오늘 아침에 일어나서도 밥만 먹고 바로 잠만 잤다.

그러니까 하루가 꼬박 지나도록 침대에 가만히 누워만 있었던 것이다.

주희가 당황한 눈을 데굴데굴 굴렸다. 로케이션 다음 날에 아무런 스케줄이 없었기에 망정이지.

"나, 나 휴대폰……."

"우선 씻고 나와서 밥부터 먹어. 휴대폰은 내가 충전해놓을게."

주희가 식은땀으로 축축해진 앞머리를 쓸어 넘겼다. 한 이틀 정도가 통째로 사라진 기분이었다. 그녀가 찬찬히 생각을 되짚어보았다.

그날 밤, 제주도, 바닷가, 새벽, 모래사장, 도한.

그리고 키스.

"으아아……!"

주희가 허리를 반으로 접고 이불 안에서 발을 동동 굴렀다. 그

때의 감각이 되살아나면서 얼굴이 화끈거렸다.

'미, 미쳤어!'

주희가 벌떡 일어섰다. 몸이 나았는지 어제처럼 비틀거리지는 않았다. 주희가 성큼성큼 욕실로 걸어 들어갔다. 얼빠진 상태로 샤워를 마치고 나왔다. 몸이 가뿐해지고 나자, 도한과의 일이 끊임없이 머릿속에서 재생되었다.

"언니, 내가 죽 해놨어. 좀 먹어."

"어? 으, 응. 고마워."

은희가 고개를 갸웃하며 주희를 바라보았다.

"왜 그래? 표정이 이상한데. 무슨 일 있어?"

"아, 아냐. 아무것도."

주희가 죽을 한 숟갈 입에 넣으며 말을 둘러댔다. 은희의 의심 섞인 눈초리가 느껴졌다. 잽싸게 죽 그릇을 비우고 주희가 방 안으로 들어왔다.

주희가 침대 옆에 놓여 있는 휴대폰으로 손을 뻗었다. 화면에 불이 들어오고 얼마 지나자 지이잉 요란하게 휴대폰이 진동했다.

"……어."

꽤 많은 문자와, 부재중 통화. 대부분 도한에게서 온 것이었다.

주희가 머리카락 끝을 만지작거리며 눈을 깜박거렸다. 심장이 쿵쾅거렸다. 키스를 하고 난 후, 도한과 그것에 대해 이야기할 기회가 없었다. 그에게 뭐라고 연락이 왔을지 걱정 반, 기대 반이었다.

주희가 문자를 하나둘씩 읽어 내렸다.

[집?]

[아파?]

[자?]

그러다 어젯밤 늦게 온 문자가 눈에 콕 들어왔다.

[걱정이 상당히 많이 되는데, 답을 줬으면.]

평소보다 훨씬 긴 문자였다. 그가 이걸 열심히 치고 있을 모습
이 스쳐 지나갔다. 걱정이 상당히 많이 되는데……. 그 말을 속에
서 여러 번 반복해보았다. 주희의 두 뺨이 뜨겁게 달아올랐다.

주희가 머뭇거리다가 도한에게 전화를 걸기 위해 통화 버튼을
누르려던 때였다. 간발의 차로 다른 사람에게서 전화가 걸려왔다.
주희가 실수로 화면을 눌러 전화를 받았다.

"어……."

입안이 바짝 말랐다. 도한 때문에 잠시 까먹고 있었는데.

-누나.

희찬이었다.

-저예요.

초조한 마음이 들어 입술을 잘근거렸다.

-잘 쉬었어요? 몸은요?

"괜찮아. 몸이 조금 무거운 거 말고는."

-다음 주 금요일, 뭐 하세요?

"금요일?"

-그날 촬영 일찍 끝나는 거 아는데.

희찬의 목소리에는 설렘이 깃들어 있었다. 미안함 때문에 마음

이 안 좋았다. 희찬을 아꼈지만, 그가 남자로 느껴지는 것은 별개의 문제였다. 거절해야겠지. 상처 안 받게.

-혹시, 누나 괜찮으면 밤에 영화 보러 갈래요?

주희가 난감한 표정을 지으며 이마를 손으로 매만졌다.

"희찬아, 그건……."

-어, 잠깐만. 누나, 저 감독님한테 전화가 와요.

"그래, 그거 받고 다시 얘기하자.

-네. 잠깐만요.

전화를 끊고 주희가 숨을 푹 쉬었다. 조금 기다리면 희찬의 전화가 다시 오겠지.

띠리링. 바로 몇 분 후에 전화가 울렸다. 희찬인가 보다. 주희가 마음을 다잡았다. 긴장한 탓에 누구에게 온 것인지 확인도 하지 않고 바로 휴대폰을 집어 들었다.

"저기, 희찬아. 누나가 생각을 해봤는데……."

-뭐, 누구?

그런데, 희찬이 아니었다.

낮고 딱딱하게 굳어 있는 목소리. 순간 몸이 오싹해지고 찌릿한 기운이 느껴졌다.

"……도한 씨예요?"

-그놈이랑 연락했습니까?

처음 들어보는 차갑고 화난 말투였다.

-나한텐 연락 안 하고, 그 남자랑 했어요?

도한은 흥분을 가라앉히지 못했다. 사실 방금 전까지 계속 자다가 일어난 건데. 주희가 그를 진정시키려 차분한 투로 말했다.

"그런 거 아니에요. 도한 씨."

-하아……. 몸은.

도한의 기세가 한풀 꺾였다. 그가 이렇게 흥분하는 이유가 자신 때문이란 것, 그걸 알아서인지 가슴이 살랑거렸다.

왜 이래, 나 정말 미쳤나 봐.

주희가 손가락으로 입술을 만지작거렸다.

"나았어요."

-내가 지금 차주희 씨 집 앞으로 가겠습니다.

"지금요?"

그의 목소리가 다급하게 들렸다.

-괜찮습니까? 할 말이 있어요.

"……네, 오세요."

-40분 후에 도착할 겁니다.

뚝 전화가 끊겼다. 전화를 끊자마자 별별 감정이 한꺼번에 몰려왔다.

만나면 무슨 말을 먼저 해야 할까? 도한은 무슨 얘기를 하려 할까?

상상만 해도 입안이 바짝 마르는 것 같았다. 하지만 이럴 때가 아니었다. 우선 주희가 급하게 몸을 일으켜 세웠다. 머리카락도 아직 축축했고 피부도 엉망이었다. 도한이 오기까지 남은 시간은 40분.

주희가 드라이어를 찾아 거실을 누볐다. 소파 옆에 떨어져 있는 걸 한참 만에 찾고는 울상을 지으며 머리카락을 말렸다.

Mr.
시크릿과의
비밀 연애

은희가 주희의 허둥지둥한 뒷모습을 바라보며 한쪽 눈을 찡그렸다.

"······왜 저래?"

주희가 머리카락이 대충 마르고 나자 옷장을 활짝 열어놓고 그 앞에서 우왕좌왕했다. 은희가 언니의 낯선 모습에 고개를 갸웃거렸다. 항상 침착하고 꼼꼼하던 사람이었는데.

"이상하단 말이야."

요즘엔 왜 이렇게 나사가 하나 빠져 있는 것 같은지.

"······남자라도 생겼나?"

원피스 여러 벌을 몸에 대보고 있는 주희를 보며, 은희가 의심을 굳혀갔다.

다행히 도한이 도착하는 시간 내에 준비를 마칠 수 있었다. 중간에 보다 못한 은희가 나서서 화장을 도와줬기 때문이었다.

주희가 빌라 아래로 내려갔다. 회사 첫 면접 볼 때처럼 심장이 쿵덕거렸다. 도한의 차가 저 멀리 보였다. 주희가 머리카락을 다시금 손으로 빗은 다음, 종종걸음으로 차로 향했다. 조수석 문을 열고 쏙 자리에 앉았다.

도한이 힐긋 주희를 돌아보았다.

"왔군요."

그러고는 그 후 별다른 말을 하지 않았다. 처음 만났을 때처럼 목구멍이 죄이는 침묵이 지속되었다.

'화났나······.'

힘이 꽉 들어간 턱은 성이 나 보였다. 도한은 여전히 아무 말 않고 그저 히터를 좀 더 세게 틀어주었다. 몸이 금세 따뜻해졌다. 잘생긴 건 여전했지만, 도한의 얼굴이 평소와 달라 보였다.

촬영할 때가 아니더라도 항상 단정하고 깔끔하게 정리되어 있던 머리카락이 지금은 부스스했다. 눈 아래도 퀭하고 피곤한 기색이 역력했다. 도한이 아랫입술을 깨물며 손으로 이마를 짚었다.

오랜 침묵 끝에 주희가 결심을 하고 입술을 뗐을 때였다. 도한도 동시에 입을 열었다.

"걱정하셨다면 죄송해요."

"걱정했습니다."

아, 주희가 휙 그를 돌아보았다. 도한이 한쪽 눈썹을 치켜뜬 채 그녀를 마주 보았다.

"계속 잠만 자다가 6시 다 돼서 일어났어요."

도한의 굳은 표정이 유해지기 시작했다.

"정말?"

"네. 그리고 희찬이는……."

주희가 그의 눈을 물끄러미 바라보며 하나둘씩 아까의 상황을 설명하기 시작했다. 조곤조곤 말을 늘어놓고 있다 보니, 문득 기분이 묘해졌다. 마치 애인에게 변명하고 있는 것 같아서. 그걸 의식하고 나자 얼굴이 후끈 달아올랐다.

"그래서 그 사람이랑 영화 보러 가기로 했습니까?"

가만히 듣고 있던 도한이 입을 열었다. 툴툴거리는 말투였다. 거절할 거라고 대답하기도 전에 도한이 말을 이었다.

Mr.
시크릿과의
비밀 연애

"보러 가지 마요."

핸들을 쥐고 있는 그의 손등에 힘이 가득 들어갔다.

"나랑 가."

휘익. 도한이 손을 뻗어 주희의 손등을 감쌌다. 그의 손바닥은 거칠고 뜨거웠다. 그의 손아귀에 완전히 붙잡혀 손가락을 꾸물거릴 수조차 없었다.

도한의 입술이 열렸다가 닫혔다. 무슨 말을 하려는 듯했다. 주희가 그쪽으로 상체를 기울이며 그의 다음 말을 기다렸다. 도한의 단정한 얼굴이 붉어졌다. 한참을 뜸을 들이기에 도대체 무슨 이야기를 하려는 걸까 주희도 덩달아 긴장이 되었다.

머뭇거리다 그가 침묵을 깨고 입을 열었다.

"……이렇게 말해도 되는 사이가 되고 싶습니다."

도한의 손아래에서 주희의 손이 움찔거렸다.

"차주희 씨랑."

주희가 시선을 이리저리 돌리다가 차창 너머를 바라보았다. 그때 차 바로 옆으로 두 사람이 지나가고 있었다. 커플로 보이는 남녀는 팔짱을 끼고 있었다. 둘 다 편안한 복장에, 편해 보이는 표정이었다.

도한과 저런 사이가 되는 걸까? 그럴 수 있을까?

하지만 그에 대해 아는 게 전혀 없다는 사실이 문득 떠올랐다. 이름도 나이도 모른다. 출신지도, 어떻게 배우 생활을 하게 되었는지도 모른다. 유일하게 정확히 아는 건 하나였다. 그가 자신을 좋아한다는 것.

"······사귀자는 거죠?"

"예."

도한이 초조한 듯 혀로 입술을 핥았다.

"저랑 도한 씨랑, 연애하는 거구요."

도한이 짧게 끄덕였다.

"하지만 전 도한 씨에 대해 아는 게 별로 없는걸요."

"아."

주희의 말에 도한이 미처 생각 못 했다는 듯 눈을 크게 떴다. 도한이 고민하기 시작했다. 주희를 붙잡고 있는 그의 손아귀에 힘이 세게 들어갔다. 그의 얼굴이 점점 초조함으로 물들었다.

잠시 동안 정적이었다. 침 넘어가는 소리가 들릴 만큼 차내가 조용했다.

주희는 계속 도한의 옆얼굴을 바라보며 그의 말을 기다렸다. 그의 목울대가 가끔씩 크게 움직였다. 한참 동안 그렇게 있다가 도한이 결심에 찬 눈으로 주희를 마주했다.

"······David Fischer."

생소한 발음의 말이 들려왔다. 주희가 어리둥절한 얼굴로 그를 바라보았다.

"내 이름."

순간 주희가 숨을 확 들이켰다. 갑자기 울렁거리는 감각이 밀려오면서 기분이 묘해졌다. 그의 이름? 주희가 당황해서 입술만 톡 벌린 채 도한을 바라보았다.

"다비드 피셔."

도한이 그녀에게 한 음절씩 끊어서 말해주었다. 다비드. 외국 이름이었지만 그다운 어감이었다.

평범한 사람들에게는 아무것도 아닐 통성명. 그저 처음 만났을 때 하는 통과의례. 그러나 그와의 통성명은 아주 특별하게 다가왔다. 이름이 뭐라고 이렇게 가슴이 먹먹하고 손끝이 저릿해질까.

다른 사람들은 모르는 그의 비밀, 그중 하나를 그가 말해주고 있었다.

"차주희 씨한테는 다 밝힐게."

차주희 씨한테는. 자신만 한정 지어주는 말.

"이제부터 나랑 애인 할 거니까."

그의 입에서 '애인'이라는 단어가 나온 즉시, 심장이 쿵 떨어지는 것 같았다.

이상하게 지금 이 차 내부에만 시공간이 뒤엉켜 있는 것 같았다. 그가 숨을 쉬는 1초가 1분처럼 느껴졌고, 그의 모든 동작이 슬로우 화면처럼 보였다. 그가 내뱉는 말이 하나하나 머릿속에 박혔다.

지금 표정, 엄청 이상하겠지. 볼이 화끈거리는 걸 보니 홍조가 얼굴을 뒤덮고 있을 게 분명했다. 부끄럽고 설레면서도 민망했다. 어떤 대답을 해야 좋을지. 무슨 말을 해도 어색할 것 같았다.

그래요, 이제부터 1일 해요! 이것도 웃기고.

저도 도한 씨를 좋아해요! 우리 사귀어요! 이것도 부끄러웠다.

결국 주희가 머뭇거리다, 돌려 대답했다.

"……그럼 이제부터 다비드 씨라고 부를까요?"

도한이 주희를 보고 씩 웃었다.

"아니, 그냥 부르던 대로 불러요. 그게 더 좋아."

"네, 그래요."

도한은 주희의 입술 부근을 뚫어지게 바라보았다.

곧, 그가 예고 없이 팔을 뻗으며 다가왔다. 커다란 손바닥이 그녀의 둥그런 뒤통수를 단단히 감쌌다. 그가 상체를 기울여 그대로 그녀의 입술에 입 맞추었다. 순간 몸이 짜릿해졌다.

두 번째 키스. 처음도 아니었지만, 그의 남자다운 육체가 위에서 짓누르듯 다가올 때면 저절로 긴장이 되었다. 긴장의 끈을 놓을 수 없는 입맞춤이었다. 자칫하다가는 집어삼켜지는 것은 아닐까 하는 착각이 들 정도로.

그의 뜨거운 혀가 입술 사이를 파고들고 안으로 들어왔다. 매끄럽게 안을 헤집는 그의 혀 때문에, 그녀가 숨을 꾹 참았다. 그러자 달래듯이 도한이 엄지로 그녀의 턱과 귓불을 살살 쓸었다.

도한의 혀가 닿는 곳마다 불이 이는 것 같았다. 아찔했다.

키스 하나만으로도 이렇게 몸이 반응할 수 있다는 걸 처음 알았다. 그녀가 허벅지 안쪽에 힘을 주면서 파들거리는 손을 도한의 팔뚝 위에 올려놓았다.

그러자 도한의 입맞춤이 더욱 격렬해졌다. 그녀의 손바닥 아래에서 그의 근육이 요동치는 것이 느껴졌다. 몸이 밀리고 밀려, 결국 차창에 그녀의 뒤통수가 닿았다.

도한이 잠시 입술을 떼었다. 계속해서 쓸리고 깨물렸던 주희의 입술이 빨갛게 부어올라 있었다. 키스 때문에 두 사람 다 호흡이 거칠어졌다. 쌕쌕 숨을 내쉴 때마다 차창에 하얗게 김이 서렸다.

Mr.
시크릿과의
비밀 연애

서로의 숨결이 느껴질 만큼 가까운 거리. 도한이 아무 말 없이 주희의 눈을 바라보았다.

"아······."

"또 궁금한 거 없습니까?"

도한의 목소리를 듣자 손끝이 저릿저릿했다. 주희가 마른침을 삼키며 손을 주물렀다. 너무 설레어서 몸이 어떻게 되어버린 것 같았다. 내가 그에게 이렇게까지 마음을 주고 있었나?

"국적은 어디에요?

"독일."

"예, 또."

"나이는?"

도한이 잠시 뜸을 들이고는 곁눈질로 주희의 눈치를 살폈다.

"연하, 동갑, 연상 중 뭐가 취향입니까?"

"뭐예요, 맞춰주게? 솔직하게 말해줘요."

"서른······."

"서른?"

"······서른넷."

4살 차이였구나. 이렇게 그의 비밀을 한 가지 더 알게 되었다. 뿌듯해졌다. 차곡차곡 가슴속에서 무언가 쌓이는 기분이었다.

"동안이네. 많아봐야 서른둘일 줄 알았어요."

"으음."

"왜 눈치를 봐요?"

"한국에선 나이를 중요시하잖습니까."

연상을 마음에 안 들어 할까 봐? 이미 이렇게 되었는데, 그의 나이가 무슨 상관일까, 스물넷이건 마흔넷이건. 그래도 서른넷이라니 참 다행이었다. 혹시라도 마흔이라고 했다면 충격이 없지는 않았을 터.

그답지 않게 살살 표정을 살피는 게 귀여워 보였다. 세상에, 그가 귀여워 보이는 날이 올 줄이야.

주희가 슬며시 시선을 피하며 작게 말했다.

"……난 4살 차이가 좋더라."

핸들을 붙잡고 있던 그의 손이 세차게 움찔거렸다. 꽈악, 힘이 들어간 남자다운 손등에 푸른 힘줄이 튀어나왔다.

"한 번 더."

"네? 뭘……."

도한의 대답을 들을 필요도 없었다. 그가 재빠르게 주희의 턱을 한 손으로 완전히 감쌌다. 그러고는 턱을 틀어 깊게 입 맞추었다.

"으읏."

당황해서 주희의 속눈썹이 파들거렸다. 여유 없이 몰아치는 키스. 그녀가 등을 뒤로 뺐지만 물러설 곳이 없었다. 도한이 뜨거운 혀로 그녀의 입술을 살짝 핥았다. 그의 혀와 손가락이 스치고 간 모든 부분에 불이 나는 것 같았다.

도한이 입술을 떼고 옅게 웃었다. 주희가 숨을 한꺼번에 몰아쉬었다.

"궁금한 거 더 물어봐요."

"이, 이렇게 다 말해줘도 괜찮은 거예요?"

Mr.
시크릿의
비밀 연애

"기브 앤 테이크. 내 비밀을 얻어갔으면, 차주희 씨도 나에게 보답을 해줘야지."

"어떤 거요?"

"이희찬이랑 영화 보지 마."

"그건 보답이 아닌데…… 원래 안 보려 했어요."

"영화도 보지 말고, 말도 하지 말고, 눈도 마주치지 마."

"네? 어떻게 그래요. 계속 같은 촬영장에 있을 텐데…… 질투하는 거예요?"

"응."

도한은 한 치의 망설임도 없이 대답했다. 주희가 입술을 뻐끔거렸다.

"……그렇구나. 조심할게요."

"질투하지, 그럼."

"근데 아까부터 바, 반말을 하시네요?"

"아, 그랬나. 나이를 밝혔더니 편해져서. 내가 오빠잖아요?"

오빠. 아직 그 호칭은 너무 낯설고 간지러웠다. 반말을 했다가 존댓말을 했다가, 서툴렀다가 훅 다가왔다가, 은밀했다가 솔직했다가. 도한 한 사람 안에 여러 가지 면이 혼재해 있었다. 적어도 그와 연애를 하는 동안 지루할 일은 없겠다 싶었다.

"진짜 서른넷 맞아요?"

"여권 보여줄까요?"

"지금 있어요?"

"아니, 집에."

"뭐야, 못 보잖아요."

"내 집 가서 봐야지."

집에 오라는 얘긴가? 주희가 둥그런 눈을 위아래로 굴렸다. 도한의 표정은 태연하고 뻔뻔했다. 별일 아니라는 듯 툭 던진 말에 오히려 화들짝 놀란 건 주희였다.

그의 집? 그곳에 자신이 발을 들여도 되는 걸까? 아니, 이제 사귀는 사이니까 못 갈 것도 없겠지? 집에 들어가는 상상만 해도 긴장되었다. 그의 가장 사적인 공간이라니. 그가 어떤 사람이고 어떻게 사는지 낱낱이 드러나는 곳.

"어디 살아요?"

"삼성동 아파트."

도한의 대답은 평범했다. 아마 서울 어디 지하에 벙커를 만들어 놓고 산다 해도 크게 놀라지는 않았을 거였다.

삼성동이라는 구체적인 지명까지 듣자 현실감이 확 몰려왔다. 다른 사람들이 하는 것처럼 연인의 집에 놀러 가는 거구나, 그래도 되는 관계가 되었구나. 가슴이 다시금 콩닥거렸다. 두근두근. 기분 좋을 정도로 빠르게 뛰는 심장.

서른넷, 미스터 피셔, 이름은 다비드, 독일 국적.

그에 대해 새로 알게 된 것들을 속으로 하나씩 곱씹어보았다. 다시 한 번 실감이 났다. 그와의 연애가 시작된 것이다.

"팀장님."

주희가 멀거니 앉아 있었다. 눈동자에 초점이 없었다.

Mr.
시크릿과의
비밀 연애

"팀장님!"

"······어? 어."

예나가 주희의 어깨를 흔들며 불렀을 때야, 주희가 정신을 차렸다.

"왜 그러세요?"

"아냐. 촬영 시간 다 됐지? 가자."

주희가 일부러 잽싸게 자리에서 일어섰다. 예나의 의문스러운 시선이 뒤에 따라붙었다.

도저히 정신을 차릴 수가 없었다. 하루 종일 꿈속을 걷고 있는 기분이었다. 한바탕 아주 긴 꿈을 꾸고 있는 듯했다. 어제 일어났던 게 다 진짜였나? 몇 분마다 한 번씩 얼떨떨했다가 가슴이 두근거렸다.

연애하면 다 이렇게 되는 걸까?

이게 첫 연애였기에 죄다 미지의 세계였다. 그동안 연애할 시간 없이 너무 바쁘게 살아왔다.

20대 초반에는 부모님 빚을 갚으며 공부해서 취직했고, 그 이후로는 바쁘게 로드 매니저 생활을 했다. 연예인을 내내 따라다녀야 하는 직업이라 개인 시간이 나질 않았다. 고로, 연애와는 담을 쌓고 살아왔던 것이다.

"팀장님, 아직 아프신 건 아니죠?"

예나가 바짝 따라붙으며 물었다.

"응, 다 나았어."

주희가 몸에 기합을 불어넣고 세트장으로 향했다.

세트장에 들어서자마자 희찬이 성큼성큼 다가왔다. 희찬의 표정은 심각해 보였다. 희찬이 주희 앞에 서서 다짜고짜 물음을 던졌다.

"누나, 왜 영화 못 보러 가는 건데요?"

여기서 바로 희찬의 질문에 답할 수는 없었다. 주희가 난감한 기색을 표하며 입을 다물었다. 희찬의 얼굴이 어두워졌다.

"잠깐 저랑 얘기 좀 해요."

예나가 둘 사이에서 어색한 얼굴로 눈치를 살피다가 자리를 피했다. 희찬을 마주하자 미안함에 마음이 좋지 않았다.

"……같이 영화 못 봐, 희찬아."

희찬의 눈동자가 떨렸다.

곁에 가득한 게 예쁜 또래 여자애들일 텐데, 왜 하필 좋아한다는 사람이……. 입안이 씁쓰름했다. 그때 지이잉 하고 문자 한 통이 날아왔다. 주희가 힐끗 휴대폰 액정을 확인했다.

[지켜보고 있다.]

도한에게서 온 것이었다. 도한이 저 멀리 서서, 이글이글거리는 눈으로 이쪽을 노려보고 있었다.

"왜 같이 못 보는데요?"

"미안해."

"……금요일 날 시간이 안 돼요? 그럼, 응, 그래. 누나 시간 될 때 나중에 보면 되죠. 다음 주는 어때요? 아, 영화가 싫어요? 다른 거 할까요? 언제가 괜찮은……."

"희찬아."

희찬이 애써 발랄한 목소리로 괜찮은 척을 했다. 주희가 중간에서 그의 말을 끊어냈다.

"쭉 안 돼."

"……누나."

"나, 너 못 받아줘."

희찬의 표정이 무너져 내렸다. 상처받은 얼굴을 보니 가슴 한구석이 쓰라렸다. 친동생처럼 아끼던 아이였다. 그의 반응이 그녀에게도 타격을 주었다. 그러나 확실히 선을 그어주어야 할 것 같았다. 최대한 빨리, 희찬이 헛된 기대감으로 감정소모 하지 않도록.

희찬이 시선을 아래로 내렸다.

"여러 번, 생각해봤어요?"

"응."

"세 번 정도만 더 생각해보면 안 돼요? 마음이 바뀔 수도 있잖아요."

희찬의 목소리가 떨리고 있었다.

"희찬아, 네가 나한테 이럴 필요 없어."

"왜 난 안 되는데요?"

주희가 머뭇거리다 말했다.

"나 사귀는 사람 있어."

희찬의 눈동자가 배로 커졌다. 하아. 희찬이 작게 한숨을 내쉬었다. 희찬의 고운 미간이 엉망으로 찡그려졌다. 희찬이 낮고 음울하게 말했다.

"설마 제가 아는 사람은 아니겠죠."

"……응? 아니지."

"확실해요? 정말 내가 모르는 사람이에요?"

희찬의 눈빛이 매서워졌다. 거짓말하는 게 마음에 걸렸지만 어쩔 수 없었다. 혹여나 도한인 게 알려질까 봐서. 주희가 짧게 끄덕였다.

"그럼 그 사람이 아닌가."

"누구?"

"도한 선배님이요."

순간 숨이 멈출 뻔했다.

"……어? 야, 말이 되는 소리를 해."

주희가 최대한 당황한 티를 숨기려 애쓰며 대답했다. 그러나 떨리는 눈동자까지 감출 수는 없었다. 희찬은 그녀의 동요를 눈치챘지만 더 이상 캐묻지는 않았다.

"잘 알겠어요."

"미안."

"나 받아달라고 떼 부릴 수는 없는 거니까. 누나 우리 팀 떠나고 나서 마음 접어보려고 했었는데, 거의 다 된 것 같았는데……. 이번에 촬영장에서 마주치면서 다 물거품이 됐어요."

"……그랬어?"

희찬이 예전부터 자신을 좋아하고 있었다니, 전혀 예상치 못했다. 7살 어린 동생으로만 바라보았기 때문이리라.

"다시 노력해볼게요. 마음 접는 거."

희찬이 몸을 돌려 뚜벅뚜벅 걸어갔다. 희찬의 등을 바라본 순간 온몸에 기운이 쭉 빠져나갔다. 이제 희찬과 전과 같은 관계로 돌아갈 수 없을 것이다. 마음 한구석이 비어 있는 것처럼 쓸쓸해졌다.

[무슨 얘기?]

희찬이 멀어지자마자 도한에게서 문자가 왔다. 무슨 얘기를 했냐는 거겠지. 주희가 선뜻 답을 하지 못하고 주변만 두리번거렸다. 저편에서 도한이 우뚝 서 있는 게 보였다. 그가 잠시 망설이다가 성큼성큼 그녀에게 다가왔다.

"제가 잘 거절했어요. 서로 안 불편하게."

주희가 목소리를 한껏 낮추어 말했다.

"불편하게 거절을 해야지? 그래야 다신 안 다가오지."

도한은 심기가 불편했다.

"어떻게 그래요. 매일 볼 텐데."

"흐음."

"어쨌든 잘 정리될 거예요. 애초에 희찬이가 왜 저를 좋아했는지 이해도 안 되지만……."

"난 알겠던데."

"네?"

"그러니까 조심해요. 언제 또 다른 남자들도 좋다고 할지 모르는 거잖아요?"

도한이 아이처럼 툴툴거렸다. 주희가 작게 웃었다. 스태프 한 명이 도한을 불렀다. 촬영 준비를 해야 할 시간이었다. 도한이 자리를 뜨기 전 다급하게 한마디를 더 했다.

"주말에 시간 비워두세요. 영화는 나랑 봅시다."

"주말에요? 하지만 영화관 가면 사람들이 다 알아볼 텐데……."

"나한테 생각이 있어요."

도한이 무슨 꿍꿍이인지 씩 웃으며 아까보다 한결 가벼운 발걸음으로 걸어갔다.

'이게 뭐야!'

주희가 영화관 의자에 앉은 채로 고개를 두리번거렸다.

여기도 별, 저기도 별. 영화관 안이 죄다 반짝거렸다. 스타들로 가득했다. 유명 감독의 신작 영화 VIP 시사회. 영화계 관계자들과 수많은 스타들이 시사회를 찾았다. 더불어 이런 시사회에 잘 안 오기로 유명한 도한까지.

아까 포토 월 앞에 서서 기자들의 플래시 세례를 받던 도한의 모습을 떠올렸다.

'……엄청났지.'

기자들은 도한의 등장에 다들 흥분한 듯했다. 잘 나오지 않는 스타 중 한 명이었으니. 눈이 아플 정도로 새하얀 플래시가 끊임없이 터져 나왔다. 그 아수라장 속에서도 도한은 끝까지 잘생긴 얼굴을 흐트러뜨리지 않았다.

주희는 그 틈을 타서 먼저 시사회장 안으로 들어갔다. 간혹 초대받은 가수들이 주희를 알아보고 인사를 하곤 했지만, 시사회장 안에는 모르는 사람들 천지였다. 영화계 관계자들과는 인연이 닿을 기회가 별로 없었기 때문이다.

대개 낯선 사람이거나, 아니면 텔레비전에서 보던 사람들. 주희가 숨을 흡 집어삼켰다.

'같이 영화 보자더니······.'

하긴, 이상하다고 생각은 했다.

그랑 영화관에 갈 수가 없을 텐데 어떻게 영화를 보자고 하는 거지? 답은 이거였다. VIP 시사회. 도한은 시사회에 초대받았다면서, 주희의 것까지 포함해 표를 몇 장 받아왔다고 말해주었다. 이곳에 오기 바로 직전에 말이다.

주희는 얼떨떨한 표정으로 도한을 따라왔다. 그 결과가 지금이었다.

주희가 옆으로 고개를 돌렸다.

'헉, 이고은 씨네.'

충무로의 신예 스타였다. 조막만한 얼굴에 화려한 이목구비. 같은 여자가 봐도 두근거릴 정도로 예쁜 여자였다. 그 사람이랑 팔이 닿을 거리에 앉아 있다니. 매니저를 해오면서 연예인들을 숱하게 봐왔지만, 이런 시사회에 참석한 것은 처음이었다.

주희가 긴장한 채로 도한을 기다렸다. 곧 좌석 앞쪽이 술렁이기 시작했다. 도한이 안으로 들어온 것이다. 그가 긴 다리를 휘적거리며 계단을 올랐다.

'따로 앉아서 보는 거겠지?'

그러면 같은 공간에 있다는 것뿐, 영화 보는 의미가 옅은 것 같아 시무룩해졌다. 그런데 도한이 점점 이쪽으로 다가왔다.

'어?'

심지어 주희가 앉아 있는 열로 들어왔다. 저벅저벅. 그의 발소리가 울렸다. 도한이 걸어가면서 살짝 곁눈질로 주희를 바라보았다.

도한이 주희를 지나, 그 옆옆 자리에 앉았다. 도한과 주희 사이에 빈 좌석이 하나 놓여 있었다. 그래도 손을 뻗으면 닿을 거리였다. 사람들의 이목은 은밀하게 도한을 주시하고 있었다.

주희가 말을 걸어보려다, 말 대신 문자를 보냈다.

[어떻게 된 거예요?]

[재밌게 봐.]

아니, 이 자리 배치가 어떻게 된 거냐구…….

주희가 눈을 굴렸다. 아무래도 도한이 이 세 자리를 통째로 받아온 듯했다. 바로 옆에 앉으면 의심받거나 신경 쓰일 테니, 중간에 빈자리를 하나 넣어서.

"어우, 도한 씨 오셨어요? 이런 데서 뵙기 힘들었는데."

도한과 전에 같은 영화에 출연한 여배우 한 명이 다가와 인사했다.

"아, 예."

도한이 짤막하게 대답하고는 앞을 바라보았다. 여배우의 표정이 굳었다. 그녀가 민망함을 감추려는 듯 어색하게 소리 내어 웃었다.

"어머, 혹시 홍 감독님 다음 작 하시기로 하셨어요?"

"아뇨."

"아, 아니에요? 시사회에 오셨길래 그런 줄 알았는데……."

"그냥 영화 보러 왔습니다."

"아, 네……. 저, 도한 씨 혹시 휴대폰 번호 바뀌셨나요?"

Mr.
시크릿과의
비밀 연애

"아뇨, 그대론데요."

"아아, 전 연락이 잘 안 되시길래 혹시나 하고. 많이 바쁘신가 봐요. 다음 주쯤 시간 되시면……."

"말씀하신 대로 바빠서요."

"그럼 언제……."

"영화 곧 시작하겠군요."

그러니 얼른 돌아가 앉으라는 무언의 협박을 보냈다. 여배우는 얼굴이 붉어져서는 돌아갔다. 주희가 옆을 잠깐 돌아본 도한과 눈이 마주쳤다.

[봤어?]

도한에게서 문자가 왔다.

[뭘요?]

[이렇게 거절하라고.]

철벽 중에 철벽이었다. 도한의 루머 중에는 게이라는 것도 있었다. 동료 여배우들을 죄다 이렇게 쳐냈다면 소문이 안 날래야 안 날 수 없었겠지.

그래도 싫지는 않았다. 잘생기고 대한민국의 뭇 여성들이 열광하는 남자. 불안하지 않다면 거짓말이었다. 그러나 도한이 철벽 치는 수준을 보니 걱정하지 않아도 될 것 같았다.

곧 영화가 시작되었다. 시사회장 안에는 시커먼 어둠이 깔렸다. 서로의 체온이 느껴지는 옆자리는 아니었지만 그래도 도한이 가까이 앉아 있다는 게 느껴지자 가슴이 설레었다.

주희가 재킷을 벗어 무릎 위에 올려놓았다. 영화는 손에 땀을 쥐게 하는 스릴러 장르였다. 두 손을 꼭 붙잡고 침을 꼴깍 삼키면서 보고 있던 도중.

쑤욱, 사람의 팔이 다가왔다.

"……!"

어둠 속에서 불쑥 다가온 팔은 주희의 재킷 속을 파고들었다. 그러더니 무릎 위에 얹힌 주희의 손을 꽉 붙잡았다. 주희가 어깨를 떨며 옆을 슬쩍 바라보았다.

도한이었다. 도한이 빈자리를 가로질러 팔을 뻗어, 주희의 손을 잡고 있었다. 남들 모르게.

도한에게 감싸인 손등이 따스했다. 이러고 있자 정말로 같이 영화를 보는 것 같았다. 스크린에서는 둥둥거리는 음산한 배경음악과 긴박한 추격신이 나오고 있었다. 그러나 영화 내용에 도통 집중할 수가 없었다.

톡. 톡.

도한이 손가락 하나를 들어 주희의 손등을 규칙적으로 두드리기 시작했다. 발가락 끝이 굽고, 몸에 간질거리는 기분이 들었다.

주희가 재킷 안에서 손을 느리게 꿈지럭거렸다. 도한에게 깍지를 끼기 위해서.

주희의 얇은 손가락이 도한의 굵은 마디마디에 얽혀 들어갔다. 도한의 팔이 움찔거리는 게 느껴졌다. 영화관 안이라서 다행이었다. 어둠 속이라서 보진 못했지만, 발갛게 달아오른 얼굴은 분명히 웃긴 모양새일 것이다.

주희가 괜히 목을 큼큼 가다듬으며 시선을 스크린에 고정했다.

Mr.
시크릿과의
비밀 연애

옆에 앉아 있는 여배우가 신경 쓰였다. 혹시 들키는 게 아닐까?

아슬아슬하고 아찔한 기분, 그러나 점차 설렘과 두근거림에 덮 어졌다.

'손이…… 엄청 크네.'

한참 동안 손을 잡고 있자, 피부에서 땀이 배어 나왔다. 그러나 누구도 먼저 손을 빼는 법이 없었다. 영화가 끝나고 나서야 둘의 손이 떨어졌다. 언제 손을 잡고 있었냐는 듯 잽싸게.

순식간에 손등을 덮고 있던 그의 체온이 사라졌다. 진한 허전함 과 아쉬움이 들었다. 시사회장 안에 어둠이 걷히고 불빛이 켜졌다. 도한은 다리를 꼬고 무릎 위에 두 손을 올려놓은 채 전방을 바라 보고 있었다.

주희도 아무런 일도 없던 것처럼 휴대폰을 꺼내 만지작거렸다. 무표정을 가장한 얼굴과 반대로, 몸은 뜨겁게 떨렸다.

그냥 손을 잡고 있었다면 이렇게까지 떨리지는 않았을 것이다. 들키면 안 되는 상황이라는 긴장감 때문에 더 안달이 나는 것 같 았다. 주희가 축축해진 손끝을 스스로 주물렀다.

도한이 부족했다.

조금 더, 가까이 있고 싶단 생각이 들었다. 비밀연애라 어쩔 수 없다는 걸 알면서도. 그와 붙어 있을수록 갈증이 나고, 그를 더 바 라게 됐다. 스스로도 놀라웠다, 이런 감정을 느낀다는 게.

시사회가 끝나고 사람들이 하나둘씩 밖으로 나가기 시작했다.

주희와 도한은 우선 떨어져서 걸었다. 시사회장 바깥으로 나가 자마자 여러 취재진이 도한 쪽으로 달라붙었다. 주희는 그를 새카

많게 둘러싼 사람들을 헤치고 지하주차장 쪽으로 향했다.

'……더 같이 있고 싶어.'

주희가 손을 꾹 잡았다가 폈다. 아쉬운 마음을 애써 달랬다. 다음에, 다음에 또 보면 될 거야.

그러나 단둘이 있을 시간은 좀처럼 찾아오질 않았다. 지금 연애를 하고 있는 게 맞나 의심이 될 정도로. 하루가 지날수록 속이 새카맣게 타들어갔다.

쪼오옥. 주희가 차가운 아메리카노를 빨대로 빨아들였다.

5분마다 한 번씩 휴대폰을 확인하다가 이제 그것도 힘들어졌다. 카페 통유리 너머로 사람들이 바삐 움직이는 걸 관찰했다.

6차선 대로변에 위치한 카페 안이었다. 도로 건너편 빌딩 전광판에 번쩍번쩍한 광고가 스쳐 지나갔다. 여러 개의 광고가 같은 순서로 반복되고 있었다. 지금은 젊은 신인 여배우가 하는 화장품 광고.

"일, 이, 삼."

화장품 광고가 끝나는 것에 맞춰 주희가 작게 숫자를 세었다.

그러자 차 광고 화면으로 쓱 넘어갔다. 옆에 바다를 끼고 있는 도로를 무서운 속도로 질주하는 매끈한 차. 그 안에는 검은색 셔츠를 입고 위에 단추 2개를 푼, 야성적이고 잘생긴 남자 배우, 도한이 있다.

마지막 장면에서 차 옆에 비스듬히 서 있는 그의 모습은 지나치게 섹시했다. 저게 아까 방금 나랑 전화했던 그 남자 맞나, 정말 내

Mr.
시크릿과의
비밀 연애

가 저 남자랑 연애하고 있는 건가, 실감이 나지를 않았다. 얼굴 보고 이야기할 땐 그렇지 않지만, 화면 속의 그를 볼 때면 종종 낯설었다.

'내일 유예나 씨 촬영 8시에 끝나잖습니까. 나도 그쯤 끝납니다. 내 집으로 오죠?'

어제 촬영장에서 다른 사람들 눈을 피해 재빨리 약속을 잡았더랬다. 어떻게 그가 예나의 스케줄을 줄줄 꿰고 있는지 알 수 없는 노릇이었다. 어쨌든 오늘, 그의 집에 가기로 했다.

가슴이 쿵쿵 떨렸다. 드디어, 그와 단둘이 남들 눈치 보지 않고 있을 수 있다! 드디어!

주희가 카페 테이블 아래에서 발을 동동거리며 뺨을 붉혔다.

사귀기로 한 후로 몇 주가 흘렀다.

그동안 뭘 했는지 곰곰이 생각해봤는데, 정말로 한 게 없었다. 길거리에 선글라스 끼고 가만히 서 있어도 수십 명이 알아본다. 그런 스타와 제대로 된 데이트를 기대할 수 없는 건 당연했다.

게다가 촬영 스케줄이 너무 빡빡하게 잡혀 있었다. 얼굴이야 촬영장에서 오다가다 매일 봤지만, 그게 전부였다. 촬영 끝나고 만날 시간도 딱히 여의치 않았다.

스태프가 바글바글한 곳에서 손을 잡을 수도 없고, 눈빛 교환이나 좀 하다가 문자로 대화를 나누고, 집에 가면 서로 전화를 하다가 잠들었지만 주희는 그것으로는 부족함을 느꼈다.

얼마 후, 그렇게 기다리던 도한의 전화가 걸려왔다.

"여보세요."

-건물 뒤쪽 골목으로 내려와요.

"네? 벌써 여기로 왔어요?"

-응, 얼른.

"갈게요."

아, 오기 전에 화장을 수정하려 했는데, 이미 도착해놓고 연락하는 그 때문에 주희는 급히 아래로 내려가야 했다.

골목 뒤에 잠깐 주차해놓은 도한의 차가 보였다. 주희가 종종걸음으로 다가가 조수석 안으로 쏙 들어갔다.

"저 왔어요, 도……."

그의 이름을 말하려던 그녀의 입술이 도한의 입에 먹혔다.

차 문이 닫히자마자 도한이 불쑥 다가와 다급하게 입을 맞추었다. 여유라고는 전혀 찾아볼 수 없는 움직임이었다. 그의 상체가 그녀의 시야를 가득 메웠다.

도한은 주희의 목이 뒤로 꺾일 만큼 거세게 밀어붙였다. 물컹한 혀가 그녀의 입술을 쓸고 지나갔다. 숨을 쉴 수가 없었다. 코로 간간이 약하게 숨을 내쉬며 그의 거침없는 키스를 따라가려 애썼다.

마지막엔 도한이 쪽 소리를 내며 짧게 키스하고는 떨어졌다. 그가 몸을 물리자마자 주희가 헉헉 숨을 몰아쉬었다.

"뭐, 뭐예요……."

"늦었군요. 얼른 가도록 하죠."

"뭐가 그렇게 태연해요? 깜짝 놀랐네, 정말."

마음의 준비를 할 틈도 안 주고 말이야. 도한이 삐딱하게 얼굴을 틀어 그녀를 바라보았다.

"싫었다면 미안합니다."

"아니, 뭐, 그렇다고 싫다는 건 아니구요……."

"그럼 됐고."

도한이 능숙하게 핸들을 꺾으며 차를 몰기 시작했다. 입술이 여태껏 화끈거렸다. 차창에 고개를 기댄 채로, 주희가 새침하게 물었다.

"사실 엄청 선수인 거 아니에요?"

"선수? 무슨 뜻으로 물은 거지?"

도한이 고개를 갸웃거렸다.

"아, 여자를 많이 만나봤냐는 뜻인가?"

"네."

"아니, 처음입니다."

"거짓말."

"거짓말 아닌데."

빨간불 앞에서 잠시 차가 멈추었다. 그 틈을 타 도한이 쑥 다가와 입술을 짧게 맞대고 물러났다. 주희가 당황해서 눈만 깜빡거렸다.

"차주희 씨가 처음, 맞습니다."

"……말도 안 돼."

인간관계에 서툴러 보이긴 했지만, 막상 그의 입에서 자신이 첫 여자라는 소리를 듣자 얼떨떨했다. 분명히 여자들이 가만두지 않앉을 텐데. 도대체 이때까지 그는 어떤 삶을 살아왔던 걸까?

"왜 자꾸 말이 안 된다고 하지? 차주희 씨는 전에 많이 만나봤나 보죠?"

부우웅. 그가 속력을 좀 더 높였다.

"그래 보여요?"

"글쎄요. 이희찬 씨 같은 남자들이 주변에 또 없었겠습니까? 분명히 다른 남자들이…….

주희가 그의 말을 끊고 대답했다.

"저도 도한 씨가 처음."

끼이익. 빨간불 앞에서 차가 급정거했다.

"……그렇습니까."

대답하는 도한의 얼굴이 동요하고 있었다. 그가 고개를 틀어 헛기침을 했다. 그의 얼굴에 희미하게 홍조가 떠올랐다.

그리고 앞으로 휙 쏠린 몸에 놀랄 틈도 없이, 도한이 다시금 다가와 입을 부딪쳤다. 아까보다 더 뜨겁고 거친 몸짓으로.

순식간에 삼성동에 도착했다. 고급 아파트 지하주차장 안으로 도한의 차가 미끄러지듯 들어갔고, 어느새 그의 집 현관문 앞이었다. 자신의 몇 년 연봉을 하나도 안 쓰고 꼬박 저축만 해도 못 살집이었다.

"들어가죠."

"아, 네."

현관문이 열리고 집 안으로 발을 내디뎠다. 저절로 긴장이 되었다. 도한이 자연스레 한 손을 그녀의 어깨에 올려놓고 안으로 이끌었다.

"……와."

내부는 굉장히 넓고 무척이나 깔끔했다, 남자 혼자 사는 집이라고 믿기 어려울 만큼. 좀 희한한 것은 벽에 걸린 게 하나도 없다는 거였다. 시계도 액자도 없이, 무늬 없는 아이보리색 벽지가 온 집 안을 뒤덮고 있었다.

주희가 두리번거리며 집 안을 살폈다.

"굉장히 깔끔하네요."

"저녁 먹었습니까?"

"아뇨, 저녁 시간이 많이 지났죠? 도한 씨는요?"

"나도 아직. 우선 뭐 좀 먹죠."

도한이 주희를 식탁 앞에 앉혀놓고 냉장고 문을 열었다. 그의 어깨너머로 냉장고 내부를 본 주희의 눈이 커졌다.

모든 음식들이 라벨지가 붙어 있는 통에 담겨 열을 맞추어 정리되어 있었다. 동생과 둘이 살게 된 지 10년. 주희도 살림을 못하는 편은 아니었지만 냉장고를 저렇게 정리해놓기는 힘들었다.

"도한 씨, 혹시 도우미분이 오시나요?"

도한이 요리에 필요한 여러 가지 재료를 착착 꺼내며 고개를 가로저었다.

"아니."

"그럼 살림을 다 도한 씨가 하세요?"

"그렇죠."

"힘들지 않아요? 집도 넓은데."

"글쎄요, 누가 내 집에 오는 걸 싫어해서."

도한의 말에 주희가 입술을 오므렸다. 도한이 이미 손질해놓은 채소를 통에서 덜어내다가 잠시 멈칫했다.

"차주희 씨 빼고."

"나는 집에 왔으면 좋겠어요?"

조리대 앞에 서 있는 그의 등을 바라보았다. 벌어진 어깨와 남자다운 등, 두껍지 않은 허리. 저렇게 완벽한 뒤태를 자랑하는 그를, 이제 내 남자라고 부를 수 있다니.

"당연한 거 아닙니까. 차주희 씨가 이 집에 아예 눌러 살았으면 좋겠습니다."

도한은 뒤를 돌아보지도 않고 아무렇지 않은 목소리로 말했지만, 주희의 심장은 덜컹거렸다. 당장이라도 뛰어가 뒤에서 끌어안고 싶었다. 그러나 아직 그럴 용기는 나지 않았다.

"도한 씨, 요리하는 거 옆에서 구경해도 돼요?"

대신 그의 곁에 바짝 붙어 있고는 싶었다. 머뭇거리다 물었지만, 도한은 단칼에 대답했다.

"아뇨."

"왜, 왜요?"

"차주희 씨가 옆에 있으면 요리 못합니다. 저녁은 먹어야죠?"

"방해 안 할 건데……."

"아니, 방해한다는 게 아니라."

도한이 몸을 쓱 돌려 주희를 바라보았다.

"흥분이 되니까."

그의 목울대가 꿀렁거렸다.

주희가 잠시 할 말을 잃고 그를 바라보았다. 1초, 2초…… 시간이 흐를수록 시시각각 그녀의 얼굴이 빨갛게 달아올랐다.

엄마야.

7장. 연애치와 돌직구

'지, 지금 뭐라고……'

어떻게 반응해야 할지 재빨리 머리를 굴려 고민했다. 도대체가 중간이 없는 남자였다. 뺨 부근이 열이 올라 후끈거렸다. 도한은 담담한 목소리로 말했지만, 오히려 그의 말에 주희가 흥분이 되었다.

자신이 연애치라서 그런 게 아니라, 연애에 능숙한 여자라도 저런 말을 듣는다면 당황할 게 분명하다. 다른 남자도 아니고 도한인데.

그러나 그는 아무 일도 없었다는 듯 등을 돌려 다시 요리를 하기 시작했다. 쓱쓱, 재료를 휘저어 소스를 만드는 소리가 들렸다. 꼴깍. 주희가 침을 삼키고 몸에 가득 차 있던 긴장을 좀 내려놓았다.

Mr.
시크릿의 비밀 연애

'선수가 아니긴……!'

선수가 뭐, 별건가. 여자 마음 들었다 났다 하면 선수지. 여자 꼬시기 위해 듣기 좋은 말만 살살 골라 하지는 않아도, 그는 타고난 선수 같았다. 적어도 주희에게는 그랬다. 그의 말 한마디에 심장이 쿵쿵거리고 호흡이 가빠지니까.

그는 지나치게 솔직했다. 분명히 저 '흥분이 되니까.'도 한 치의 거짓도 없는 진실이었으리라. 그래서 더욱 곤란했다.

주희가 턱을 괴고는 도한의 뒷모습을 빤히 바라보았다. 등에 박혀오는 시선을 눈치챘는지 도한이 나지막하게 말했다.

"왜 그렇게 봅니까."

"뒤에 눈 달렸나 봐."

도한이 요리하며 픽 작게 웃었다.

"근데 도한 씨가 살림할 시간이 돼요?"

"촬영 시작하면 아무래도 힘들죠. 그래도 내가 하는 게 습관이 돼서."

"잠 잘 시간도 부족할 텐데."

"원래 잠은 많이 안 잡니다. 많아 봐야 네 시간 정도."

"정말? 안 피곤해요?"

"적응되면, 그다지."

도한이 오븐에 그릇을 넣고 빙그르 몸을 돌렸다. 팔짱을 낀 채 주희를 가만히 응시했다.

"신기하다. 잠이 별로 없나 봐요."

"잠자는 시간이 아깝다 보니까."

잠자는 시간이 아깝다니. 어떻게 그럴 수가 있지? 아침에 5분이라도 더 자고 싶어서 푹신한 침대와 씨름을 하는 주희로서는 그저 도한의 말이 신기하기만 했다. 그의 하루는 남들보다 두세 시간은 더 길 텐데. 그럼 깨어 있는 그 많은 시간 동안엔 뭘 하는 걸까?

주희가 그의 일상에 대해 나름 상상하고 있을 때, 오븐에 넣어 놓은 라자냐가 완성되었다. 도한이 식탁에 라자냐 그릇을 2개 놓고 의자에 앉았다.

"먹죠."

"와, 감사해요. 진짜 맛있어 보여요."

도한의 앞이니 예쁘게 조심스럽게 먹으려 했지만 실패였다. 허기진 배에 한 숟갈 들어가자마자 빠른 속도로 수저질을 할 수밖에 없었다. 반쯤 비우고 나서야 주희가 정신을 차리고 물 한 모금을 마셨다.

"도한 씨, 요리 정말 잘하시네요."

의외였다. 살림이나 요리와는 거리가 멀어 보이는 인상이었는데.

"잘 먹는군요."

"아, 제가 정신없이 먹었죠?"

"아니, 차주희 씨는 좀 더 많이 먹을 필요가 있습니다. 일부러 고칼로리로 했는데."

"저 살찌라고요?"

도한이 느리게 고개만 끄덕였다.

너무 빈약한가. 주희가 몸을 슥 내려다보았다. 스트레스 받으면 체중 감소로 그대로 이어지는 체질이라, 요즘 들어 살이 더 빠지기는 했다. 남자들은 '통통한', 즉 몸매에 볼륨이 있는 여자를 좋아한다던데.

볼륨도 없고 마르기만 한 자신의 몸이 신경 쓰이기 시작했다.

"제가 살찌면 더 좋을 것 같아요?"

"예."

도한의 대답은 명쾌했다. 기가 좀 죽었다. 빈말이라도 '아뇨, 지금이 딱 좋습니다.' 하지 못할 남자란 걸 알지만.

집에 가면 가슴 마사지랑 힙업 운동 같은 걸 찾아봐야겠다. S라인까지는 못 되어도 그 근처는 가야지 도한의 연애상대로 면이 살지 않을까. 나름의 다짐을 하며 주희가 라자냐를 마저 묵묵히 먹었다.

그릇을 싹싹 비우고 나자 도한이 흡족한 듯 고개를 끄덕거렸다.

"다 먹었군요. 잘했습니다."

"살도 찌우고 가슴 운동도……. 아, 아니에요."

무심코 속에 있던 말이 튀어나와서 주희가 황급히 고개를 돌렸다. 도한이 눈썹을 까딱거렸다.

"가슴 운동? 왜죠?"

"아니, 뭐, 음, 크면 좋은 거잖아요."

"음."

도한의 시선이 자연스레 가슴 쪽으로 내려갔다. 엄마야.

"안 봐서 잘 모르겠는데."

"그렇다고 그, 그렇게 작지는 않아요."

변명하듯 급하게 둘러대자 도한이 피식 웃으며 그릇 2개를 들고 일어났다.

"그거야 봐야 아는 거지?"

저런 능글거리는 말을 무뚝뚝한 얼굴로 하니 도대체가 농담인지 아닌지. 당황한 주희를 내버려두고 도한이 성큼성큼 싱크대로 걸어갔다. 주희가 몰래 자신의 가슴을 내려다보다 황급히 그의 곁으로 다가갔다.

"설거지는 제가 할게요."

"괜찮은데."

"도한 씨가 밥했으니까."

"그럼 그렇게 해요."

도한이 그가 끼려던 고무장갑을 건넸다. 그리고 다른 데로 비킬 줄 알았더니. 그대로 옆에 딱 붙어서 주희가 하는 모양을 빤히 바라봤다.

"왜 보고 있어요?"

"그냥."

"아, 네."

옆얼굴에 쏟아지는 그의 시선이 뜨거웠다. 몸도 너무 가까웠다. 위협적일 만큼 커다란 그의 몸이 자꾸 기우는 것 같은 느낌이 들었다.

"아까는 옆에 오면 흥분된다고 안 된다면서요."

"이젠 저녁 먹었잖아요?"

저녁 먹었으니까, 이제, 뭐? 뭐 하려고?

주희가 긴장해서 움찔거리는 허벅지에 힘을 주며 빠르게 설거지를 마쳤다. 그리고 옆으로 고개를 돌리니 바로 도한이 있었다. 그와 가슴팍이 맞부딪쳤다.

서른 넘어 남자가 집에 오라는데, 각오를 안 한 것은 아니었다, 순진한 열여덟도 아니고. 그러나 그래도 긴장이 되는 건 어쩔 수 없었다. 저 얼굴이 혹 다가오는데 온전히 정신을 유지하고 있기란 버거운 일이었다.

'여기서? 주방에서? 이대로? 세상에.'

머릿속이 핑핑 돌았다.

그러나 도한은 다가와 짧게 쪽 입술만 맞대고는 물러났다.

"영화 보죠."

맥이 탁 풀리면서 웃음이 새어 나왔다.

"왜 웃죠?"

"아, 아뇨. 아니에요."

도한이 의문스러운 표정을 지었다.

웬만한 방 하나만 한 크기의 화장실에서 가져온 양치도구로 말끔하게 이를 닦고 나왔다. 밤이라 화장이 거의 다 날아가 있어서 신경이 쓰였다.

'다크서클 봐…….'

특별히 예쁜 얼굴은 아니었지만 피부는 자신 있었는데, 계속 뜯어보고 있자 기미도 보이는 것 같고, 주름도 몇 개 생긴 것 같고. 시무룩한 얼굴로 나오자 도한이 편한 옷차림으로 갈아입고 앉아 있었다.

헐렁한 면 티에 면바지뿐이었지만 추레하다는 느낌은 들지 않았다. 그의 곁으로 종종 다가가 앉았다. 방의 한쪽 벽면에는 대화면 텔레비전과 반대쪽에는 푹신한 소파가 있었다.

"신기해요. 여기서 자주 봐요?"

주희가 방을 두리번거렸다.

"예, 대부분의 시간은 여기에 있습니다."

"정말요?"

소파 옆 작은 탁자에는 익숙한 제목이 쓰여 있는 대본이 놓여 있었다. 딱 보기에도 너덜너덜했다.

"드라마 대본이네요."

"볼래요?"

"네? 어……."

그가 대본을 쓱 집어다 건넸다. 살짝 중간을 펴보니 깨알 같은 메모가 가득했다. 조금만 틈이 나도 항상 붙들고 있었던 듯 손때가 묻어 있는 대본이었다. 주희가 놀란 눈으로 대본을 살폈다.

"와……."

"왜?"

"노력을 많이 하시는 게 티가 나서요."

"아, 그렇죠. 노력."

스타라고 하면 남들보다 편히 살 것 같은 이미지가 무의식 속에 있었나 보다. 곁에서 스타들을 항상 봐왔기에 그들이 꼭 그렇지 않다는 걸 알면서도, 그래도 남들보다는 편하게, 쉽게, 엄청난 부를 누리고 있지 않을까 하는 부러움.

Mr.
시크릿의
비밀 연애

그러나 도한의 대본에서는 누구보다 치열하게 살아온 흔적이 가득했다. 이렇게까지 꼼꼼하게 대본을 들여다보고 있을 줄은 몰랐다. 그는 잘생긴 얼굴로 유명해졌긴 하지만, 연기력도 늘 기본은 하는 배우였다. 그 기저에는 이런 노력이 있었던 걸까?

"독일에는 언제까지 살았어요?"

주희가 조심스레 물었다.

"음, 한국 나이로 24살인가?"

"그렇구나. 여기서 배우일 하려면 힘들었겠어요. 언어적인 문제도 있고."

"한국말이 서툴긴 했지만, 의사소통에 문제가 있을 정도는 아니었습니다. 어투가 특이하다고는 하더군요."

'그건 지금도 그러세요…….'라고 말하려다 진지하게 흐르는 분위기에 주희가 말을 아래로 삼켰다.

"언어보다는 좀 더 근본적인 것이 문제였죠."

"어떤?"

도한이 주희를 슬쩍 돌아보았다.

"글쎄요, 아닙니다."

그가 말을 괜히 꺼냈다고 생각했는지 망설이는 표정으로 입을 다물었다. 밝히기 싫어하는 듯했다. 선을 긋고 자신을 숨기는 그의 행동에 섭섭해지려 했지만 주희가 재빨리 아무렇지 않은 척했다.

"다른 얘기 해요, 다른 얘기."

웃으면서 화제를 돌렸다. 그러나 도한이 잠시 동안 대답 없이 그녀를 빤히 바라보았다.

"차주희 씨는 감정을 잘 못 숨기는군요. 내가 이렇게 알아차릴 정도면."

그가 그녀의 곁으로 바짝 다가왔다.

"섭섭…… 한 거죠?"

그가 나지막하게 물어왔다. 주희가 떨리는 눈빛으로 그를 바라보며 마른침을 삼켰다.

"섭섭까지는 아니구."

"내가 나를 알려주면 어떨 것 같죠?"

주희가 고개를 숙여서 그녀의 무릎을 응시했다. 그가 그에 대한 이야기를 하나둘씩 밝혀오면 어떤 기분일까? 처음 사귀기로 했던 날, 그의 본명과 국적만 알고서도 쿵쿵 뛰던 심장이 떠올랐다.

말로 표현할 수 없는 기분이었다. 내가 좋아하는 사람에 대해 알아나가는 것.

"음, 좋겠죠."

주희가 망설이다가 말했다.

"그렇군요. 감정의 무지였습니다."

"네?"

"나의 장애물."

그가 망설이던 기색을 싹 지우고 덤덤하게 입을 열었다.

"저한테 말씀해주시는 거예요?"

주희의 심장이 빠르게 뛰기 시작했다.

"그래야 좋다고 하니까."

도한은 무뚝뚝한 얼굴이었지만 이상하게 그의 낮은 목소리가 다정하게 들려왔다.

"차주희 씨가 좋은 거면 합니다."

그는 툭 내뱉듯 말했지만 주희의 가슴이 요동쳤다. 그는 의도치 않게 감동을 주는 남자였다. 주희가 무릎 위에 올린 손을 움찔거리다가, 도한의 손등 위에 조용히 올려놓았다.

도한이 옅게 웃었다.

"감정표현 불능증이라고, 딱히 장애도, 질병도 아닙니다. 내 생각에는, 하나의 증상일 뿐이죠. 날 정의 내리는 무수한 것들 중 하나이기도 하고."

그가 자신의 이야기를 한다. 그것도 저 아래에서 근본을 이루는 것에 대하여.

"독일에서는 일고여덟 명 중 한 명이 이런 증상을 가지고 있다고 하더군요. 자기가 이상이 있는 줄도 잘 모릅니다. 불편이 없거든. 겪고 있어도 그게 사회적 성공과는 무관하니까. 오히려 감정이 걸림돌이 되는 경우도 많잖아요?"

"그러니까, 감정을 모른다는 게…… 기뻐도 기쁘다고 인식하지 못한다는 거예요?"

"그렇습니다. 아니, 정확히 말하면 몸에는 반응이 오는데 그걸 '기쁘다'라는 감정과 연결시키지 못하는 겁니다."

주희가 놀란 눈으로 그를 바라보았다.

"하지만…… 도한 씨는 연기를 하잖아요."

"처음에는 치료책 중 하나였습니다, 감정을 학습하기 위해서. 하다 보니 이 길을 계속 걷고 싶어 한국으로 왔죠."

감정의 무지. 치료.

전혀 짐작도 못 해본 이야기가 도한의 입에서 흘러나오고 있었다.

"연기하는 게 불가능하진 않습니다. 그, 뭐라더라. 연기 엄청 못하는 사람을, 뭐라고 하던데요."

"발연기요?"

"그래요, 그거. 처음엔 나도 그랬는데, 그래서 대본을 아예 머릿속에 입력시켰죠. 감정이입 하는 게 힘드니 외워서 꾸며내니 되더군요. 지금은 증상도 완화됐고 연기도 능숙해졌지만, 외우는 습관이 들어서."

그는 아주 차분하고 담담한 말투였다. 정작 듣고 있는 주희는 그렇지 못했지만. 머리가 어찔거렸다.

감정을 모른다는 게 도대체 어떤 느낌일지, 감정기복이 심한 그녀로서는 짐작할 수 없었다. 하지만 그의 증상은 그에게 현재 진행 중인 장애물은 아닌 듯싶었다. 이미 다 적응된 사람의 말투였다. 주희도 그가 그런 증상을 갖고 있다는 사실 때문에 머리가 복잡한 게 아니었다.

도대체 왜 그런 증상이 그에게 찾아왔는지, 그 원인 때문이었다. 무엇이 그를 감정을 모르는 사람으로 만들었을까.

그러나 바로 묻기가 망설여졌다. 왠지 건드리면 아픈 곳일 것만 같았다.

"지금은 괜찮아요?"

"사실 딱히 신경 쓰고 산 적이 없어서 나아졌는지 아닌지 몰랐

Mr.
시크릿의
비밀 연애

는데, 요즘 보니 괜찮아진 모양입니다."

"그래요? 연기를 하는 게 도움이 됐나 봐요."

"아니, 그렇다기보다는."

도한의 몸이 가까워졌다. 그의 오른쪽 무릎과 그녀의 왼쪽 무릎이 살짝 닿았다. 순간 전기가 오르는 듯 찌릿한 기운이 올라왔다.

"차주희 씨 때문이 아닐까 하는데."

"……저요?"

"응, 요새 차주희 씨 때문에 아주, 감정 기복이 심하거든."

아까까지 자신의 이야기를 덤덤하게 늘어놓던 그가 싹 변했다. 위험하고 남성적인 얼굴이 떠올랐다. 그와 닿아 있는 무릎이 뜨거워지는 것 같았다.

그의 잠잠하던 감정을 요동치기 시작한 이유, 그게 바로 그녀라고 말하는 그의 얼굴은 한없이 진지했다. 다른 남자가 말했으면 말도 안 되는 소리라 생각했겠지만, 도한의 말은 진실성이 느껴졌다.

그의 눈빛은 사람을 설득하고 몰입하게 하는 힘이 있었다.

잠시 대화가 끊기고 침묵이 찾아왔다. 그의 눈은 흔들림 없이 그녀를 바라보고 있었다.

바로 옆에 앉아 있는 도한의 체향이 자꾸 콧속으로 들어왔다. 그녀가 눈을 굴리다가 문득 그의 목울대에 시선이 닿았다. 두툼한 목울대가 위아래로 한 번 요동치는 게 눈에 느리게 들어왔다.

그러더니 그가 그의 입술을 혀로 한 번 쓱 쓸었다. 자꾸만 그의 매끄러운 입술에 눈이 갔다. 조용해지자 점점 더 그와 닿아 있는 무릎에도 신경이 쓰였다. 고작 무릎일 뿐인데.

한참의 침묵을 깨고 도한이 담백한 목소리로 말했다.

"영화 보죠. 뭐, 보고 싶은 거 있습니까?"

하아. 주희가 물속에 빠졌다가 나온 사람처럼 참았던 숨을 몰아 쉬었다.

"아, 아뇨. 도한 씨 보고 싶으신 걸로……."

그가 소파에서 훅 일어나 DVD장을 뒤적거렸다. 그가 미련 없이 일어서서 걸어가자 기분이 묘해졌다. 방금까지 섹시하고 위험한 얼굴을 하고 있길래 긴장하고 있었는데.

그가 로맨틱 코미디 영화를 골라 재생하고는 소파로 돌아와 앉았다.

어쩌다 보니 다리가 겹쳐졌다. 그녀의 무릎 위로 그의 허벅지가 반쯤 올라와 있었다. 영화가 곧 시작되었다. 주희가 갑자기 화끈거리는 뺨을 손등으로 꾹꾹 누르면서 스크린에 집중하려고 애썼다. 하지만 쉽지 않았다.

그의 단단한 허벅지 근육이 바로 느껴지는데, 집중할 수 있을 리가. 이런 속을 아는지 모르는지 도한은 무심하게 스크린만 바라보고 있었다.

"저기, 도한 씨. 이거 다 보면 12시 넘을 텐데 어떡하죠?"

"데려다주죠."

"아……. 그래요."

정말 영화만 보자고 부른 거였나? 영화가 시작되고 몇십 분 동안 도한은 옆에 눈길 한 번 주지 않고 스크린을 바라보았다. 긴장하고 있는 건 자신뿐인 것 같아 괜히 민망해졌다.

Mr.
시크릿의
비밀 연애

도한이 곁눈질로 그를 바라보던 주희를 알아차렸는지, 나지막하게 물었다. 시선은 여전히 스크린에 고정한 채로.

"왜요."

"네, 네? 아뇨, 영화 재미있네요."

"그렇습니까? 난 열 번 넘게 본 거라."

어라. 주희가 눈을 깜빡거렸다.

엄청나게 집중해서, 아주 흥미진진하게 보고 있는 줄 알았는데.

"어, 도한 씨 안 본 거 보지 왜……."

"어차피 집중 못 할 거 아니까 많이 본 거 틀었습니다."

그제야 도한이 스크린에서 눈을 떼고 주희를 비스듬히 돌아보았다. 그의 눈빛이 일렁이고 있었다. 주희는 약간 떨어져 있던 무릎을 모았다. 스크린에서는 요란한 키스 장면이 이어지고 있었지만 소리가 하나도 귀에 들어오지 않았다.

"……왜 집중을 못 하는데요?"

주희가 머뭇거리다 말했다.

"도한 씨, 집중 안 되면…… 구, 굳이 안 봐도 될 것 같은데."

말을 한 마디씩 뱉을 때마다 뒷목에서 진땀이 흐르는 기분이었다.

도한의 눈썹이 크게 꿈틀거렸다. 몇 초간 답이 없더니 그가 상체를 기울여 점점 그녀 쪽으로 다가갔다. 점점 그가 키스할 것처럼 얼굴을 가깝게 했다.

"참아보려 했는데."

"……네?"

232

"너무 빠르면 안 좋다길래."

"아."

주희가 옆에 놓인 리모컨을 집어 들어 만지작거리다 영화를 정지했다. 도한의 가슴팍이 크게 들썩였다.

시간이 정지된 것 같은 기분이 들었다. 사귀고 나서 한참 만에 갖게 된 단둘만의 시간. 그의 비밀도 하나 더 알게 되었다. 그를 좀 더 느끼고 싶었다. 가까이 다가가고 싶었다. 그의 품 안에 파고들고 싶었다.

촬영장에서 남들 눈치를 보며 모른 체하는 동안 참아왔던 게 한 번에 폭발했다. 아무에게도 알려서는 안 되는 비밀연애. 알게 모르게 애타는 마음이 쌓였던 모양이었다.

그건 도한도 마찬가지로 보였다. 그는 참아보려 했다고 말하면서도, 손은 이미 주희의 뒷목을 붙잡은 채였다.

주희가 머뭇거리다가 용기를 끌어모아 말했다.

"저, 저는 좀 빠르게 해도 나쁘지 않을 것 같은데."

"……."

"우리…… 친해지는 속도."

그녀의 말이 끝나자마자 도한이 다급하게 입술을 부딪쳤다.

그대로 주희의 몸은 널찍한 소파에 눕혀졌다. 그녀의 블라우스 아래로 거칠고 두꺼운 남성의 손이 혹 침범해 들어왔다. 한 번도 다른 사람의 손이 닿아본 적 없는 곳. 도한의 뜨거운 손바닥이 그녀의 아랫배를 쓸고 지나갔다.

위에서 그가 몸으로 그녀를 누르고 있었다. 혀로는 그녀의 입안을 헤집어놓았다.

이상하다는 단어로는 표현할 수 없을 정도로, 난생처음 겪어보는 강렬한 감각이 온몸을 치고 지나갔다.

자꾸만 다리가 배배 꼬였다. 그의 뜨거운 남성이 다리에 느껴졌다. 차차 이성이 마비되는 듯했다. 톡톡. 그가 블라우스 단추를 위에서부터 하나둘씩 풀어나갔다. 피부에 공기가 바로 와 닿자 오한이 들어 어깨를 살짝 움츠렸다.

도한이 정신없이 키스하던 입술을 잠시 떼고 숨을 내쉬며 그녀를 내려다보았다. 꼼짝없이 그에게 묶이는 기분.

"괜찮아?"

끄덕끄덕. 고개를 약하게 움직이자마자 그가 목에 입술을 파묻었다. 그의 거침없는 손이 배꼽 부근을 배회하다 위로 올라왔다. 부드럽게 브래지어를 밀어내더니 말캉거리는 가슴을 가득 쥐었다.

은밀한 곳에 그의 살갗이 닿자 걷잡을 수 없는 흥분이 몰려왔다. 그의 혀가 훑고 지나가는 목 부근의 피부에는 불이 나는 것 같았다.

그가 잠시 상체를 일으켜 두 손을 크로스해 면 티를 벗었다. 곧 근육으로 가득 짜여 있는 탄탄한 몸이 드러났다. 그가 다시금 몸을 위에서 눌러오자 그의 피부가 고스란히 느껴졌다.

왜 다들 사랑을 하면 몸을 나누는지 알 것 같았다. 그와 몸을 바짝 밀착해 온기를 공유하는 순간, 이루 말할 수 없는 충족감이 찾아왔다. 주희가 달달 떨리는 손을 들어 올려 그의 어깨를 끌어안았다.

그가 커다란 손으로 주희의 머리카락을 쓸어 넘기고는 콧잔등에 짧게 키스했다. 팔딱거리는 서로의 심장 박동이 느껴졌다. 키스를 할 때처럼 그는 거칠고 뜨겁게 애무를 해왔다.

"아, 윽……. 도한 씨, 도한 씨."

주희가 눈을 질끈 감으며 도한을 불렀다. 그녀의 마른 육체가 펄떡였다. 뜨겁고 몸이 조각나는 기분이었다. 아래에 온 신경이 집중되고 불에 덴 것처럼 화끈거렸다. 아팠다. 아팠지만 그를 밀어내거나 그만하라고 말하고 싶지는 않았다.

도한이 엄지로 힘이 들어간 주희의 눈가를 쓸었다. 그의 단단해진 남성이 안으로 밀고 들어오는 감각이 생생했다.

우는 건 지는 거라고 생각하며 눈물을 참으며 살아왔던 주희였지만 지금은 눈물이 비집고 나올 것만 같았다. 처음 하나가 되는 과정은 강렬했고 그만큼 고통스러웠다.

"차주희 씨."

도한이 잔뜩 잠긴 목소리로 느리게 말했다. 그가 이름을 불러주자, 조금 안정되는 것 같았다. 손을 맞잡아 깍지 끼자 그가 천천히 움직였다.

아리기만 했던 아래가 차츰 적응되면서 열과 함께 간지러운 감각이 아랫배부터 올라왔다. 그녀가 어쩔 줄 몰라 하며 도한을 더욱 세게 끌어안았다. 그의 체향이 배어 있는 단단한 목에 코를 파묻고, 그의 움직임에 몸을 맡겼다.

팡, 머릿속에서 빛이 터지는 것처럼 저릿한 감각이 느껴졌다. 자신이 낼 거라고는 상상도 못 해본 소리가 입에서 튀어나왔다. 잠시

Mr.
시크릿과의
비밀 연애

간 아무런 말도 없이, 거친 호흡과 땀에 젖은 피부가 맞닿는 소리
만 요란했다.

어떻게 새벽을 보냈는지 기억이 차츰 희미해졌다. 뜨겁고, 강렬
하고, 처음 겪어보는 낯선 감각이 내내 몸을 떠나지 않았다. 나중
에는 지쳐서 거의 울먹거리는 목소리로 그를 말렸다.

그러다 몸에 기력이 다 빠져서 기절하듯이 잠든 것 같기도 하
다.

아침에 눈을 떴을 때는 도한의 푹신한 침대 위였다. 주희가 뻑
뻑한 눈을 깜빡거렸다. 시야가 흐릿했다. 부드러운 이불이 맨몸을
감싸고 있었다. 맨몸…….

"아……."

몽롱한 정신이 밝아지면서 어젯밤의 기억이 서서히 되살아났
다.

미쳤지. 주희가 푹 뺨을 베개에 파묻었다. 그의 짐승 같던 움직
임과 꿈틀거리는 단단한 육체가 머릿속을 장악했다. 그동안 사귀
면서도 그의 곁에 있을 수 없어 애달팠던 마음이 어젯밤 터져 나
왔다.

마음껏 그의 가슴팍에 얼굴을 파묻고 그의 체온을 느꼈다. 그때
주희가 몸을 꿈틀거리니까 뒤에서 꽉 붙드는 팔뚝이 느껴졌다. 등
에 도한의 가슴팍이 닿았다. 그가 뒤에서 그녀를 끌어안은 채 잠들
었다.

부끄러움도 잠시, 그녀는 도한의 팔뚝에 가만히 손을 올려놓으

며 민망함을 떨쳐냈다.

어젯밤 그도 자신을 원했고, 자신도 그를 원했다. 그거면 된 것이었다. 도한도, 자신도 머리를 굴려 밀고 당기기를 할 성격은 못되었다. 그게 그들의 방식이었다. 빠르거나 충동적이면 어떤가.

주희가 몸을 낑낑거리며 뒤로 돌렸다. 바로 눈앞에 고이 잠든 도한이 보였다.

'현실감이 없네.'

그럴 외모였다. 주희가 그의 얼굴을 응시했다. 맨다리가 얽혀 있었다. 어젯밤의 여파로 그녀의 피부 곳곳이 울긋불긋했다.

그를 가졌다. 세상 사람들 누구에게도 말 못 할 비밀이었지만, 그래서 더 애틋했다.

주희가 그의 품 안으로 파고들었다. 그의 가슴에 얼굴을 묻었다. 따뜻한 체온과 쿵쿵거리는 심장 박동이 느껴졌다. 조금 더 이대로 자고 싶었다. 창밖으로 새어 들어오는 환한 빛이 아침임을 증명해 주었지만, 조금만 더 이대로.

"좋은 아침."

그때 정수리 위에서 쉬고 갈라진 섹시한 목소리가 들려왔다. 그러더니 그가 그녀를 뼈가 으스러지도록 힘을 주어 안았다. 주희가 고개만 빼꼼 올려 그를 바라보았다.

"일어났어요?"

"응."

"언제부터?"

"한 시간 전부터."

"진짜? 자는 줄 알았는데……."

"자는 척했습니다. 내 얼굴 빤히 보길래."

도한이 스르륵 눈을 뜨더니 씩 웃었다. 이렇게 가까운 거리에서 마주하자 아찔해지는 웃음이었다.

"일어나야겠네요. 저 출근도 해야 하고……."

말은 그렇게 하면서 주희가 몸을 미적거렸다.

"나한테 그렇게 안겨오면 어떡합니까?"

아, 몸을 돌려 그의 품에 파고든 것도 알았겠구나. 주희가 민망해서 괜히 큼큼 목을 가다듬었다.

휙. 도한이 그녀의 몸을 붙잡아 들어 올렸다. 몸이 붕 뜨더니, 어느새 그의 배 위에 올라와 있었다. 도한의 몸 위에 올라탄 꼴이 되었다. 민망했다. 그도 그럴 것이 둘 다 맨몸인 상태였던 것이다.

"뭐, 뭐예요."

"뭘까."

"무슨……. 헉."

그제야 그녀가 허벅지 쪽에 닿은 그의 단단한 남성을 느끼고 얼굴을 붉혔다. 주희가 몸을 비틀며 주먹 쥔 손으로 약하게 그의 가슴을 내리쳤다.

"미쳤나 봐. 놔주세요."

"그렇게 위에서 꿈틀대면 안 되는데."

이런 상황에 저런 말을 무뚝뚝하게 말한다. 능글맞은 표정이라도 짓든가. 주희가 살짝 그를 흘겼다.

"알았어요. 농담입니다."

"정말?"

"진담도 20프로 정도 섞이긴 했지만, 일어납시다. 씻고 아침 먹죠."

"네, 먼저 씻으세요."

"같이?"

"아, 됐어요……."

이제 모든 걸 다 봤지만 같이 씻는 건 아직 부끄러웠다. 주희가 기겁해서 손을 설레설레 내저었다.

"왜?"

"부끄럽단 말이에요."

"어제는 부끄러움 안 타는 것 같던데."

"아, 진짜!"

도한이 그녀의 뒤통수를 손으로 붙잡아 그쪽으로 확 끌어당겼다. 입술을 짧고 거칠게 비비고는 놓아주었다. 그녀가 부드러운 이불을 몸에 둘둘 누에고치처럼 말았다.

침대에서 일어나는 도한을 올려다보았다. 알몸인데도 그는 부끄러움 없이 욕실로 저벅저벅 걸어갔다. 몸에 알맞게 들어찬 근육과, 또…….

"도한 씨, 패, 팬티라도 입고 걸어가죠?"

"어차피 벗을 건데."

부끄러움은 왜 내 몫인가. 주희는 화끈거리는 얼굴을 이불 속에 넣어버렸다.

쏴아아. 그가 샤워하는 소리가 들렸다. 그동안 그의 침대 위를

Mr.
시크릿의
비밀 연애

뒹굴었다. 그의 집, 그의 침실은 어떤 모습일까 항상 궁금했는데, 깔끔하고 단정된 느낌이었다. 그의 체향도 연하게 나는 듯했다.

달칵. 욕실 문이 열리고 그가 수건으로 아래만 가린 채 나왔다.

"씻어요. 내가 어제 잠들기 전에 씻겨주긴 했는데."

"……네?"

"기억 안 나나 보네."

그가 씻겨주었다니. 주희가 얼굴을 붉히며 벌떡 침대에서 상체만 일으켰다. 가슴을 가리고 있는 이불이 흘러내리려는 걸 다급하게 붙잡으며.

"안고 가는데 역시 너무 가볍더라고."

"윽……."

"살 좀 쪄요."

주희가 옆머리를 쓸어 넘기며 고개를 작게 끄덕거렸다. 도한이 젖은 머리를 탈탈 털며 침실 밖으로 걸어 나가며 물었다.

"아침, 빵 괜찮나?"

"네, 괜찮아요."

"씻고 나와요."

도한이 나가자마자 주희가 후다닥 욕실 안으로 들어갔다. 깨끗하게 반짝거리는 유리에 맨몸을 이리저리 비추어 보았다. 숨을 쉴때마다 들썩거리는 갈비뼈를 보니 그의 말대로 살을 좀 찌워야 할것 같았다.

피부에 요란하게 수놓아진 어젯밤의 자국을 물끄러미 바라보다가 주희가 고개를 양옆으로 흔들었다.

"아아아."

머릿속에 스멀스멀 피어오르는 기억을 떨쳐내고 샤워기를 틀었다.

잠시 후, 그녀가 샤워를 마치고 나오자 도한이 빵과 간단한 샐러드를 식탁에 내오고 있었다.

"먹읍시다."

"네."

"아, 머리 말리고."

도한이 성큼성큼 걸어가더니 드라이어를 건넸다. 지이잉. 젖은 머리카락을 손으로 매만지며 머리를 말리는데 도한이 서서 빤히 바라보았다.

"왜 보세요?"

"그냥."

주희가 침을 꼴깍 삼키며 머리를 마저 말렸다. '그냥'이라기에는 그의 눈빛이 너무 뜨거웠다. 드라이어 전원을 끄고 내려놓자 그가 묵묵히 돌아가 의자에 앉았다.

"말을 좀 하셨으면 좋겠어요."

주희가 포크로 샐러드를 찍으려다 조심스레 입을 열었다. 도한이 대답 없이 한쪽 눈썹만 꿈틀거렸다.

"가끔 도한 씨가 무슨 생각하는 건지 전혀 모를 때가 있거든요."

"그렇군요."

"사귀기로 하기 전에는 날 좋아하는 건가? 아닌가? 엄청 헷갈렸고……. 으, 뭐라는 거지? 하여간 도한 씨는 알쏭달쏭한 분이에요.

아, 싫다는 건 아니에요."

"참고하죠."

주희가 빵을 반 잘라서 입에 우물거리며 고개를 끄덕였다. 도한
이 샐러드를 한입 먹다가 고민이 되는 듯 미간을 좁혔다. 뜸을 들
이다 그가 입을 열었다.

"내가 차주희 씨 좋아한다는 건 이제 알죠?"

"네, 그건 당연하죠."

"다행이군요."

도한은 굳어 있던 표정을 금세 풀고 빵을 씹었다. 주희가 우유
를 꿀떡 삼키며 생각했다. 진짜, 정말로 연애하는 것 같다. 지금까
지가 연애가 아니었다는 건 아니지만.

둘이서 마주 앉아 이렇게 도란도란 이야기를 나눌 기회가 별로
없었으니까.

이런 게 연애구나. 사람들이 왜 다 연애하려고 하는지 알 것도 같
았다. 20대 초반에는 미팅에, 학교 동아리에, 후에는 소개팅 등등 여
러 사람들이 왜 그렇게 곁을 함께할 짝을 찾아 동분서주하는지.

좋은 기분이 들었다. 연애.

아직은 그가 완전히 편하지는 않아서, 약간의 불편함이 동반된
설렘이 있었다. 이 기간이 지나고 나면 도한이 편해질 때가 올까?
같이 씻어도 부끄럽지 않고, 민낯을 보여줘도 긴장되지 않는. 그때
도 그때 나름의 기분 좋음이 있을 것이다.

도한과의 연애가 오랫동안 지속되기를 바랐다. 가능한 오래오래.

아침을 금세 다 먹고 촬영장으로 출근할 준비를 했다. 둘 다 촬

영 스케줄 시작이 같았다. 조금 이르게 준비를 다 마치고 난 후 주희가 현관문 앞에서 망설였다.

"저기, 도한 씨."

"예."

"따로 나갈까요?"

"누가 볼까 봐?"

주희가 뚱하게 서 있는 도한에게 다가갔다. 한참 위에 있는 그의 양 뺨을 손으로 붙잡았다. 도한이 뭐 하냐는 듯 당황해서 눈을 크게 떴다.

그대로 주희가 발뒤꿈치를 들어 올려 그의 입에 짧게 입 맞추었다. 먼저 해놓고도 부끄러워서 후다닥 몸을 물렸다.

"뭐죠?"

"뽀, 뽀뽀했는데요. 왜요, 싫어요?"

"아니, 놀라서."

"그럼 뽀뽀도 했고, 저 먼저 갈게요."

"진짜로 먼저 갈 거야?"

도한이 인상을 쓰며 반말로 물어왔다.

도한을 생각해서 이러는 건데. 같이 출근하다가 주차장에서 누구라도 마주치면? 뭐라고 변명하기도 애매한 상황이 될 것이다.

"네, 가야죠."

주희가 도한의 따가운 시선을 받으며 서둘러 현관으로 걸어 나갔다. 도어락을 풀려던 때, 도한이 뚜벅뚜벅 빠른 걸음걸이로 다가왔다.

아까 주희가 도한에게 했던 것처럼 그가 그녀의 양 뺨을 붙잡고 입을 부딪쳐왔다. 이번에는 좀 더 깊고 농밀하게, 짧지만 뜨거운 키스를 마치고 도한이 낮은 목소리로 물었다.

"안 섭섭합니까?"

"제가요? 섭섭할 게 뭐가 있어요."

"음, 남들한테 밝히지 못하는 연애를 한다는 거."

"내가 선택한 것에 대해서는 투정 안 부려요."

"그래도 다른 남자와는 할 수 있는 것도 나랑 있으면 제약이……."

도한의 목소리가 초조하게 들렸다. 불안해하는 걸까? 주희는 그가 생각보다 여린 사람일지도 모르겠단 생각을 했다. 그가 우직하고 든든한 남자라는 사실과는 별개로.

"에이, 유원지나 놀이공원 데이트해주면 뭐할 거야. 다른 남자들은 도한 씨만큼 매력이 없잖아요?"

"나만큼 멋진 남자가 나타나면."

"그런 남자가 있을 리가. 그리고 사귀자 했으니 끝까지 책임을 져야지."

"어른처럼 말하네요."

"어른이죠. 밖에 나가면 아무도 나 애로 안 봐요."

도한이 결국 픽 웃더니 주희의 둥근 어깨를 쓰다듬었다.

"이렇게 작은데. 애처럼 보여요."

"외유내강이랄까."

"그런 것 같군요."

"불안해하지 말아요. 갈게요."

주희가 그의 손등을 톡톡 두드리고는 먼저 집 밖으로 나왔다. 후우. 숨을 내쉬고는 엘리베이터를 타고 아래로 내려왔다.

내세울 수 없는 위태로운 비밀연애.

벅찰 때도 있겠지. 도한이 연예인이 아니라 다른 직종의 사람이었다면 더 좋았을지도 모른다. 그러나 첫 만남부터 지금까지를 되짚어보았다. 그가 배우가 아니었다면, 과연 그와 만날 수 있었을까?

주희는 바꿀 수 없는 현실에 대해서는 안타까워하기보다 그저 감내하는 편이었다. 그녀를 보살펴줄 어른이 없어진 10년 전부터 그랬다. 고민하기에는 시간은 빠르고 하루는 바쁘니까.

주희가 출근을 위해 재빨리 다리를 놀리며 걸어갈 때였다. 지이잉. 진동이 울리더니 도한에게서 문자가 왔다.

[이따 봐.]

그녀가 답장을 하기도 전에 한 통이 더 왔다.

[얼른 갈게.]

주희가 빙긋 웃음 지었다.

동물원, 놀이공원, 명동. 못 가도 상관없었다. 이런 남자와의 연애라면 그런 것쯤 뭐가 문제겠는가.

그런데, 놀이공원을 오게 됐다. 도한과 함께.

"꺄악!"

"나예요, 차주희 씨."

놀이공원 한가운데에서 주희가 비명을 질렀다. 주희가 몸을 웅크리며 눈앞에 서 있는 토끼…… 아니, 머리에 토끼탈을 쓴 누군가를 바라보았다. 주희가 숨을 가쁘게 몰아쉬었다.

"도, 도한 씨?"

"네, 도한입니다."

토끼탈에 틀어막혀 그의 목소리가 잘 들리지 않았다. 그러나 손과 옷을 보니 도한이 맞았다. 주희가 입을 크게 벌리고 흔들리는 동공으로 토끼, 아니 도한을 올려다보았다.

"……지금 뭐 하고 계신 거예요!"

"변장이랄까."

도한이 어깨를 한 번 으쓱했다. 주변 사람들이 지나가면서 미친놈 보듯 도한을 힐끔거리기 시작했다.

"아, 엄마……."

주희가 손으로 이마를 짚으며 고개를 저었다.

"놀이기구 마저 타러 가죠."

도한은 뻔뻔스레 말하며 주희의 손을 잡아 그녀를 일으켜 세웠다. 이 어처구니없는 상황의 전말은 이러했다.

웬일로 오전 촬영이 없는 한가한 날이었다.

도한이 다짜고짜 집 앞에 차를 끌고 찾아와 그녀를 차에 태웠다. 어디 가냐고 물어도 그는 별 대답 없이 차를 몰았다. 라디오에 맞추어 살짝 콧노래를 흥얼거리는 걸 보니, 엄청나게 들떠 있구나 했다.

어딜 가려고 저러는 거지?

고개를 갸웃거리던 주희는 차가 행선지에 도달하자마자 얼굴을 싸하게 굳혔다.

꿈과 희망의, 놀이공원 앞이었다.

"잠깐만요, 도한 씨."

당황해서 차 밖으로 나갈 생각도 못하고 있는 주희를 두고 도한은 뭔가 척척 가방에서 꺼내기 시작했다. 짙은 선글라스와 붙이는 수염이었다.

"……? 도한 씨?"

"나갑시다."

"아니, 여길 왜 왔……."

"다른 남자들은 할 수 있는데, 난 못 하는 게 있을 순 없죠. 다 해주고 싶단 말입니다. 야외 데이트 합시다."

"괘, 괜찮다고 했잖아요."

"내가 싫어요."

"도한 씨, 좀 완벽주의 같은 거 있죠?"

"예. 여하튼 갑시다, 놀이공원."

도한은 나름의 변장을 마무리하고 차 문을 열고 나갔다. 주희가 다급하게 따라 내렸다.

놀이공원에 입장해서 자유이용권을 2개 끊었다. 놀이공원에는 사람이 별로 없었다. 평일 오전인 데다가, 날씨도 비가 올락 말락 했다. 덕분에 놀이기구 앞의 줄도 짧았다. 도한이 주변을 바삐 두리번거렸다.

그의 눈동자는 선글라스에 가려져 있었지만, 어쩐지 반짝이고 있을 것 같았다.

"놀이공원 처음 와봅니다."

"……사실 그냥 도한 씨가 오고 싶어서 온 거 아니에요?"

도한이 입을 꾹 다물었다. 맞네, 맞아.

"한 번쯤 와보고 싶었습니다."

도한이 손목에 둘러진 자유이용권 띠를 보고는 고개를 끄덕였다.

"……여자 친구랑 같이."

이 말을 하는 도한은 소년같이 보였다. 비록 코 아래에 가짜 수염을 매달고 있었지만 말이다. 주희가 싱긋 웃으며 그에게 팔짱을 꼈다.

"에이, 모르겠다! 이왕 온 거 재미있게 놀아요. 나도 오랜만에 오고 좋네, 뭐!"

도한이 주희의 가슴에 감싸인 자신의 팔뚝을 물끄러미 내려다보다 큼큼 헛기침을 했다. 둘은 경쾌한 발걸음으로 놀이공원 안으로 향했다.

"뭐부터 탈까요? 도한…… 아, 이렇게 불렀다가 누가 들으려나?"

"본명으로 불러요."

"다비드 씨?"

도한이 짧게 끄덕였다. 그의 본명이 다비드란 걸 알지만, 막상 안 부르다 부르려니 어색했다.

"흠, 흠. 그래요, 다비드 씨! 뭐 타고 싶은 거 있어요?"

그가 고심하듯 미간을 찡그리더니 조용히 손가락을 뻗었다. 저 멀리 그가 가리킨 것은…….

"후룸라이드?"

"재밌어 보이네요."

"가요!"

주희가 도한에게 팔짱 낀 상태로 그를 이끌었다. 놀이공원은 한산했지만, 그래도 화려하고 반짝이는 분위기는 여전했다. 도한이 후룸라이드 타는 곳으로 걸어가면서 주변을 살폈다.

놀이공원이라는 비일상적인 공간에 있어서일까. 도한은 평소보다 앳되고 밝아 보였다. 갑작스런 놀이공원행에 당황했던 것도 잠시, 덩달아 주희도 기분이 좋아졌다. 몇 년은 어려진 기분이었다.

후룸라이드 앞에는 그래도 다른 놀이기구에 비해 사람들이 좀 있었다. 10분 정도 기다려 탑승장 앞에 섰다. 도한이 4인용 배를 타고 트랙 위를 빠르게 내려가는 놀이기구를 신기한 듯 바라보았다.

"두 분이신가요?"

직원이 도한과 주희에게 물었다.

"예, 둘입니다."

"뒤에 손님이 없으셔서, 우선 두 분이서만 탑승하시겠습니다."

운 좋게도 주희와 도한은 둘만 같이 타게 되었다. 물이 잔뜩 튀어 있는 후룸라이드에 들어가 앉았다. 도한이 앞자리, 주희가 뒷자리었다.

"출발합니다."

후룸라이드가 느리게 움직이기 시작했다. 운전 속도가 빨라질
수록 안쪽에 물이 튀었다. 도한이 탑승장을 완전히 벗어나고 나자,
선글라스를 쓱 벗었다.

"신기하네요."

도한이 덤덤한 표정으로 빠르게 떨어지는 후룸라이드 안에 앉
아 있었다. 간이 쿵 떨어지는 감각이 소름 끼쳐서 주희가 눈을 꽉
감을 때였다. 번쩍, 플래시가 터진 것 같았다. 후룸라이드가 탑승
장에 도착할 즈음, 도한이 다시 선글라스를 썼다.

"재밌었다, 그죠?"

다 타고 나니 옷 이곳저곳 물방울이 튀었지만 기분이 나쁘지는
않았다. 오히려 시원했다. 출구로 나가는 길에는 여러 개의 모니터
화면이 모여 있었다. 사람들이 그 앞에서 구경하고 있었다.

"……어?"

주희가 그제야 아까 후룸라이드를 타던 도중 반짝, 터지던 플래
시를 기억해냈다. 도한이 어리둥절한 표정으로 그녀를 내려다보
았다.

"왜?"

"저, 저거……."

정상에서 떨어질 때 사진이 찍힌다는 걸 잠시 깜빡하고 있었다.
그리고 그렇게 찍힌 사진이 후룸라이드 출구 쪽 모니터에 몇 분간
떠 있다는 사실도.

"도, 아니, 다비드 씨. 저쪽으로 가봐요. 얼른, 얼른."

"……? 왜요. 싫어, 왜 보내는데."

도한을 멀리 밀어내고 주희가 모니터 앞으로 다가갔다. 눈을 꽉 감고 고개를 숙이고 있는 그녀와 무심하게 후룸라이드에 앉아있는 도한, 둘의 사진이 화면에 떠 있었다.

미묘하게 고개를 숙이고 있어서 도한의 이목구비가 확연하게 드러난 건 아니었지만, 사람들의 호기심을 불러일으키는 데에는 충분했다.

"저 사진 속 남자, 도한 닮지 않았어?"

"그렇긴 한데. 야, 그래도 도한이 훨씬 잘생겼지."

"그런가? 근데 진짜 닮았는데……."

사람들이 술렁거리면서 모니터 앞으로 더 모여들었다.

'……망했다.'

주희가 사색이 되어 도한에게로 뛰어갔다. 도한이 팔짱을 낀 채 눈썹을 꿈틀거렸다. 모여 있던 사람들이 도한 쪽으로 고개를 돌렸다.

"어? 진짜 도한 같은데……."

"맞나?"

주희가 도한의 팔을 붙잡고 홱 이끌었다. 그녀가 목소리를 한껏 낮추어 속사포로 속삭였다.

"도한 씨, 지금 선글라스 벗은 거 사진 찍혀서 사람들이 도한 씨 다 쳐다보고 있어요. 어, 어떡하죠?"

"……음."

Mr.
시크릿의
비밀 연애

도한이 잠시 뜸을 들이더니 별일 아니라는 듯 가볍게 말했다.

"뭐, 도망가야죠."

도한이 주희의 손을 휙 낚아채고는 재빨리 달리기 시작했다. 웅성거리는 사람들을 뒤로하고 잽싸게 그 자리를 빠져나왔다.

타박타박.

놀이공원 한복판을 가로지르듯 뛰었다. 처음에는 당황해서 긴장했다가도, 나중에는 이 상황이 웃겨서 웃음이 터졌다.

사람이 별로 없는 벤치 앞에 도착해 걸음을 멈추었다.

"허억, 헉……. 으, 힘들다."

주희가 숨을 몰아쉬며 벤치에 털썩 주저앉았다.

"그런데 이러다가 또 SNS에 도한이 놀이공원에 떴다고 올라오는 거 아니에요?"

"그럴 수도 있겠군요."

"어떡하죠? 돌아가야 하나?"

"아직 한 개밖에 못 탔는데 그럴 순 없죠. 잠깐만 여기서 기다려요."

"네? 어디 가려고요? 도한 씨?"

도한이 주희를 내버려두고 잠시 떠났다. 그러고는 돌아온 꼴이……

"도대체 그 토끼인형탈은 어디서 난 거예요?"

"구해왔습니다."

"어떻게?"

"돈 주고 잠시 빌렸어요. 다시 퍼레이드 시작할 때 돌려주면 돼요."

"……지금 그걸 쓰고 돌아다니겠다구?"

"안 될 게 있나?"

안 되지! 다들 미친놈 보듯 하잖아!

주희가 경악스러운 눈빛으로 그를 올려다보았다. 복슬복슬한 털 재질로 되어 있는 인형탈은 상당히 컸다. 사람 머리의 3배쯤은 되어 보였다. 단정한 셔츠에 슬렉스를 입고서는 머리에는 토끼탈을 쓰고 있는 기괴한 차림새였다.

"벗어요!"

"마음에 들었는데……."

도한이 토끼탈을 손으로 쓰다듬었다.

"돈도 많이 줬는데, 아까워라."

"원래는 돈 펑펑 쓰시잖아요."

"흐음, 여하튼 지금 이대로 가기는 싫단 말입니다."

"……놀이공원에 왔더니 애가 됐나 봐."

"우선 일어나 봐요, 같이 다니다 보면 어느새 적응될걸?"

"아뇨, 전혀."

기겁하는 주희의 손을 도한이 붙잡았다.

"회전목마 탈까?"

"……."

"범퍼카? 응? 뭐가 좋은데?"

도한은 잔뜩 기대하고 있는 투였다.

"……아, 나도 모르겠다!"

주희가 모든 걸 포기하고 도한의 손을 마주 잡았다.

8장. 미스터 시크릿과의 비밀연애

그가 이렇게 아이처럼 설레어하는 건 처음이었다. 그의 목소리를 들으면 들을수록, 어차피 오늘 한번 겪고 말 일인데 뭐, 어때 싶었다. 결국 주희가 미친 척하고 그를 따랐다.

둘은 커다란 인형탈을 쓰고도 탑승 가능한 놀이기구만 골라서 타기 시작했다. 한 시간 정도 그렇게 돌아다니고 나니 다리가 무거워졌다. 주희가 그를 이끌고 가설무대 앞 의자에 가 앉았다.

"힘들다……."

토끼가, 아니 도한이 끄덕거렸다. 주희가 고개를 돌리고 그를 물끄러미 바라보았다.

"희한하네. 진짜 다비드 씨 말대로 시간이 지나니까 토끼탈에 적응된 거 같아요."

"내 말 틀린 적 없잖아요."

"……근데 여기서 뭐 하나? 학생들이 되게 많네요."

놀이공원 한쪽에 마련된 무대 앞에 수많은 여학생들이 앉아 있었다. 다른 곳에는 사람들이 거의 없더니, 다 여기 모여 있었나? 왜지? 의문은 곧 해결되었다. 무대 위로 MC 한 명이 올라왔다.

"자, 여러분들이 그렇게 기다리던 오빠! '탑텐'이 이제 나올 겁니다!"

탑텐? 희찬이 포함되어 있는 아이돌 그룹이었다. 주희가 3년 전까지 매니저를 맡았던 팀이기도 했다. 놀이공원 내의 행사에 초대된 모양이었다.

"탑텐이 누군데?"

도한이 어리둥절한 목소리로 물었다.

"그러니까……."

"꺄아악! 오빠! 오빠!"

주희의 뒷말은 팬들의 함성에 묻혔다. 귀가 얼얼할 정도였다. 주희가 한쪽 눈을 반사적으로 찡그렸을 때, 쿵쿵거리는 비트와 함께 무대 위의 조명이 켜졌다. 그러고는 탑텐이 무대 위로 올라왔다.

토끼탈의 아래를 붙잡고 있던 도한의 손이 움찔거렸다.

"저거……."

"으응."

"……이희찬이잖아?"

탈 아래에 가려져 얼굴을 볼 수 없었지만, 아마 험악한 표정일 것 같다.

희찬은 예나 지금이나 무대 위에서는 항상 반짝이는 모습이었다. 그가 중앙 앞으로 치고 나와 시원하게 고음을 내질렀다. 멤버들과 각을 맞추어 군무도 추었다.

"나갑시다."

도한이 벌떡 일어섰다.

"아, 거기 토끼탈 쓴 아저씨! 좀 앉아요! 희찬 오빠 안 보이잖아아!"

"앉아요! 앉으라고! 야!"

"저 토끼 뭔데 우리 오빠들 가려?"

도한이 일어난 순간 뒤쪽에서 무시무시한 외침이 쏟아졌다.

"……이런."

도한이 아우성에 못 견뎌 다시 주저앉았다. 심기가 불편한 듯 그가 긴 다리를 꼬고 팔짱까지 꼈다.

"이거 언제 끝납니까?"

도한의 불만 섞인 목소리에 앞에 앉아 있던 여학생이 대신 대답했다.

"세 곡 부르고 간대요."

"아, 제길."

도한이 꼼짝없이 앉아 한 곡이 끝날 때까지 기다렸다. 그러고는 더 이상 못 참겠던지 벌떡 일어섰다. 단박에 수많은 아우성이 쏟아졌다.

"저 토끼가 또! 야!"

도한이 허리를 숙여 팬들 사이를 빠져나가기 시작했다. 주희도 허둥지둥 그 뒤를 따랐다. 무대 위에 있던 희찬이 마이크에 대고 말했다.

"와, 저기 되게 신기한 분이 계시네요. 하하."

요란스러운 무대를 뒤로하고 둘이 헐레벌떡 빠져나왔다, 별로 한 것도 없는 것 같은데 완전히 녹초가 되어서. 도한이 우뚝 서 있다가 열 받는지 쾅 발을 굴렀다.

"내가 이것만 벗으면……! 하!"

분한 듯 그가 팔을 부들거렸다. 주희가 빤히 그 모습을 바라보다 웃음이 팡 터졌다.

"아, 왜 웃습니까?"

"웃기잖아요! 오빠들 가린다고 토끼 저리 가래잖아."

주희가 키득거리자 도한의 목소리가 더 낮아졌다.

"근데 이희찬이 저렇게 인기가 많았습니까?"

"그럼요, 정상급 아이돌 중 한 명이죠. 팬이 얼마나 많은데요."

"도대체 왜?"

"왜라니?"

탑텐의 매니저를 했던 때의 성질이 되살아나, 그녀가 팀에 대한 특징을 늘어놓았다.

"각자 매력이 가지각색인 10명의 멤버! 다들 잘생긴 데다 군무도 화려하고! 안 뜨는 게 이상하죠."

"……. 이희찬은 팀에서 뭔데요?"

"리드보컬을 맡고 있어요. 최근으로 따지면 팬 수는 아마 희찬이가 제일 많을 거예요. 매력 있으니까."

"……내 앞에서 그 사람 칭찬하지 말죠?"

주희가 눈을 깜빡거리며 입을 다물었다.

"앗, 죄송해요. 실수."

"……"

"기분 나빴어요? 화났죠?"

"아니요."

그러나 그의 목소리는 잔뜩 굳어 있었다.

"에이, 삐쳤구나. 죄송해요."

"그래서, 이희찬이 멋있어 보였습니까?"

"응? 어어, 잘 모르겠던데? 도한 씨가 옆에 있어서 그런가, 무대가 하나도 안 보이더라고요."

우리 애들 정말 잘 컸다 뿌듯해하면서 봤지만 말로는 능청을 떨었다. 나름 애교 있는 투로. 팔뚝에 소름이 돋는 것 같았다.

그래도 먹히긴 했나 보다. 도한이 토끼탈을 쓴 머리를 툭 떨구었다.

"정말?"

"네, 그럼요."

누그러진 도한의 목소리에 주희가 작게 웃었다.

"나 이거 벗을까 합니다."

"왜요?"

"다 좋은데 좀 답답하네요."

"아, 통풍이 잘 안 되긴 하……"

"아니, 키스하고 싶은데 이거 때문에 못 하잖아, 지금."

진담인 것 같은 말투였다. 평소에 키스하기 직전, 흥분했을 때에 들곤 했던 목소리. 토끼탈에 뚫려 있는 자그마한 구멍 사이로 그의 뜨거운 눈빛이 흘러나오는 듯했다.

"······그럼 이만 갈까요? 충분히 논 것 같긴 한데."

"잠깐만, 토끼탈 돌려주고."

그가 훅 사라져서는 토끼탈을 벗은 채로 돌아왔다. 땀에 젖은 머리카락을 아예 다 뒤로 넘긴 채로, 단정한 이마가 그대로 드러났다. 선글라스를 쓰고 있었지만 수염은 떨어진 상태였다.

'땀에 젖어도 잘생겼네······.'

주변에 몇 명이 그를 알아챈 듯 수군거리며 돌아보았다.

"가죠."

도한이 손을 내밀었다. 주희가 그의 손을 붙잡았다. 그가 긴가민가하며 자신 쪽으로 다가오는 사람들을 잽싸게 지나쳐 걸어갔다. 그러고는 차차 걸음을 빨리하다가 뛰기 시작했다. 주변 풍경이 빠르게 흩어졌다.

순식간에 놀이공원을 빠져나와 차로 돌아왔다. 차 안에 앉고 나서야 둘 다 숨을 돌렸다. 주희가 목을 뒤로 젖혔다.

"누가 봤을까요?"

"그럼 어쩔 수 없지."

도한이 그제야 선글라스를 벗었다. 미간에 맺힌 땀을 손바닥으로 쓱 닦아냈다. 그가 돌아보며 물었다.

"키스해도 됩니까?"

그의 물음에 오히려 주희가 당황했다.

"······언제 그런 거 물어보고 했어요?"

"지금은 땀 냄새 날까 봐."

"괜찮······."

"응."

괜찮다는 말이 다 끝나기도 전에 도한이 무섭게 다가와 입을 맞추었다. 이럴 거면 왜 물어봤대.

남자다운 몸짓과 농밀한 땀 냄새. 도한이 참은 만큼 주희의 입술을 거칠게 집어삼키고 핥았다. 주희가 목이 반쯤 꺾인 채로 그의 키스를 받아들였다.

드라마 방영일이 다가오고 있었다. 긴장한 분위기를 깨기 위해서는 촬영장 분위기가 좋아야 했다. 그러나 요즘 촬영장에 가끔씩 서리 내린 것처럼 한기가 불어닥치곤 했다.

"지금 나랑 장난해? 그 여자랑 같이 스케줄 잡지 말라고 했잖아!"

바로 채화 때문에. 준재벌 정도의 능력 있는 사업가에게 시집간 데다, 최근에는 활동이 좀 뜸했지만 여전히 영향력 있는 여배우였다. 중년의 나이가 믿기지 않을 정도로 아름다운 외모 덕분이었다.

그러나 성질은 불같았고 예민했다.

옆에 서 있던 예나가 깜짝 놀라 휘둥그레진 눈으로 힐끔거렸다. 채화가 그녀의 매니저에게 소리 지르고 있었다. 예나가 고개를 쏙 돌리며 주희에게 속삭였다.

Mr.
시크릿의
비밀 연애

"완전 예민한 성격이시래요."

"그래 보이네……."

채화의 역을 원래 맡았던 여배우는 프로포폴 혐의 때문에 캐스팅에서 빠지게 되었고, 그 자리를 채화가 대신했다. 그녀가 공석을 메우는 캐스팅에 왜 응했을까? 예민한 것뿐만 아니라 자존심도 상당히 세 보이는데.

채화의 화난 모습에 스태프들이 그녀의 눈치를 보았다. 보다 못한 태석이 다가와 채화에게 말을 걸었다.

"채화 씨."

다들 신경 안 쓰는 척하면서 둘을 힐끔거렸다. 채화가 고양이 같은 눈매를 찌푸리다가 태석을 올려다보았다.

"그만하시죠."

태석이 말하자 채화의 입술이 꿈틀거렸다.

"뭘 그만하라는 거예요?"

"시위하는 거."

시위? 애매모호한 대화가 둘 사이에 오갔다. 그러나 채화는 태석의 뜻을 알아들었는지 입을 꾹 다물고 홱 일어섰다. 태석이 굳은 표정으로 서 있다가, 평소의 온화한 얼굴로 돌아왔다.

그러나 주변 분위기는 이미 얼어붙은 채였다. 태석까지 자리를 뜨고 나자 예나가 숨을 푸하 내쉬었다.

"방금 뭘까요? 완전 팽팽하던데. 두 분이 원래 아는 사이인가?"

"그러게. 으음……."

채화를 말 몇 마디로 상대하다니 태석도 보통 인물은 아닌 듯했다. 그때였다.

"뭐 해요?"

갑자기 두 여자의 사이에 한 명이 불쑥 끼어들었다. 촬영장 분위기에 상관없이 항상 발랄하게 돌아다닐 수 있는 사람. 희찬이었다. 희찬의 고백을 거절하고 난 이후로 주희와 그는 약간 어색해졌다.

완전히 멀어진 것도, 그렇다고 전과 같지도 않은 사이.

"누나."

"응?"

예나는 희찬의 앞에서 여전히 부끄러움을 탔다. 희찬이 주희에게 말을 걸어오자, 눈치를 보더니 다른 쪽으로 쪼르르 피해서 달아났다.

"저, 어제 봤어요."

"뭘 봐?"

"놀이공원."

"……으응?"

희찬이 개구지게 씨익 웃었다.

"노, 놀이공원이라니?"

"그 토끼 뭐예요? 나 차더니 그 토끼랑 사귀는 거예요?"

헙. 주희가 숨을 잠시 참았다. 정말 봤나 보네.

"누군데요? 놀이공원 직원은 아닌 것 같던데. 제정신이 온전한 사람은 맞죠?"

"그, 음, 사정이 있었어."

"무대에 올라와 있는데 웬 토끼가……. 근데 옆을 보니 누나가 있어. 놀라서 노래 부르다가 음정 나갈 뻔했잖아요."

"그, 그랬어?"

"누구예요?"

도한이라고 대답할 수 있을 리 없었다. 주희가 묵비권을 행사하자, 희찬이 눈썹을 까딱거렸다.

"뭐, 말 안 해주려나 보네. 대충 누군지 알 것 같지만."

"……누구? 어떻게 알아?"

"나야 누나를 항상 보고 있었으니까. 누나 주변에 다가오는 남자도 보이거든요."

희찬이 도한과 비슷한 말을 했다. 아무래도 희찬에게는 들킨 모양이었다. 주희가 낭패다 싶어 초조하게 입술을 깨물었다.

"아무한테도 말 안 해요."

희찬이 새하얀 이를 드러내며 화사하게 웃었다.

"말하고 다니면 누나가 싫어할 거잖아. 누나가 싫어하는 건 안 해."

"희찬아."

"아, 뭐, 됐어요. 감정 정리는 거의 다 되어가는 중! 10퍼센트 정도 남았나? 흠."

희찬이 일부러 가벼운 목소리로 말하며 어깨를 으쓱거렸다. 뒤쪽에서 희찬의 매니저가 그를 불렀다.

"나 밥 먹으라네? 가볼게요."

희찬이 살랑살랑 손을 흔들고는 저쪽으로 걸어갔다. 희찬의 등을 바라보며 주희가 미묘한 표정을 지었다. 웃어야 할지, 어째야 할지 알 수가 없었다.

저 자식이 지금 뭐라고 하는 중인 거야?

멀찍이서 주희와 희찬을 바라보고 있던 도한이 얼굴을 싸하게 굳혔다.

"도한이 형, 메뉴 뭐 시키실래요?"

옆에서 점심 배달 메뉴를 물어보는 김 매니저의 말이 들리지 않았다. 분명히 주희의 얼굴이 굳는 걸 보니, 아마 마음 쓰게 하는 소릴 했겠지. 또 고백한 거 아냐, 저 자식? 도한이 주먹을 꾹 쥐었다.

그녀가 자신의 애인이라고 밝히지 못하니 애로사항이 많았다.

제일 문제는, 이희찬 같은 남자에게 내 여자니까 건들지 말라고 일침을 놓을 수 없다는 것. 사람들의 시선을 의식해 이렇게 멀찍이서 초조하게 바라만 봐야 한다는 것.

"아, 저걸 어떻게 해버릴 수도 없고……."

"형! 뭐 먹고 싶으신데요? 음식 말이에요, 음식!"

음식? 이희찬이 음식이면 씹어 먹을 수라도 있을 텐데.

"씹어버릴 수도 없고……."

"씹는 거? 고기?"

"이희찬."

"네? 못 들었……."

"몰라, 네가 알아서 시켜."

도한이 휙 자리에서 일어나 화장실로 걸어갔다, 찬물로 세수라도 해야겠다고 생각하며.

아슬아슬한 데이트가 이어지는 와중에 드디어 드라마 방영일이 하루 앞으로 다가왔다.

그간 주희는 드라마 촬영장의 분위기에 나름 익숙해졌고, 드라마는 순조롭게 만들어지고 있었다. 날씨는 이제 의심할 수 없이 완전히 봄이었다. 또 도한과의 연애는 위태로울수록 그만큼 더 감정이 깊어졌다.

신경을 곤두세워야 하니 피곤할 때도 있지만, 그 정도를 감수할 만큼 그가 좋았다. 섬세하거나 다정한 성격은 아니었지만 그의 투박함에 이끌렸다.

[어디?]

이렇게 짤막하게 날아오는 문자도 이제는 적응되었다.

촬영이 시작되기 직전이었다. 음료수를 뽑으려고 대기실 복도 끝에 있는 자판기로 향했지만 수리 중이라는 글자가 붙어 있었다. 결국 두 층 정도 계단으로 내려와 자판기를 찾았다.

그에게 음료수를 뽑으러 두 층 내려왔다고 문자를 보냈지만 항상 득달같이 날아오던 답장이 없었다. 주희가 고개를 갸웃하고 자판기에서 음료수를 꺼냈다.

예나랑 진 코디 것도 하나씩 뽑아서 양손에 들고 몸을 돌렸을 때였다. 타닥타닥. 급한 발소리가 들렸다.

"아, 여기 있네."

도한이 앞에 서 있었다, 무슨 마법처럼 짠 하고.

손에 쥐고 있는 음료수 캔이 유달리 차갑게 느껴졌다. 피부가 뜨거워졌기 때문이다. 주희가 갑자기 눈앞에 예고도 없이 나타난 그 때문에 놀라서 눈을 크게 떴다.

"왜 여기 있어요?"

"나도 음료수 뽑으러."

도한이 어깨를 으쓱하더니 뒤의 자판기를 가리켰다. 복도를 오가는 사람이 몇 명 있었다. 도한은 아무렇지 않게 성큼 다가와 자판기에 돈을 집어넣었다.

그가 힐끗 주희를 바라보며 작은 목소리로 말했다.

"어제는 잘 잤습니까?"

"그럼요."

"동생이랑은 화해했고?"

어젯밤 동생과 다퉈서 그에게 전화로 하소연했었다.

"아, 네, 뭐……."

주희가 뺨을 살짝 붉혔다. 누군가에게 그렇게 의지하거나 투정 부리듯 말해본 건 오랜만이었다.

그간 주희에게는 책임져야 할 동생이 있었고, 연예인이 있었다. 힘든 얘기를 굳이 다 털어놓지 않는 게 습관이 돼서 친구들 사이에서도 주로 그녀는 상담을 해주는 쪽이었다.

"다행이군요."

"걱정했어요?"

Mr.
시크릿의
비밀 연애

"예."

누군가에게 기댈 수 있다는 기분. 도한 덕분에 간만에 느껴본 것이었다. 그의 등이 오늘따라 유달리 넓어 보였다.

"가요, 이제."

주희가 헤실헤실 작게 웃으며 말했다. 도한이 한쪽 눈썹을 꿈틀 거렸다.

"왜 그렇게 웃죠?"

"그냥."

도한이 주희와 함께 계단으로 걸어 올라가면서도 궁금해하는 얼굴이었다. 주희는 계속 싱글싱글 웃는 낯이었다.

"이제 웬만하면 다른 사람의 감정을 알 수 있지만 이번엔 모르 겠는데. 왜 갑자기 신이 났지?"

텅 빈 계단에 그의 저음의 목소리가 웅웅 울렸다. 주희가 그를 돌아보며 속삭이듯 말했다.

"도한 씨가 좋아서요."

"으음."

도한의 미간에 줄이 생겼다. 그가 주먹을 쥐었다가 폈다. 주희가 눈을 굴리다가 손을 내저었다.

"어어, 안 돼요. 여기서는."

도한이 잽싸게 다가와서 쪽 아이처럼 입술을 부딪치고 바로 물 러났다.

"이것도?"

주희의 얼굴이 뜨거워졌다. 아이 같은 뽀뽀 말고 더한 것도 했으면서 왜 이렇게 부끄러운지. 그는 뽀뽀를 하고 나자 좀 만족했는지 미간의 주름을 풀었다.

주희가 붉어진 낯으로 계단을 빨리 올라갔다. 한 계단 위에 섰음에도 도한이 키가 더 컸다. 도한이 짧게 웃으며 그녀의 뒤를 따랐다. 촬영장이 위치한 층수에 도착하여 비상구 계단에서 나왔다.

주희가 남들이 눈치채지 않게끔 표정을 갈무리하려 애썼다. 그때 둘의 앞으로 익숙한 얼굴이 쓱 지나갔다. 채화였다.

채화는 신경질적인 얼굴로 걸어가다 도한을 발견하고는 멈추어 섰다.

"도한 씨?"

채화가 도한의 곁에 서 있는 주희에게로 시선을 돌렸다가 거두었다. 주희가 일행처럼 보이지 않게끔 도한에게서 몇 발자국 떨어졌다.

"용건 있으십니까?"

"용건이 있어야 대화를 나누는 사이야, 우리?"

"네, 그런 사인데요."

도한이 무뚝뚝하게 대답하고는 그녀를 쓱 지나쳐 갔다. 순식간에 공기가 싸해졌다. 채화가 불쾌한 표정으로 도한의 등을 쏘아보았다.

'……뭘까?'

채화와 도한, 아무리 사람과 안 친한 도한이라지만 중견 배우들에게 그런 식으로 대한 적은 없었다. 평범한 사이는 아닌 것처럼 보였다.

도한에게 물어보고 싶었지만 입술이 떨어지지 않았다. 채화를 스쳐 지나가던 도한의 얼굴이 너무 차갑게 굳어 있었다. 자신이 쉽사리 끼어들면 안 되는 문제 같았다.

채화는 요즘 촬영장의 문젯거리 중 하나였다. 촬영장의 모난 돌이었다.

다들 쉬쉬하고 있지만, 그녀 때문에 골치 썩는 사람이 한둘이 아니었다. 그녀는 촬영이 진행될수록 극도로 예민해졌다. 아무도 그녀를 제어하지 못했다.

남편의 재력이 연예계와 연관이 있어, 그녀를 함부로 건들지 못하는 것이기도 했다. 그녀가 유일하게 진정할 때는 감독인 태석이 나설 때뿐이었다.

그녀가 촬영장에 있을 때마다 분위기가 아슬아슬해졌다. 오늘도 마찬가지였다.

"감독님, 저 이거 못 해요."

뿌려진 물에 맞아 머리가 푹 젖어야 하는 장면이었다. 채화가 날카로운 말투로 따졌다. 태석이 이마를 손가락으로 문질렀다.

태석은 피곤하다는 표정이었다.

"어떻게 할까요, 그럼."

"저랑 얘기 좀 해요."

"그러시든가요."

채화는 태석을 끌고 가 단둘이 대화를 나누었다. 스태프들이 두리번거리며 다돌 눈치를 살폈다. 태석이 어떻게 설득했는지는 알 수 없지만, 그와의 대화 후에 채화는 갑자기 고분고분해졌다.

살얼음 위를 걷는 것 같던 촬영시간이 끝나고 난 후, 주희는 집으로 바로 왔다. 현관문을 열고 들어가자 먼저 퇴근해 있던 은희가 쓱 돌아보았다. 도한에게는 화해했다고 대충 얼버무렸지만 사실 아직 냉전 중이었다.

싸움의 원인은 그리 특별한 건 아니었다. 자매간의 싸움이 으레 그렇듯이, 이유가 뭐였더라? 이제 와서는 제대로 생각도 나지 않았다.

아마 집안일 때문에 은희에게 잔소리 좀 하다가 싸움으로 번졌겠지.

은희가 소파 위에서 입술을 삐죽이다가 주희를 돌아보았다.

"저녁은."

"대충 먹었어."

주희가 편한 옷으로 갈아입고 나왔다. 둘러보자 웬일로 집 안이 깨끗했다.

"네가 치웠어?"

은희가 흠칫 하더니 고개를 끄덕였다.

"잘했네. 이렇게 하면 될 걸 어제는 왜 그렇게 튕겼어? 사춘기 애도 아니구."

주희가 뾰족한 목소리로 말했다.

"그, 그건…… 그거야 언니가 요즘 이상하게 구니까! 나도 열 받아서……."

Mr.
시크릿씨의
비밀 연애

"내가?"

주희가 소파에 앉아 은희를 빤히 쳐다보았다.

"만나는 남자 있잖아! 근데 왜 나한테 얘기를 안 해줘? 어? 어?"

"어, 그, 그거는."

"내가 눈치 못 챌 줄 알고? 맨날 나 피해서 조용히 통화하고! 누군데, 뭐 하는 사람인데? 말하기 좀 그런 남자야?"

"아니……."

"뭐, 사채업자라도 돼?"

"야, 아니야!"

연애기간이 쌓이고 나면 조심스레 말해야지 했다. 초반에 성급하게 말했다가 금방 헤어지기라도 하면 어쩔까 싶어서.

가장 가깝고 믿을 만한 사람 한둘에게는 밝히자고 도한과 이야기도 되었다. 그러나 말해야지, 말해야지, 하면서도 그게 쉽지 않았다.

믿을 만한 이야기여야 말이지…….

주희가 머뭇거리다가 입술을 떼고 천천히 이야기를 시작했다. 그와의 첫 만남. 요즘은 '썸'이라고 부른다는 서툴고 어색했던 기간, 제주도에서의 일, 그리고 현재까지.

이야기가 진행될수록 은희의 입은 크게 벌어졌다.

"……그래서 그렇게 된 거야."

말을 마치자마자 은희가 크게 와 소리 질렀다.

"진짜? 구라 아니고?"

"이런 걸로 내가 너한테 거짓말해서 뭐 해."

다 털어놓고 나자 민망함이 밀려왔다. 은희는 여전히 믿기지 않는 듯이 어벙한 얼굴이었다. 요즘 매일같이 연락하느라 인식하지 못하고 있었지만, 신기한 일이긴 했다. 도한과 자신이 이렇게 엮였다는 게.

"헐, 대박. 아니, 잠깐만, 진짜?"

"……으응."

"그럼 도한이 내 형부야!"

주희가 화들짝 놀라며 눈을 찡그렸다.

"무슨 형부야. 만난 지 얼마나 됐다고."

"언니, 사람 일 모르는 거다? 둘 다 나이도 있겠다, 결혼할 수도 있지, 뭐. 아니, 해야지! 꽉 잡아서 해야지, 결혼!"

"앞서 나가지 마. 결혼은 무슨."

"이런 기회가 또 올 줄 알아? 세상에, 언니 여태껏 남자 못 만난 건 한 번에 행운이 몰빵되려고 그랬나 봐."

은희가 계속 호들갑을 떨었다. 사귄다는 걸 밝히면 어떤 반응을 할지 궁금했는데 예상했던 것보다 격했다.

"하긴, 울 언니가 좀 예쁘지. 그럼 도한 오빠, 아니, 형부랑 막 연락도 하고 그래?"

"그거야……."

당연히 한다고 말하려는 순간 타이밍이 기 막히게 도한에게서 전화가 걸려왔다.

지이잉. 휴대폰이 울리자 은희가 힐끗 쳐다보았다. '도한 씨'라고 액정에 반짝거리는 이름을 보더니 은희가 얼른 받아보라며 방

방 뛰었다.

"여, 여보세요."

-집?

"네, 집이에요."

-잡니까?

"아, 아뇨. 아직 자기는 이르죠."

-그럼 내가 집 근처로 가도 되겠군요.

"지금요? 차로? 피곤하지 않으세요?"

-별로. 잠깐 나오죠. 도착하면 연락할게요.

전화를 끊자마자 은희가 왁 소리 지르며 손뼉을 두드렸다. 전화 통화 내내 은희가 숨을 참고 있었는지 얼굴이 빨갰다.

"온대?"

"으응."

"그럼 지금 가만히 있을 때가 아니지. 빨리 이리 와봐."

"왜, 왜?"

"언니 피곤에 쩔어서 얼굴 완전 떴어. 이러고 나갈 거야?"

주희가 손으로 자기 얼굴을 더듬었다. 은희가 그녀를 끌고 가더니 화장대 앞에 앉혔다. 은희가 주희의 머리에 볼륨을 주고 화장을 고쳐주었다. 그 후에는 요란스레 옷장 앞으로 끌고 갔다.

은희가 자기 원피스를 꺼내 주희에게 휙 건넸다.

"이거 입어."

"안 돼, 이거 너무 짧아."

"왜? 예뻐. 이거 겨드랑이 아래부터 모아줘서 가슴 되게 커 보인단 말이야."

"야, 어떻게 이걸……."

몸에 딱 달라붙는 검은색 원피스. 목 아래부터 쇄골까지는 안이 비치는 시스루 소재로 되어 있었다. 키가 작은 편인 주희가 입기에도 기장이 짧았다. 허벅지 반을 덮을까 말까.

"이거 내 승부 원피스거든? 특별히 빌려주는 거니까 입어. 자매 좋다는 게 뭐야."

"어울릴까?"

"그럼, 그럼!"

주희가 침을 꿀깍 삼켰다. 어디 이런 옷을 입고 놀러 나갈 기회가 있었어야지. 항상 단정한 세미정장, 아니면 바지. 주희가 고민하다가 결심하고 옷을 갈아입었다.

정말로 가슴이 강조되는 디자인이었다. 주희가 거울을 바라보다가 민망해져서 헛기침을 했다. 그러자 은희가 자신감을 가지라며 어깨를 두드려주었다. 주희가 은희를 보고 그녀가 빙긋 웃었다.

얄미울 때도 많았지만 유일한 혈육이었다. 하나 남은 가족. 거의 10년째 연락이 끊긴 친척들은 이제 가족이라고 부를 수도 없었다.

그녀도 풍족하게 살던 시절이 있었다. 열여섯 때까지는 아버지의 사업이 잘되어 중산층 이상의 삶을 살았다. 그러다 바닥으로 떨어졌을 때의 참담함. 아버지의 사업이 급작스레 도산해버린 것이다.

그러나 잘살았을 때의 소비습관은 쉬이 버려지지 않았다. 어머니는 여전히 겉치장을 위해 돈을 엄청나게 썼다. 아버지는 매일같이 술을 마시러 다녔다. 이번에는 새로운 아이템, 새로운 투자원이 있다고, 좋은 사람들을 만나 술 한잔 기울이며 정보를 얻어왔다고.

죄다 사기였다. 순식간에 빚이 늘어났다.

그리고 스물이 되던 해에 일이 벌어졌다. 부모가 한꺼번에 사고로 세상을 떴다.

눈이 많이 내리던 날이었다. 이전까지 무기력하게 살던 부모가 어떻게든 재기해보려, 트럭을 음식 장사를 시작한 지 얼마 안 되었던 날이기도 했다. 희망이 조금은 생길 줄 알았다. 그러나 희망은 커녕 예상치 못한 불행이 찾아왔다. 트럭이 삼중추돌 사고에 휘말려 도로 한복판에서 뒤집어진 것이다.

부모가 안고 있던 현실의 짐은 그대로 남아 있었다. 아직 철이 덜 든 고등학생인 여동생, 그리고 비좁은 월세방.

아무도 그들을 도와주려고 하지 않았다. 주희는 스스로 헤쳐 나가는 법을 배웠다. 바쁘게, 성실하게, 뒤돌아볼 시간도 없이 그렇게 살았다.

"잘됐다, 언니. 행복해 보여서."

은희가 어릴 때처럼 어리광을 부리며 뒤에서 껴안아왔다. 주희가 징그러운 짓 한다며 밀쳐냈지만 가슴이 간질거렸다.

행복.

행복해야지. 다들 행복하려고 사는데. 이제 나도 행복할 때도 됐다.

곧 얼마 후에 도한에게서 도착했다는 전화가 걸려왔다. 은희의 파이팅을 받고 주희가 밖으로 나갔다. 이렇게 보는 게 처음도 아닌데 괜히 가슴이 쿵쿵댔다. 걷는 내내 짧은 원피스가 어색했다.

이제는 낯익은 도한의 차가 보였다. 주희가 종종걸음으로 걸어가 차 안으로 들어갔다.

"저 왔어요."

"어, 왔…… 군요."

도한의 시선이 주희의 몸을 훑고 지나갔다. 주희가 어색한 표정으로 조수석에 앉았다. 치마 끝이 더 위로 올라왔다. 살색 스타킹을 신은 다리가 매끈하게 드러났다.

그러나 도한은 옷에 대해서는 별말 하지 않았다.

"동생이 뭐라 하던가요?"

"아뇨. ……아, 참. 동생한테 말했어요. 저희 사귀는 거."

"잘했습니다."

"도한 씨는 아무한테도 말 안 했죠?"

"말할 사람이 딱히 없어서."

민감한 이야기라 직접적으로 말을 꺼낸 적은 없었지만 아무래도 도한은 가족이 없는 듯했다. 가족에 관한 이야기는 한 번도 그의 입에서 나온 적이 없었다.

"……아, 한 명 있을 수도."

"그래요? 누구요?"

"친한 아저씨."

그 후로 일상적인 대화가 오갔다. 도한이 자그마한 초콜릿을 한 상자 들고 와서 그걸 먹으며 이야기를 나누었다. 만날 때마다 고칼로리 음식을 하나씩 던져주었다. 살찌우려는 계획이 틀림없다.

달콤한 초콜릿이 혀 위에서 스르르 녹았다. 기분이 좋았지만 가슴 한구석이 씁쓸했다.

'이 옷 입고 나온 거 별 소용이 없었나 보네.'

괜히 불편하기만 했다. 주희가 치마 끝을 잡고 아래로 조금 끌어내렸다.

"옷, 못 보던 건데."

그제야 도한이 무뚝뚝한 얼굴로 옷에 대해 말을 꺼냈다.

"아, 네. 동생 거예요."

"이런 스타일에 관심이 생겼나 봅니다."

"아뇨, 그렇다기보다는."

"보다는?"

"……안 예뻐요? 예뻐 보이려고 입고 나온 건데."

"으음."

"아, 안 어울리면 이제 입지 말아야……. 웃!"

갑자기 도한이 빠르게 다가왔다. 그가 주희의 몸 위로 올라탔다.

주희의 좌석이 뒤로 평평하게 혹 넘어갔다. 순식간에 누워버린 꼴이 되었다. 주희가 당황해서 그를 바라보았다.

"별로예요. 입지 마."

도한이 낮은 목소리로 그르릉대듯 말하며 손으로는 치마 아래를 파고들었다. 보들보들한 스타킹 위로 그의 뜨겁고 두꺼운 손바닥이 움직였다. 주희의 가슴이 크게 들썩거렸다.

그가 뱀처럼 미끄러지듯 그녀의 허벅지 안쪽을 쓰다듬었다.

"벼, 별로면서 왜……."

도한이 손으로 스타킹 윗부분을 잡아 말아 내렸다. 밀폐된 차 안의 공기가 금세 달아올랐다.

"누구 보라고 그런 옷을 입어. 나랑 있으면 어차피 벗을 건데."

도한이 꾸욱 위에서 몸으로 눌러왔다. 그의 육체에 갇혀 숨 쉬기가 버거웠다. 그의 뜨겁고 단단해진 남성이 느껴졌다.

곧 그가 입을 벌려 그녀의 입술을 물었다. 혀가 진득하게 오갔다. 곧 대화는 끊겼다.

도한이 초조하게 집 안을 빙빙 돌았다. 손에는 휴대폰이 들려 있었다.

[언제 와.]

[다 와 가요.]

주희의 문자를 보고 도한이 초조한 기색을 좀 죽였다. 이런 모습 보여주기 싫었다. 초조하고, 어쩔 줄 몰라 하고, 애달파하고, 서툰 모습. 웬만하면 듬직하고 멋진 모습만 보여주고 싶었다.

연상이면서 애 같으면 얼마나 꼴불견이겠는가. 자고로 애인이라면 의지할 수 있는 남자가 되어야지. 도한이 손바닥으로 얼굴을 쓸어내렸다.

드라마는 도한 효과로 첫 회 이후 시청률이 계속 상승 중이었다. 광고도 거의 완판이었다. 그럴수록 그는 정신없이 바빠졌다.

Mr.
시크릿과의
비밀 연애

그러다가 오늘은 간만에 여유로운 날이었다. 주희와 단둘이 시간을 보낼 수 있었다. 그래서 주희가 집으로 오기로 했다.

드라마뿐만 아니라 이것저것 때문에 머리가 아팠다.

우선 소속사와의 계약 문제 때문이었다. 저번에 참가했던 대기업 행사 이후, 그쪽에서 계속해서 러브콜을 보내왔다. 새로 시작하는 엔터테인먼트 사업에 꽤 공을 들이는 모양이었다. 현 소속사와의 계약이 끝나면 자기 쪽으로 옮겨 오라며 성화였다.

도한은 김 매니저에게 일임하고 별 신경 쓰지 않으려 했다. 하지만 대기업 엔터테인먼트 담당자인 강 이사가 자꾸만 선물을 보내왔다. 부담스러울 만큼의 고가로.

또한 채화의 등장이 큰 스트레스 요인 중 하나였다. 지금껏 잘 피해갔으면서, 무슨 이유선지 이번에는 뒷배까지 끌어와 이 드라마에 합류했다. 감독인 태석이 반대했으나 별 소용 없었다.

자신도 채화가 불편하지만, 신경 끈 지 오래였다. 태석은 여전히 채화를 거북해하는 듯했다, 감정으로 복잡하게 얽힌 둘이니만큼. 어쨌든 이 무거운 생각을 덜어내기 위해서는 주희를 빨리 봐야만 할 것 같았다.

'다 와 간다'는 게 도대체 어디쯤인 건지, 5분 후에 온다는 건지, 10분 후에 온다는 건지. 그녀가 오기를 기다리는 시간이 힘들었다.

'제길.'

안 된다, 이런 애 같은 모습. 후우, 후우. 그가 느리게 심호흡했다.

띠리릭. 그때 도어락 풀리는 소리가 들렸다. 도한이 현관문 앞으로 뛰어갔다. 주희가 카디건 앞섶을 여미며 들어왔다.

"왔어?"

작은 머리통이 들리며 도한과 눈을 마주했다. 도한이 표정 변화라고는 찾아볼 수 없는 얼굴로 성큼성큼 다가갔다. 그리고 주희를 세게 끌어안았다.

"도한 씨, 숨 막혀요."

"아."

도한이 그녀를 놓아주고 안으로 들였다.

주희는 오자마자 저녁은 먹었냐, 오늘 촬영은 괜찮았냐, 몸은 피곤하지 않냐, 쉴 새 없이 조잘조잘댔다. 가끔 냉장고를 대신 채워 넣어주려 태석이 들를 때 말고는 항상 적막하던 집.

그녀가 오면 세상 어느 공간보다 밝아지고 시끌시끌해졌다. 언제나 고요 속에서 살아와서 부산스러움이 사람을 평온하게 할 수도 있단 걸 몰랐다. 빨빨거리며 돌아다니는 자그마한 몸을 눈으로 쫓았다.

"도한 씨, 제가 저녁 해줄게요."

"왜?"

"그냥, 해주고 싶어서. 저 재료도 사 왔는데."

"해요, 기다리죠."

식탁 앞에 앉아 주희가 음식 하는 걸 빤히 바라보았다. 그녀가 마른 편이긴 하지만 아주 기형적으로 마른 것도 아니었다. 키도 평균치에서 약간 모자란 것뿐이었다.

근데도 그의 눈에는 그녀가 제일 작아 보였다. 그래서 계속 곁에 데려다놓고 지켜보고, 보살펴주고 싶었다. 내면은 강한 여자란 걸 알지만.

같이 살면 어떨까.

문득 그런 생각이 들었다. 같이 산다면, 한집에서, 가족이라는 울타리 안에서.

가족을 가져본 적이 없어서 그것이 어떤 느낌인지 상상이 되질 않았다. 하지만 나쁘지 않을 것 같았다. 우선 지금보다 붙어 있는 시간이 훨씬 길 테니, 그것만으로도 만족이다.

그리고 사람들에게 당당히 말할 수 있겠지. 같이 사는 여자입니다. 아내요, 내 여자요.

그녀는 너무 상냥한 사람이라 늘 걱정이 되었다. 자신도 그랬던 것처럼 외로운 남자들은 여자의 살가운 상냥함에 정신을 못 차리는 법이었다. 전에 입었던 그 원피스라도 입고 나가면 어쩌겠는가. 상상하기도 싫었다.

"자, 다 됐어요."

그녀가 다 된 음식을 테이블 위에 올려놓았다. 도한의 눈이 조금 커졌다. 익숙한 음식이었다.

"어, 어때요?"

"독일 가정식이네요."

독일에서는 예거슈니첼이라고 부르는 요리였다. 다진 고기를 튀기고 버섯 크림소스를 끼얹는다. 돈가스와 그 모습이 흡사한 요리였다.

"이거를 알아왔어요?"

282

"네, 올 때마다 매번 도한 씨가 밥해주시니까……. 한번 먹어봐요."

한 입 잘라 먹었다. 도한이 긴장한 기색이 역력한 주희에게 웃어 보이며 말했다.

"맛있군요."

"정말요? 다행이다."

주희가 밝게 웃으며 수저를 들었다.

정말 같이 살까? 아니, 같이 살 수 있을까?

그러려면 속에 깊숙이 똬리를 틀고 있는 외로움을 다 털어놓아야겠지. 무시하고 살고 싶지만 언제까지 숨기고 살 수도 없는 노릇이었다.

하지만 가능할 것 같았다. 그녀를 만난 지 오래되지는 않았지만, 이상하게 그녀와 함께 있으면 과거에 어린 시절의 모습이 툭툭 튀어나왔다. 한국에 오고 나서는 까마득히 묻어두었던 과거 일이 가끔씩 꿈에 나타났다.

입을 오물거리며 음식을 삼키는 모습을 빤히 바라보았다. 도대체 그녀가 무언데 이렇게 빠른 시간 안에 마음을 뒤흔드는 건지. 그건 태석도 못 했던 일이다.

혹시 이전에 그녀를 만나기라도 했을까? 그녀가 아주 예전부터 자신의 인생에 영향력을 끼쳐오던 건 아니었을까?

그녀 하나로 별별 상상을 할 만큼 차주희가 도한의 인생에서 차지하고 있는 지분이 막대해지고 있었다.

"잘 먹었어요. 고맙습니다, 차주희 씨."

"다음에 다른 거 또 해줄게요. 해주고 싶어요."

"그래요, 이제 씻죠."

"아, 도한 씨 먼저 씻으세요."

"아니, 같이."

"시, 싫어요."

별로 기다려줄 시간이 없었다. 밥을 다 먹고 마주 앉은 그녀를 바라본 순간부터 몸이 슬슬 달아오르고 있었다. 끼익. 의자를 밀고 일어나 다가가자 그녀가 어깨를 움츠렸다.

겨드랑이 사이에 손을 집어넣어 안아 올리고 등을 손으로 쓸어내렸다.

"좋을 텐데."

"……정말?"

부끄러워하면서 은근히 이런 데에 솔직하고 혹하는 것도 귀엽다.

"진짜."

결국 그녀를 꼬드기는 데 성공해서 같이 욕실에 들어갔다. 거의 그녀를 껴안은 채로 물을 끼얹었다. 매끄러운 피부에 거품을 묻혔다. 물에 흠뻑 젖어 있는 모습이 그를 뜨거워지게 했다.

씻겨준다는 핑계로 그녀의 피부 위를 문지르며 거품을 굴렸다. 주희가 얼굴이 빨개져서 미끈거리는 몸으로 찰싹 붙어올 때, 그는 머리가 펑 터질 뻔했다.

욕실에서 나오고 나서도 둘은 여러 번 몸을 겹쳤다. 주희가 아래에서 바르작대고 가쁜 숨을 몰아쉬는 걸 바라볼 때마다 가슴이 지끈거렸다. 정복감, 소유욕, 쾌감 등등이 뒤섞여 찾아왔다.

그녀의 얼굴이 미세하게 변할 때마다 하나하나 기억하려는 듯 도한이 눈에 힘을 주었다. 그녀의 미세한 감정 변화라도 다 알아채고 싶었다.

마지막에 진이 빠진 주희를 품에 끌어안고 침대에 누웠다. 그녀는 금세 잠에 빠졌다. 잠이 없는 도한은 주희가 쌕쌕거리며 숨을 내쉬는 걸 오랫동안 지켜보았다.

아침이 밝고 나서, 먼저 눈을 뜬 것도 도한이었다.

'잠이 많네.'

도한이 주희의 헝클어진 머리카락을 손가락으로 빗었다. 마른 몸에 비해 통통한 볼도 손등으로 톡톡 두드려보았다.

그때, 위에 놓아둔 휴대폰에 전화가 왔다. 주희가 깨지 않게 도한이 재빨리 전화를 받았다.

"예."

-어, 도한아.

태석이었다. 도한이 한껏 목소리를 낮춰 속삭였다.

"아, 아저씨. 무슨 일이에요?"

-목소리가 왜 그래? 자는 거 깨웠어? 너 일어났을 시간인데.

"아뇨. 일어났죠."

-근데 왜 그래? 옆에 누가 있는 것도 아닐 텐데.

"있어요."

-⋯⋯뭐어?

한 명에게라도 그녀의 존재를 밝히고 싶었다. 특히 그 대상이

Mr.
시크릿의
비밀 연애

태석이라면 관계가 공인받는 기분도 들 것이다. 맘 같아선 모두에게 알리고 싶었지만.

-너 진짜 여자 생겼냐?

"예, 아저씨도 알아요."

-누구? 누군데?

"차주희 씨."

-차주희 씨? 누구지? 차주희……. 익숙한데.

"유예나 씨 매니저."

-아! 야, 도대체 어떻게…….

"나중에 얘기할게요. 차주희 씨 자니까."

-그래. 나 참, 세상 오래 살고 볼 일이다.

전화를 끊고 다시 도한은 주희를 관찰했다. 오밀조밀하고 조화로운 이목구비를 하나씩 쳐다보고 뺨을 쓰다듬었다. 차츰 주희가 칭얼거리더니 느리게 눈을 떴다.

"일어났네."

"……아, 몇 시예요?"

"안 늦었어요."

"다행이다. 뭐 하고 있었어요?"

"차주희 씨 관찰."

주희가 작게 소리 내서 웃으며 도한의 가슴팍에 얼굴을 묻었다. 도한이 동그란 뒤통수를 손으로 감싸 안았다.

"도한 씨도 행복하죠?"

주희가 반쯤 잠에 취해 웅얼거리듯 말했다.

행복. 자신과는 거리가 먼 단어였다.

"예."

그래도 이제는 괜찮다. 행복해야지. 이쯤 했으면 행복할 때도 되었다.

주에 두 번 방영하는 드라마 스케줄을 따라가다 보니 한 주, 한 주가 정신없이 흘러갔다. 드라마는 탄탄한 각본과 화제성 있는 배우 도한의 출연으로 무리 없이 동시간대 1위를 했다.

드라마 중반부쯤 되자 다들 체력적으로 지쳤다. 매니저인 주희도 마찬가지였다.

주희가 알람 소리도 못 들은 채 계속 침대에 누워 있을 때였다. 은희가 알람 대신 주희를 흔들어 깨웠다. 요란한 외침과 함께.

"언니! 언니! 일어나 봐!"

"아, 으응. 알았어, 5분만."

"5분만이 아니라니까. 아, 지금, 출근이고 뭐고. 일어나, 얼른. 도한이 글쎄……! 아, 이건 언니가 직접 봐야 해. 빨리!"

도한이라는 이름이 들렸다. 그제야 주희는 무언가 심상치 않음을 느꼈다. 저절로 눈이 번쩍 떠졌다. 주희가 침대에서 일어나 은희를 바라보았다.

"……왜, 사고라도 났어?"

"지금 도한이 실검 1위야."

"뭔데……."

주희가 한 손으로 입을 틀어막았다. 좋지 않은 예감이 들었다.

주희가 은희가 건네준 휴대폰을 받아 들었다.

포털 사이트를 장악한 '도한'이라는 단어. 주희가 메인 기사를 하나 클릭해 읽기 시작했다. 점점 그녀의 눈동자가 사정없이 흔들렸다.

9장. 드러난 비밀

"아냐, 이건…… 이건……."

주희가 입을 틀어막은 손가락 사이로 거친 숨을 내뿜었다. 머릿속이 뜨거워지고 장기가 요동치는 기분이었다. 그만큼 충격적인 내용이 담긴 기사였다. 휴대폰을 쥐고 있는 손이 떨렸다.

주희가 천천히 도리질했다. 그럴 리 없었다.

"아니야."

"언니도 들었던 얘기야? 아니래?"

"……."

주희가 입을 꾹 다물었다.

"말 안 했구나. 하, 언니, 그 사람 다시 생각해봐. 난 이런 기사 뜨는 사람은…… 반대야. 이건 아니라구!"

은희의 말 한마디, 한마디가 비수처럼 주희의 가슴을 파고들었

289

Mr.
시크릿의
비밀 연애

다. 예상치 못했던 사건에 눈앞이 아찔했다.

"어떻게 자기 엄마뻘 되는 여자랑 스캔들이 나? 그것도 유부녀랑!"

"뭔가 잘못된 걸 거야."

"사진이 찍혔잖아! 아니라면 언니한테 바로 연락을 했어야지!"

은희가 그렁그렁한 눈을 한 채 씩씩거렸다. 언니가 걱정돼 그런다는 걸 알았다. 주희가 은희의 등을 두드리며 밀어냈다. 그때 오늘 촬영 스케줄이 긴급하게 취소되었다는 연락이 날아왔다.

"……나 걱정 말고 출근해."

"언니는?"

"촬영 취소됐대."

최대한 태연한 투로 말하고 은희를 보냈다. 현관문이 닫히고 집에 혼자 남자마자 다리에 힘이 풀렸다. 비틀거리며 소파로 걸어와 쪼그려 앉았다.

"아……."

주희의 입술 새로 탄식하듯 낮은 목소리가 튀어나왔다.

그녀의 얇은 목이 곧 꺾일 것처럼 바들바들 떨렸다. 머리가 뜨겁고 온통 정신이 없었다. 속은 메스껍고 금방이라도 위액을 게워낼 듯했다. 그녀가 숨을 간신히 몰아쉬며 이성을 붙잡았다.

그도 오늘 아침 이 기사가 뜬 걸 봤겠지?

도한과 채화, 두 사람을 주제로 한 스캔들 기사가 났다.

둘이 무언가 이상한 사이라고는 생각했지만 이런 쪽으로는 상상해본 적도 없었다. 밤인 듯 노이즈가 잔뜩 낀 어두운 사진 속에서, 채화가 도한을 끌어안고 있었다.

주희가 아랫입술을 잘근잘근 씹으며 기사에 달린 댓글을 쭉 훑어보았다.

<불륜?>

<도한, 데뷔할 때부터 뜬 게 신기했음. 유채화가 스폰 해준 듯.>

<더러운 년놈들.>

"으웃······."

주희가 손으로 이마를 짚었다. 입술이 바짝바짝 말라가는 것 같았다. 흥분과 어지러움으로 눈가가 뜨거워졌다.

안 돼. 말도 안 된다.

도한은 그럴 사람이 아니었다. 다른 사람들이 뭐라고 해도, 그럴리 없었다. 그렇게 믿고 싶었다. 문득 채화와 도한이 마주치던 장면이 떠올랐다. 달라붙던 채화와 차갑게 대하던 도한. 도대체 무슨관계인 걸까, 둘은.

내가 현재 그와 가장 가까운 사람인데, 아냐. 아닐 거야. 다들 도한에 대해 조금도 모르면서!

주희가 속으로 소리 없는 아우성을 내질렀다. 그러다가 문득 정수리에 번개가 내리친 것처럼 몸이 딱딱하게 굳어갔다.

'정말 내가 그와 가까운가? 그에 대해서 아는 게 얼마나 된다고?'

그의 본명, 나이, 국적. 그의 신상에 대해 아는 것이라고는 그것

Mr.
시크릿의
비밀 연애

정도였다.

평범한 사람들이었다면 사귀는 사이가 아니더라도 이 정도는 다 알고 지낸다. 과연 이걸로 자신이 그에 대해 많이 안다고 자부할 수 있을까?

갑자기 자신이 없어졌다. 주희가 뜨거워진 눈두덩이를 손등으로 꾹꾹 눌렀다. 충격으로 무너지려는 이성을 가까스로 다잡았다.

아니, 맘 약해져서는 안 된다.

모든 사람들이 도한을 욕하고 있는 때였다. 적어도 그와 제대로 된 이야기를 하기 전까지는, 자신은 그를 믿어주어야 했다. 주희가 먼저 휴대폰을 집어 들어 도한에게로 전화를 걸었다.

전원이 꺼져 있어 음성 사서함으로 연결되었다. 주희가 한숨을 깊게 내쉬고는 도한에게 문자를 남겨 놓았다.

[무슨 일이에요, 괜찮아요?]

강제적으로 하루 쉬게 된 주희는 힘없는 몸뚱어리를 소파에 뉘였다. 아침을 챙겨 먹어야 했지만 도저히 뭘 먹을 정신이 아니었다. 배고픔도 느껴지지 않았다.

주희는 그저 누운 채로 도한에 대해 계속 생각했다.

그녀가 첫 끼를 챙겨 먹은 건 늦은 오후였다. 당이 떨어져 어지러운 머리를 부여잡고 밥 반 공기와 된장국을 데워 먹었다. 텁텁한 입안에 간신히 약간의 음식을 밀어 넣었다. 그러나 얼마 먹지 못하고 숟가락을 내려놓았다.

주희가 멀찍이 밀어두었던 휴대폰을 다시 집어 들었다. 아직까지 도한에게서는 답이 오지 않았다.

차츰 불안해졌다. 속상하고 섭섭한 마음이 들었다. 그가 스캔들 때문에 정신없으리란 건 알지만 문자 한 통이라도 보내주지.

그 정도는 해줄 수 있는 사이인 것 같은데.

섭섭함이 물씬 밀려오려는 순간, 주희가 욕실로 들어가 찬물로 세수를 했다. 턱 아래로 맺힌 물이 똑똑 떨어지는 걸 거울로 한참 지켜봤다.

하루 새에 수척해진 얼굴이 거울에 비쳤다. 주희가 씁쓸한 표정으로 서 있다가, 느리게 욕실 밖으로 나왔다. 시끄러운 머릿속을 무시하기 위해서 보지도 않는 텔레비전 프로그램만 계속 틀어놓았다.

은희가 회사에서 중간에 전화를 걸어왔다.

-그 사람이 뭐래? 아니래?"

"……응, 뭐."

차마 아직까지 도한과 연락되지 않았다고는 말하기 민망해서 대충 둘러댔다. 그러나 은희는 잽싸게 주희의 기색을 알아챘다.

-설마, 연락 안 왔어?

"……."

-언니한테도? 하, 진짜, 뭐 하자는 거야?

"사정이 있겠지."

속이 쓰리면서도 은희에게는 아무렇지 않은 척 대답했다.

-사정은 무슨!

은희가 씩씩대며 전화를 끊었다. 주희가 머리를 거칠게 쓸어 넘겼다. 밀려오는 불안감 때문에 입술이 아릴 정도로 잘근잘근 씹어댔다.

Mr.
시크릿의
비밀 연애

복잡한 속을 끌어안고 소파에 다시 누웠다. 잠시 자려고 눈을 감았지만 잠이 올 리 없었다. 자꾸만 조금 전에 본 채화와 도한의 사진이 머릿속에 맴돌았다. 포옹을 하고 있는 사진. 기사에도 둘이 내연관계라는 식으로 설명해놓았다.

그러나 시간이 지날수록 이상하게 화보다는 순수한 의문이 커졌다. 처음에야 어이가 없고 속이 문드러지는 것 같았지만, 정말 그가 채화와 그런 사이였던 걸까? 날 속이고, 나에게는 모른 척하고, 뒤에서는 채화를 만나고 있었나? 하는 의심 때문에.

하지만 아무리 생각해도 도한이 그럴 사람 같지는 않았다. 그와 함께했던 시간을 찬찬히 떠올려보며 주희는 마음을 다잡았다. 게다가 도한이 채화에게 보여주었던 태도, 그건 내연관계라기보다는 앙숙에 가까워 보였다.

무언가 일이 잘못되어가고 있다.

도한은 '진짜로' 어떤 사람인 걸까?

주희가 이로 손톱 끝을 깨물었다. 알고 싶었다. 도한이 누구인지, 채화는 도한에게 누구인지, 그의 비밀이 무엇인지.

스캔들이 터지고 다음 날, 도한과 채화는 촬영장에 나타나지 않았다. 촬영장 분위기는 암울했다. 불륜 스캔들 때문에 드라마의 존폐가 도마 위에 올랐다. 이대로 해결되지 않는다면 조기종영이 될지도 몰랐다.

우선 양측 소속사에서는 바로 아니라고 부정했지만, 대중들은 쉬이 수긍하지 않았다. 해명이 어찌 되었든 찍힌 사진이 있으니,

인터넷은 과열되었고, 질 낮은 루머들은 끝없이 생성되고 있었다.

루머들이 대중들의 호기심을 더욱 자극했다. 어딜 가도 다들 도한과 채화의 이야기로 열을 올리고 있었다. 도한의 집 근처에는 무엇이라도 건져보려는 기자들로 바글거렸다.

"팀장님, 몸이 아파 보여요. 괜찮으세요?"

예나가 눈을 동그랗게 뜨며 물어왔다.

"아, 으응. 괜찮아."

사실 안 괜찮다. 스캔들이 터진 다음 날까지 여전히 도한에게서는 연락이 없었다.

은희는 어젯밤에 집에 와서는 길길이 날뛰었다. 자기는 잠수 타는 남자가 제일 이해 안 된다면서, 여자 속 썩이는 남자는 부자고, 스타고, 뭐고 아웃이라며. '이별 사유야, 명백한 이별 사유라고!' 외쳐대던 은희의 목소리가 계속 귀에 맴돌았다.

주희는 부표처럼 망망대해를 떠다니는 기분이었다. 무언가 미심쩍고 잘못된 건 분명하다. 그러나 도한에게서 먼저 연락이 오기 전까지는 그에 대해 알 방도가 없었다. 입안이 바짝 말랐다.

예나가 웅성거리고 있는 스태프들을 돌아보며 말했다.

"촬영장이 흉흉해요."

스태프들도 죄다 이번의 스캔들 이야기를 하는 중이었다.

"도한 선배님 때문이겠죠?"

"응, 그렇겠지."

"다들 말이 많아요. 유부녀랑 스캔들이라면서. 진짤까요?"

주희가 아랫입술을 꾹 깨물었다.

"아니라고 반박했잖아."

"그, 그렇겠죠? 그럴 분으로는 전혀 안 보이시……."

예나의 말을 끊고 불쑥 다른 사람이 끼어들었다.

"진짜일 수도 있죠."

희찬이었다. 희찬은 삐딱한 자세로 서서 주희를 뚫어지게 응시했다. 주희가 하루 새에 까칠하게 일어난 입술을 혀로 쓸었다.

"스캔들이 진짜면 솔직히 도한 선배한테 엄청 실망할 것 같아요. 누나도 그렇죠?"

대답을 바라고 한 질문 같지는 않았다. 항상 부드럽게 휘어져 있던 희찬의 눈매가 매섭게 굳어 있었다. 희찬의 심기가 매우 불편해 보였다.

"도한 씨가 그럴 사람은 아니야."

"누난 그렇게 생각해요?"

"……응."

"글쎄요."

예나가 두 사람의 눈치를 보았다. 기류가 심상치 않음을 느낀 예나가 자리를 일부러 피해주었다.

둘이 남게 되자 희찬이 한숨을 크게 내쉬었다. 희찬의 곱고 하얀 이마가 엉망으로 찌푸려졌다.

"누나, 그 사람 만나지 마요."

주희가 눈을 크게 떴다.

"희찬아, 너 무슨 소리야."

"별로인 것 같아, 그 사람."

희찬의 목소리가 차츰 낮아지고 절절해졌다.

"헤어질 거죠?"

"……."

"아니에요? 왜? 사진 찍힌 거 못 봤어요?"

"아직 그 사람이랑 이야기 안 해봤어."

"하."

희찬이 헛웃음을 지었다. 답답하다는 듯 그가 주먹으로 그의 가슴팍을 두드렸다.

"설마, 연락 안 되는 건 아니죠?"

"그만 얘기하자."

주희가 입을 다물고 일어서서 자리를 뜨려 했다. 희찬이 주희의 팔꿈치를 붙잡아 그녀를 돌려세웠다. 희찬이 고민스러운 표정을 짓더니 아랫입술을 질끈 깨물었다.

"누나도 그 사람에 대해 잘 모르는 거예요? 누나는 알아야 하는 거 아닌가?"

걱정해서 해주는 말이겠지만 희찬의 말이 하나하나 가슴을 후벼 팠다. 부정할 수도 없었다. 이번 일에 대해 전혀 아는 게 없는 건 사실이었으니까.

"누나."

"희찬아, 정말 미안한데……."

주희가 힘겨운 표정으로 눈을 감았다가 떴다.

"나도 아는 게 하나도 없고 머리도 복잡하니까, 그만 말하자, 이 주제. 응?"

Mr.
시크릿의
비밀 연애

"……알았어요."

"그래."

주희가 희찬의 손에서 붙잡힌 팔을 빼냈다. 희찬이 주희의 옆얼굴을 빤히 쳐다보았다. 그가 고민하듯 입술을 우물거리더니 목소리를 한껏 낮추어 말했다.

"감독님 말이에요."

"감독님?"

"몰라, 누나가 아는 것도 없고 힘들어 보인다니까 갑자기 생각난 건데, 도한 선배랑 감독님이랑 둘이서 이야기하는 걸 우연찮게 엿들은 적이 있거든요."

주희가 멀찍이 서서 디렉팅을 하고 있는 감독, 태석을 바라보았다. 둘이 대화를? 출연자와 연출의 입장이니 그거야 아주 흔한 일인 텐데.

"그런데 도한 선배가 다른 데에선 감독님이라고 부르시더니. 그분이랑 단둘이 있으니까 감독님을 아저씨라고 부르시더라고요."

"……정말?"

"좀 이상하다 했죠, 개인적으로 친한 사이인가 싶고. 알고 있었어요?"

주희가 대답 없이 고개를 내저었다. 몰랐다. 도한이 태석을 아저씨란 호칭으로 부를 만큼 태석과 친분이 있는 사이인 줄은.

"그냥 그렇다고요."

"아, 응. 말해줘서 고마워."

"아닌 것 같으면 잽싸게 그 사람 차버려요."

희찬이 방금까지 싸하게 굳혔던 얼굴을 누그러뜨리며, 일부러 밝은 목소리로 말했다.

"……힘내요, 누나."

희찬이 주희의 둥근 어깨를 살짝 두드리고 지나갔다.

주희는 떨리는 눈동자로 태석을 살폈다. 사적으로 도한과 아는 사이었다니. 문득 도한의 말이 불현듯 떠올랐다.

'……아, 한 명 있을 수도.'

'그래요? 누구요?'

'친한 아저씨.'

도한이 이 비밀연애 관계를 말할 수 있는 누군가가 딱 한 명 있다고 했다. 이름은 말하진 않았지만 분명히 친한 아저씨라고 했다. 그게 설마, 태석일까? 태석은 도한에 대해 무언가를 알고 있는 걸까?

주연 배우가 빠진 촬영 스케줄은 이른 저녁에 모두 마무리되었다. 다들 정리를 하고 있는 와중에, 주희가 사람들의 눈치를 보다가 태석에게로 조용히 다가갔다. 태석이 주희에게 시선을 돌리며 고개를 갸웃했다.

"예나 씨, 매니저던가?"

"네."

"일정 관련해서 얘기는 저 말고……."

"그게 아니라."

주희가 긴장한 채로 침을 삼켰다.

"혹시 도한 씨에 대해 아시는 거 있으신가요?"

주희가 두어 번 머뭇거리다 말을 꺼냈다. 태석의 얼굴에 놀란 기색이 가득하다가, 이내 그가 목소리를 한껏 낮추어 속삭였다.

"……잠깐, 저녁에 보도록 하죠."

"아아악!"

"그 새끼랑 무슨 사이냐고! 말 안 해?"

채화가 둥그렇게 몸을 말았다. 20년간 폭력에 노출되었던 그녀는 반사적으로 두 팔을 들어 머리통을 보호했다. 채화의 남편, 동국은 사정없이 발길질을 해댔다. 겉으로는 드러나지 않는 부분에만 교묘하게 폭력이 쏟아졌다.

"똑바로 말하라고. 이제 남편 말이 말 같지가 않아?"

동국이 채화의 머리채를 낚아챘다. 그녀가 억눌린 신음을 내뱉었다. 동국의 억센 손이 머리카락을 거세게 잡아당기자 두피가 떨어져나갈 듯이 아팠다.

채화의 눈가가 새빨갰다. 스캔들이 터지고 나서 이틀 내내, 그녀는 욕설과 폭력에 시달려야 했다. 동국은 끊임없이 채화를 몰아붙였다. 동국은 모든 것을 의심하기 시작했다. 도한의 누구인지, 정말로 내연관계인지, 그것 말고 채화가 또 숨기는 것은 없는지.

그러나 채화는 계속 침묵을 지켰다. 채화가 욱신거리는 어깨를 붙잡으며 동국을 올려다보았다.

"짜증 나는 년……."

동국이 그녀를 노려보았다.

채화가 시선을 아래로 내리깔며 어금니를 악물었다. 이제 이것도 조금만 더 버티면 끝이다. 끝이어야 한다. 그녀의 정신도 몸도모두 한계치에 다다르고 있었다.

채화의 텅 빈 동공에 독기가 차올랐다.

동국이 손목을 탈탈 털며 소파에 앉았다.

"네년이 말 안 한다고 모를 줄 알아?"

"……"

"도대체 왜 그래, 응? 요 1년간 왜 이렇게 지랄을 떠느냐고. 성격이 아주 변했어."

변한 게 아니었다. 20년간 그저 참아왔을 뿐.

그와의 결혼이 잘못되었다는 건 결혼한 지 1년도 안 됐을 때 깨달았다. 동국에게 완전히 속았다. 연애할 때는 상냥하고 다정한 사람이었다. 수완 좋고 돈도 많은 다정한 사업가. 결혼 상대로는 더할 나위 없다 생각했다.

그러나 그는 사실은 깡패였으며, 그의 사업체는 돈세탁을 위한곳이었다. 그는 처음엔 채화에게 빠졌으나 곧 그녀에게 흥미를 잃어갔다. 게다가 어쩐 이유에선지 채화는 임신도 되지 않았다. 해가지날수록 동국에게 채화는 2세도 낳지 못하는 쓸모없는 인형쯤의취급을 당했다.

그는 스트레스를 받고 오면 그 화풀이를 채화에게 하곤 했다. 채화의 인생이 땅 밑으로 꺼져가는 와중에도, 동국은 승승장구했다. 사업체는 커져갔고 동국은 연예 매니지먼트 사업에도 손을 뻗었다. 강일 엔터테인먼트. 여러 스타들을 배출하면서, 동국은 연예계에서 무시하지 못할 존재가 되어갔다.

채화는 하루에 수도 없이 그에게서 벗어나고 싶단 생각을 했지만 쉽사리 실천에 옮기지는 못했다. 밖에서는 행복한 결혼 생활을 유지하는 것처럼 굴었다. 매 맞는 아내, 가정폭력의 희생양, 이혼녀. 그런 타이틀이 그녀의 커리어에 전혀 도움이 되지 않는다는 걸 알았다.

그래서 묵묵히 참아냈다. 그녀의 머릿속에는 골병이 들고 있는지도 모르고.

정신에 병이 들었다고 했다. 먼 옛날, 동국과 결혼하며 포기하고 왔던 삶이 종종 환각과 환청으로 그녀에게 찾아왔다.

그러나 채화는 1년 전부터 마음을 바꾸어 먹었다. 어차피 배우 활동을 해봤자, 버는 돈은 다 동국의 주머니로 들어간다. 배우를 그만두더라도 그에게서 벗어나고 싶었다.

"너, 그리고 은지한테 뭐라 했냐?"

"아니요."

은지는 요즘 동국이 만나는 여자애 이름이었다. 열여덟인가, 열아홉인가.

"근데 왜 그년이 나한테 울고불고하면서 너 죽었으면 좋겠다 해?"

"동국 씨랑 결혼하고 싶어서 그러나 보죠? 내가 죽어버리길 바라는 거 보면. 그 애 소원대로 못 되어줘 유감이네요."

"말 예쁘게 해라."

"……."

"지금까지 데리고 살아준 걸 고맙게 생각은 못 하고."

그때 동국의 전화벨이 울렸다. 채화가 비틀거리는 다리를 붙잡고 일어나 동국과 멀리 떨어져 앉았다.

동국은 불쾌하게 씩 웃더니 전화를 스피커폰으로 받았다. 전화 내용이 방 안에 크게 울려 채화도 다 들을 수 있었다. 동국은 일부러 채화에게 들려주려는 심산인 듯했다. 채화가 미간을 좁혔다.

-회장님.

"어, 어떻게 됐냐."

-사모님 주변 사람들 쭉 알아봤는데 말입니다.

채화의 눈가가 바들거렸다. 예상치 못했던 건 아니었다. 사람을 붙였으리라 생각은 했다. 그래도 그녀에게도 낯익은 부하의 목소리로 듣자, 충격이 꽤 컸다.

-그중 도한과도 엮여 있는 공통 지인이 한 명 있었습니다. 한태석이라는 사람인데, 현재 사모님 출연하는 드라마 감독입니다.

"한태석?"

태석의 이름이 나오자 채화의 얇은 목덜미가 바르르 떨렸다.

"그 사람이 도한과도 안다는 거지."

-네. 아, 그리고 20대 내내 독일대학에서 공부했던 유학생 출신입니다.

"독일?"

동국의 얼굴이 일그러졌다. 채화는 점점 초조해졌다, 하필 이럴 때에 스캔들이 터져서. 동국 몰래 준비하고 있던 이혼 소송마저 그

에게 들킬지 모른다. 그러나 누굴 탓할 것이 아니었다. 이성이 흐
트러져 도한을 찾아간 건 채화 본인이었으니까.

채화가 주먹을 꽉 쥐었다.

"독일이란 말이지. 채화 저년이 요양인지 뭔지로 결혼 전에 갔
던 곳 아냐? 좀 더 알아봐."

-안 그래도 한태석 뒤에 따라붙었는데 말입니다.

"잘했어. 도한이라도 만났나?"

-아닙니다. 어떤 여자랑 카페에 들어가 얘기를 나누기에 근처에
서 엿들었는데…….

"어."

-그 여자가 아무래도 도한과 사귀는 사이 같습니다. 한태석이
그 여자를 주희라고 불렀습니다.

통화 내용을 가만히 듣고 있던 채화가 곰곰이 머릿속을 뒤져보
았다. 주희? 누구지? 도한에게 사귀는 여자가 있을 줄은 몰랐다.

"주희인지 뭔지 하는 여자한테도 사람 붙여봐."

-예.

동국이 전화를 끊고 빙글빙글 웃었다. 채화의 얼굴이 새하얗게
질렸다.

"태석이란 새끼랑 깊은 관계였나 보지? 그 자식 이름이 나오니
벌벌 떠는군."

"그런 사이 아니에요. 그저 친구였어요."

"그걸 나보고 믿으라고?"

"그 사람 건들지 마세요. 당신 원하는 대로 할 테니."

"내가 원하는 거? 네가 내 말에 순종하고 밖에선 내 트로피 와이프로서 조신하게 행동하는 거야. 이딴 말도 안 되는 스캔들 나서 내 얼굴에 똥칠하지 말고!"

동국이 벌떡 일어서서 채화의 뺨을 후려쳤다. 채화가 눈을 질끈 감은 채로 옆으로 넘어졌다. 활동을 하는 도중에 얼굴을 직접적으로 때린 건 처음이었다. 채화가 맞고 산다는 소문이 나면 곤란했으니까. 동국은 음지에서 올라온 자신의 출신을 숨기기 위해, 평판이나 명예에 목을 거는 사람이었다.

입안의 연한 속살이 터졌는지 비릿한 피 맛이 느껴졌다. 그녀가 물기가 차오른 눈동자로 동국을 쳐다보았다.

"일이 어떻게 돌아가는 건지는 곧 알게 되겠지. 도한, 그 새끼가 뭐 하는 새낀지도."

동국이 쓰러진 채화를 뒤로하고 방 밖으로 걸어 나갔다.

"하여간 멍청한 년."

그 무렵, 주희는 태석과 이야기를 나누는 중이었다.

"……어떻게 아셨어요?"

주희가 놀란 눈으로 태석을 바라보았다.

"도한이가 말해줬어요. 사귀고 있다고."

"아……."

주희는 태석과 따로 만난 참이었다. 방송국에서도 멀리 떨어진 한적한 카페 안이었다. 여러 일로 정신이 없을 텐데, 태석이 둘이 보자고 했던 때부터 무언가 이상하다 했다. 역시나 그는 자신과 도한의 사이를 알고 있던 모양이다.

"도한 씨와 어떻게 아는 사이세요?"

주희가 태석에게 물었다. 도한이 친하게 지낸다던 아저씨. 유일하게 이 연애를 밝힐 수 있겠다던 주변인. 그 사람이 태석일 테다. 도한에게 둘러싸여 있는 베일을 벗겨낼 수 있는 유일한 키가 그일지도 모른다.

"그건…… 처음부터 설명하자면 아주 복잡합니다. 그리고 이것에 관련된 이야기는 도한에게 직접 듣는 게 나을 거예요, 주희 씨."

"알겠어요. 하지만 그에게 들을 기회조차 없어요."

"왜죠?"

"연락 자체가 안 되는걸요……."

"언제부터?"

"스캔들 터지고 난 후 쭉이요."

주희가 고개를 푹 숙였다.

"이런. 하지만 이번 스캔들은……."

"아닐 거라 믿어요. 제가 봐왔던 도한 씨는 그럴 사람 아니니까."

태석이 옅게 미소를 지었다.

"네, 채화 씨랑 그런 사이 아니에요, 정말로. 제 직함을 걸고 맹세할 수 있어요."

"그럼 무슨 사이길래, 아직까지 연락도 없이 있는 걸까요?"

태석이 뜸을 들이더니 작게 한숨을 쉬었다.

"음, 채화 씨와 무슨 사이인 것도 내 입으로 말할 그런 종류의 이야기는 아니에요. 주희 씨에게 연락을 안 한 건 분명히 도한의 잘못이 맞지만, 나쁜 의도에서 그런 건 아닐 겁니다."

"어떤 의도든 간에…… 전 답답한걸요."

"이해해요. 도한이 그 녀석이 인간관계에 서툴러서 그래요. 자신이 잠시 주희 씨 멀리 있는 게, 주희 씨를 위하는 거라 생각했을 겁니다."

"그건 말도 안 돼요."

"이번 일에 좀 위험한 사람이 끼어들 수도 있거든요."

"위험한 사람이요?"

"예, 어떻게 될지 아직 불확실하지만……. 도한이 주희 씨를 진지하게 생각하고 아낀다는 건 분명해요."

"……."

"그 녀석이 누구를 저한테 소개시켜주고, 누구 때문에 안달 내는 모습 처음이었거든요."

도한을 잘 아는 사람에게서 듣는 도한의 이야기. 주희는 가슴이 울렁거렸다. 여전히 그에 대한 걱정 때문에 목구멍이 턱 막혔지만, 그래도 태석과 이야기를 나누자 갑갑한 게 조금은 줄어든 것 같았다.

"하루 이틀만 더 기다려봐요. 주희 씨에게 피해 안 주기 위해서 얼른 해결하려 하고 있는 중일 겁니다."

"제가 무슨 피해를 입는다고……."

"자기한테 힘든 일이 생기면 아무한테도 말하지 않고 혼자 해결하려는 성격이에요, 도한이는. 일이 다 끝나고 나서야 이야기해주죠."

"……몰랐어요."

몇 마디를 더 나누다가 주희가 자리에서 일어섰다. 태석이 온화하게 웃으며 주희와 함께 카페에서 나왔다.

"너무 걱정 말고 있어요. 저도 도한한테 이야기해볼 테니."

"네, 감사합니다."

주희가 허리를 꾸벅 숙이고 반대쪽으로 걸어갔다.

태석이 주희의 뒷모습을 빤히 바라보다가 야외 주차장에 세워 둔 차로 걸어갔다. 한산한 주차장 쪽으로 걸어가던 태석이 이상한 기운에 고개를 갸웃거렸다.

'……기우인가.'

태석이 주차장에 주차되어 있던 여러 대의 차를 쓱 눈으로 훑었다.

그가 찜찜한 기분을 억누르며 차에 올라 시동을 걸었다. 그리고 차가 천천히 주차장 밖으로 빠져나와 도로를 달릴 때였다. 태석의 눈동자가 계속해서 사이드미러를 주시했다.

'기우가 아니었군.'

태석이 입술을 깨물었다. 조금 전 주차장에서 주차되어 있던 차 중 하나가 뒤에 따라붙고 있었다. 그가 신호가 끊어지기 직전에 휙 핸들을 틀어 좌회전을 했다. 그러나 이번에도 아슬아슬하게 뒤차가 따라왔다.

'그 남자가 사람을 붙인 건가.'

아무래도 채화가 도한과의 관계를 남편에게 알리지 않은 모양이었다. 이렇게 사람을 붙여 캐내려 하는 걸 보면.

'하여간 여러 사람한테 폐 끼치네.'

태석이 채화를 떠올리다가 얼굴을 확 찡그렸다.

그러다 문득 태석이 조금 전까지 자신이 주희와 함께 있다는 사실을 상기했다.

"이런⋯⋯."

이번에는 태석이 육성으로 낮게 탄식했다. 태석이 다급하게 도한에게 전화를 걸었다.

"아, 왜 안 받아!"

초조한 마음으로 태석이 다섯 번 넘게 전화를 걸고 나서야, 도한이 전화를 받았다.

"도한아, 아무래도 문제가 생긴 것 같다."

-예?

"너 지금 뭐 하고 있냐. 집이냐."

-아뇨, 집에 기자들이 너무 많아서 별장으로 몰래 빠져나왔어요.

"그게 지금 문제가 아니야. 주희 씨 말이다."

-차주희 씨가 왜요.

도한의 목소리가 다급해졌다.

끼이익! 태석이 미행을 떼어내려고 차를 아슬아슬하게 몰았다. 그러나 미행은 끈질기게 따라붙었다.

"나 방금 주희 씨 만나서 이야기하고 오는 길인데, 내 뒤에 미행이 붙었거든? 혹시 주희 씨랑 같이 있는 거 그쪽에서 봤으면⋯⋯."

-아, 젠장.

도한이 낮게 갈라진 목소리로 말했다.

"너한테는 뭔 일 없었어?"

-그 여자 남편 쪽 사람이 찾아왔었습니다. 협박 비슷한 걸 하면서.

"단단히 뿔이 났나 본데. 다치진 않았고?"

-그럴 만도 하죠. 기자들이 절 주목하고 있으니, 쉽사리 행동을 취하진 못하더군요.

"주희 씨는 어떻게 하지?"

-위험해질지도 모르니 저도 주희 씨에게 사람을 하나 붙여놔야겠어요.

"주희 씨한테는 말 안 하고?"

-으음…….

"주희 씨한테는 우선 다 말하는 게 좋지 않을까?"

-어디서부터 말해야 할지, 잘 모르겠어서.

"주희 씨, 속상해하더라. 뭐, 주희 씨가 괜히 부담 가질까 봐 상황 정리되면 이야기하려는 거 이해는 하는데, 그래도 별로 좋은 선택은 아닌 것 같다."

-……그렇군요.

"여하튼 너도 지금 힘들겠지."

-괜찮습니다.

"혼자 짊어지려 하지 말고 주변에 이야길 해."

-……예.

전화를 끊고 태석의 표정이 복잡해졌다.

도한은 덤덤하게 말하고 있었지만, 태석은 느낄 수 있었다. 도한의 정신이 며칠 새에 너덜너덜해졌다는 걸.

채화와 엮인 모든 일은 도한의 잘못은 아니었다. 그러나 이전에도 지금도 도한이 애먼 책임을 지고 있었다.

"상황이 뭐, 이러냐……."

태석이 무거운 한숨을 쉬었다. 사이드미러에는 뒤꽁무니에 붙은 검은 승용차가 비치고 있었다.

도한은 태석과 전화를 한 후 휑한 거실 안을 끊임없이 뱅뱅 돌았다. 불안이 진정되지를 않았다.

"젠장."

그가 거칠게 갈라진 목소리로 혼잣말했다.

'김동국이 차주희 씨까지 건드린다면…….'

눈앞이 아찔해졌다.

동국의 사람들이 자신을 괴롭히는 건 상관없었다. 한 번쯤은 이렇게 엮이지 않을까 예상했었다. 채화의 일이 언제까지 비밀로 남아 있을 수는 없는 일일 테니.

그러나 주희가 말려든다면 이야기가 달라진다.

도한이 불안정한 호흡을 훅훅 내쉬며 빙글빙글 제자리에서 돌았다. 동국이 자신에게서 손을 떼게 해야만 했다.

어떻게 동국을 막을 수 있을까.

점점 더 급박해지고 간절해졌다, 주희가 연루될지도 모른다는 불안감 때문에. 도한이 휴대폰을 빤히 내려다보다 누군가에게 전화를 걸었다.

그가 초조함에 입술을 움찔거렸다. 곧 착신음이 끊기고 사람 목소리가 들렸다.

-예, 강재훈 이사입니다.

"아, 강 이사님."

-아니, 도한 씨……. 어쩐 일로. 지금 상황이…….

강 이사가 머뭇거리며 전화를 받았다.

도한은 자신을 도와줄 수 있는 사람을 찾아야 했다.

고민하다 떠오른 것이 강 이사였다. 도한이 카메라 홍보모델을 섰던 대기업의 임원. 이번에 그 대기업 자회사로 엔터테인먼트 사업을 하게 되면서 그쪽 책임을 맡은 사람이었다. 정재계 쪽의 인맥도 상당했다. 강 이사는 도한과 계약을 하기 위해 끊임없이 영업공세를 벌여왔다.

만약에 강 이사가 도와준다면…….

"저 부탁할 게 있습니다."

-예?

"한 번만 도와주세요. 이번만 도와주시면, 강 이사님이 원하시는 대로 전속계약 맺겠습니다."

-으음.

강 이사가 머뭇거리며 뜸을 들였다.

-스캔들이 가라앉을까요? 솔직히 저희 입장에서 이젠 도한 씨는 불안한 패입니다. 죄송한 말씀이지만.

"이해합니다. 하지만 재기할 수 있어요. 강 이사님이 조금만 도와주신다면."

-어떻게 도와드리면 되는데요?

"강일 엔터테인먼트를 뒤흔들 수 있을 만한 정보요."

-강일 엔터테인먼트면, 강일 건설 김동국 회장이 하는 곳 아닙니까? 아, 김동국 회장 부인이 채화 씨죠?

"부탁합니다."

도한이 처음으로 누군가에게 정중하게 부탁하며 말했다. 강 이사가 망설이는 듯하더니 느리게 입을 열었다.

-정말 재기할 자신 있으십니까?

"예, 스캔들도 다 허구입니다. 루머예요."

-그거야 알지요, 도한 씨 그런 사람 아니라는 거. 연예계에서 이성 관계 깨끗하기로 소문났으니. 하지만 대중들이 과연 믿어줄 수 있느냐는 저도 모르겠군요.

"……이해합니다."

도한이 손으로 턱을 쓸어내렸다.

-하지만 이건 이사로서 말한 거고, 개인적으로는 도한 씨의 잠재력을 믿습니다. ……우선 생각해보고 다시 연락드리죠.

도한이 힘없이 전화를 끊었다. 몸에 힘이 쭉 빠져나가는 기분이었다.

태석과 헤어지고 나서 주희는 야트막한 오르막길을 오르고 있었다. 집으로 향하는 길이었다. 태석에게 이야기를 듣고 난 후 바로 집으로 오지 않고 주변을 잠시 배회했다. 머릿속이 복잡했기 때문이다.

　어느새 해는 완전히 저버렸고 길은 어둑어둑했다. 주희가 가슴
팍에 불어닥치는 바람을 막기 위해 팔짱을 끼며 걸었다. 길목에 가
로등이 띄엄띄엄 있었다. 주희가 어깨를 움츠렸다.

　'기분이 이상한데……'

　자꾸 뒤에서 누군가 따라오는 것 같았다. 그녀가 발걸음을 좀
더 빨리했다.

　'아닌가?'

　따라오는 발소리가 더 이상 들리지 않았다. 요즘 마음이 지쳐서
괜히 예민해진 탓인가 싶었다. 주희가 집으로 빨리 들어와 방에서
옷을 갈아입었다.

　그 후 혹시나 하는 마음에 창문 밖을 내다보았다.

　"……어."

　창문 밖, 가로등 아래.

　한 번도 본 적 없는 남자가 서 있었다. 이쪽을 올려다보는 것 같
기도 했다. 주희가 화들짝 놀라며 몸을 숙였다.

　'뭐지?'

　순간 태석의 말이 떠올랐다.

　'이번 일에 좀 위험한 사람이 끼어들 수도 있거든요.'

　설마. 기분이 찜찜했다. 주희가 창문을 탁 소리가 나게 닫고 몸
을 돌렸다. 누군가에게 감시당하는 느낌이었다.

"언니, 왜 그래?"

"아, 아니야."

주희가 은희에게 둘러대며 손으로 팔뚝을 감쌌다.

찜찜한 기분은 그다음 날에도 이어졌다. 도한은 아직까지 촬영장에 등장하지 못하고 있었고, 촬영장 분위기는 엉망이었다. 스케줄이 끝나고 나서 예나를 숙소에 데려다준 후 소속사로 밴을 몰던 중이었다.

까득, 주희가 어금니를 깨물었다.

"도대체 뭐야……."

주희가 차 핸들을 세게 붙잡았다.

예나를 데려다주고 나서부터 이상함을 느꼈다. 로드 매니저를 하면서 밴에 따라붙는 스토커나 극성팬들을 여럿 상대해서 이런 쪽에는 예민했다. 차는 바로 뒤는 아니고 한 대를 사이에 두고 떨어져서 따라오고 있었다.

밴에는 지금 주희 혼자였다. 예나의 스토커는 아닐 터였다. 어젯밤 빌라 앞에 서 있던 남자가 머릿속에 스쳐 지나가며, 뒷목에 식은땀이 흘렀다.

부우웅. 주희가 액셀을 세게 밟았다. 운전 기술은 매니저에게 제일 필요한 덕목 중 하나였다. 주희는 남들보다 여리고 얇은 몸이었지만, 밴은 잘 몰았다.

"떨어져라, 떨어져. 제발."

주희가 중얼거리며 핸들을 콱 틀었다. 신호가 바뀌려는 찰나에 유턴을 했다. 은색 자가용은 미처 넘어오지 못하고 원래 차선에서 멈추어 선 채였다. 주희가 은색 차를 스쳐지나가며 힐끗 바라 보았다.

차창에는 짙게 선팅이 되어 있어 안이 보이지 않았다. 주희가 차의 속력을 더욱 높였다. 소속사로 바로 가지 않고 일부러 골목길로 들어가 빙 둘러갔다.

'따돌렸다……'

아직 스토커 떼어내던 기술이 죽지 않은 모양이었다. 뒤에 은색 자가용이 없는 걸 몇 번이나 확인하고 주희가 안도의 숨을 몰아쉬었다. 긴장하느라 몸이 후끈거렸다. 꽉 힘을 주고 있던 다리도 후들거렸다.

주희가 차머리를 돌려 레드 엔터테인먼트 건물로 향했다.

그녀가 지하주차장에 차를 대고 나왔다. 흘러내린 옆머리를 손으로 쓸어 넘기며 심호흡을 했다.

'아까…… 도대체 뭐였을까. 도한 씨와 관련된 일일까?'

주희가 마른침을 삼켰다. 삑. 차 문을 잠그고 소속사 사무실로 올라가려던 참이었다.

"저기요."

낯설고 굵은 음성이 뒤에서 그녀를 불러 세웠다. 주희가 턱을 움찔거렸다. 서늘한 기분이 밀려왔다. 주희가 느리게 몸을 돌렸다. 평범한 정장 차림에, 인상이 희미하게 생긴 남자였다. 한 번도 본 적 없는 얼굴이었다.

"누구시죠?"

"차주희 씨, 맞으시죠?"

"네, 그런데요."

주희가 긴장한 기색을 숨기지 않고 그를 응시했다.

"운전 잘하시던데요. 진 좀 뺐습니다."

그가 빙긋 웃었다.

주희가 고개를 두리번거렸다. 지하주차장에는 둘을 제외하고는 아무도 없었다.

"어떻게……."

"따돌린 줄 알았는데 어떻게 따라왔냐고요?"

"……."

"한 사람만 주희 씨를 따라다닌 게 아니라서 말입니다."

한 명이 더 있었나. 주희의 얼굴이 파랗게 질렸다.

"이야기 좀 할까요?"

"무슨 용건이시죠?"

"그렇게 경계하실 것 없습니다. 잠깐 이야기를 듣고 싶은 겁니다."

"그러니까, 뭐에 대해서요. 짐작이 전혀 안 가는……."

"왜 발뺌을 하실까. 도한에 대해서 말입니다. 아주 친밀한 사이라고 알고 있는데."

주희가 당황해서 눈동자를 잠시 떨었지만 이내 표정을 갈무리했다. 남자의 까딱거리는 손가락이 위협적이게 보였지만 침착해야 할 것이다. 주희가 머리를 재빠르게 굴렸다.

"도한이요? 스캔들 터진 건 봤는데…… 아는 게 전혀 없는걸요. 기자신가요?"

"기자는 아니고. 기자보다 좀 더 험악한 사람이죠."

"여하튼 전 아는 게 아무것도 없어요."

"스캔들에 대해 묻는 게 아닙니다. 도한, 그 자체에 대해 아는 것을 얘기해달라는 거지."

"제가 어떻게 알겠어요?"

"애인 사이면 뭘 좀 알 것 아닙니까."

"애인이라뇨? 도한은 채화 씨랑 스캔들이 났는데, 왜 엄한 데 와서 이러세요. 가세요."

공교롭게도 CCTV의 사각지대였다. 남자가 얼굴을 찡그리며 한 발자국 주희에게로 다가갔다.

'어떻게, 어떻게 해야 하지······?'

벌어진 와이셔츠 안에 감싸인 남자의 몸이 위협적으로 보였다. 평범한 차림새였지만 평범하지 않은 사람일 게 분명했다.

끼이익!

그때 커다란 밴 하나가 지하주차장으로 내려왔다. 주희가 서서히 뒷걸음질 치며 상황을 주시했다. 밴이 주희와 남자의 사이를 가로질러 갔다. 주희가 그 틈을 놓치지 않고 무작정 위로 뛰어갔다.

"아씨, 야!"

밴이 남자의 시야에서 떠났을 때 이미 주희는 재빠르게 계단으로 뛰어든 후였다. 주희가 날쌔게 발을 놀려 계단을 올랐다. 뒤에서 무섭게 뛰어오는 남자의 발소리가 들렸다.

어떻게든 사람들이 많은 곳으로 나가야 할 것 같았다.

주희가 헉헉 숨을 몰아쉬며 지하주차장 바깥으로 빠져나왔다.

길거리에는 몇몇 사람들이 걸어 다니고 있었다.

"이게, 씨발."

휙. 기어코 따라온 남자가 주희의 팔뚝을 낚아챘다. 남자의 억센 손아귀에 살이 눌려 아팠다. 주희가 얼굴을 찌푸렸다.

"어떻게 안 할 테니까 잠깐 이야기 좀 하자고요."

"묻고 싶은 거 물으세요. 여기서. 지금 대답해드릴 테니까."

남자가 어이없다는 듯 헛웃음을 지으며 주희를 노려보았다.

"우선 팔 놔주시고요."

"나는 아가씨가 그렇게 뻗대도 되는 사람이 아니야."

"저도 누가 협박하면 멍청하게 당하는 사람 아니니까, 놓으세요."

주희가 두려움에 떨리는 목소리를 간신히 진정시키며 말했다. 그때 바로 뒤에 있는 차도에서 자동차가 정지하는 소리가 났다. 벌컥, 차 문이 열리고 누군가가 걸어 나왔다.

'이거…….'

익숙한 체향. 주희의 눈동자가 커졌다.

갑자기 거리가 소란스러워졌다. 제각기 길을 가던 사람들이 멈춰 서서 그들을 바라보았다. 사람들이 웅성거리기 시작할 무렵, 주희의 머리통에 야구모자가 폭 씌워졌다.

주희가 고개를 휙 돌려 뒤를 바라보았다.

"아……."

갑자기 방금 전까지 경직되어 있던 몸에 힘이 빠지면서, 눈가가 뜨거워졌다.

"얼굴 가리고 있어요."

도한이었다.

10장. 미스터 시크릿과의 비밀공유

도한이 그가 쓰고 있던 야구모자를 벗어, 주희에게 씌워주고는 앞으로 걸어 나갔다. 등 뒤로 주희를 숨기고 도한이 남자를 노려보았다.

"도한 아니야?"

"미친, 뭐야? 도한이 왜 여기 있어?"

사람들이 걸음을 멈추고 휴대폰을 들어 도한의 모습을 동영상으로 담기 시작했다. 도한이 힐끗 행인들을 바라보다가 남자에게로 시선을 돌렸다.

"무슨 볼일이죠?"

남자가 갑작스러운 도한의 등장에 당황했는지 입술을 깨물었다.

"이 여자 데려가려고?"

Mr.
시크릿과의
비밀연애

"……아씨."

"데려가 보시죠. 주변에 사람들이 이렇게 많은데. 마침 다들 동영상까지 찍어주고 있네요."

도한이 소곤소곤 느리게 말했지만, 눈빛은 차갑게 굳어 있었다. 남자는 주춤거리며 뒤로 물러설 수밖에 없었다.

"김동국 회장이 보냈습니까?"

"……."

"대답 못 하는 거 보니 맞나 보네."

남자가 양옆을 두리번거렸다. 수많은 휴대폰이 그들을 향하고 있었다.

"꺼져."

도한이 남자에게만 들릴 목소리로 말했다.

"……젠장."

남자가 눈치를 살피다가 결국 달아났다.

도한이 사람들이 더 달라붙기 전에, 얼른 주희의 손목을 그러쥐어 그의 차로 이끌었다.

"도한 씨……."

"얼른 들어가요."

도한이 뜨거운 손바닥으로 주희의 등을 밀어 조수석에 앉혔다. 사람들이 하나둘씩 도한의 차로 뛰어들었다. 도한이 급히 운전석에 타 차에 시동을 걸었다.

주희가 그녀의 머리통에 비해 한참 큰 야구모자를 벗으며 떨리는 손을 무릎 위에 올려놓았다.

도한의 차가 사람들 사이를 헤치고 출발했다.

주희가 벌렁거리는 심장을 진정시키려 애쓰며 도한의 옆얼굴을 바라보았다. 그사이 그의 얼굴이 수척해져 있었다. 볼살이 평소보다 움푹 파여 있었다.

"도한 씨, 이게 어떻게 된…… 거예요."

"차주희 씨."

도한이 고개를 틀어 그녀의 이름을 불렀다.

그제야 스캔들이 터지고 나서 이상한 사람이 따라붙은 지금까지, 말라 있던 눈물샘에 물이 차오르기 시작했다. 그의 낮고 부드러운 목소리를 들은 순간 모든 게 괜찮아질 것만 같았다.

목이 메어갔다. 누구 앞에서 울어본 게 너무 오랜만이라, 우는 것 자체가 어색하게 느껴졌다. 그렇지만 흘러나오는 눈물을 멈출 수 없었다. 주희가 히끅거리며 손등으로 눈가를 문질렀다. 눈물 때문에 피부가 죄다 축축해졌다.

주희가 울자 도한이 당황한 듯 핸들 바를 꾹 쥐었다.

"왜 울어요."

"그, 그냥 안심…… 안심돼서……."

주희가 끊임없이 뺨을 적시는 물줄기를 손바닥으로 북북 쓸었다. 도한이 안절부절못하며 그녀와 전방을 번갈아 바라보다, 이윽고 갓길에 차를 잠시 댔다.

"왜 울어. 울지 마요."

도한이 두 손으로 주희의 양 뺨을 감쌌다.

"응? 왜 그래."

Mr.
시크릿과의
비밀 연애

"흐으, 흐으윽……. 도한 씨."

도한이 전과 변함없는 눈빛으로 바라보고 있다. 그간의 불안감이 사라지고 울컥 뜨거운 눈물이 올라왔다. 도한이 엄지로 주희의 눈물을 닦아주다가, 콧잔등과 뺨 이곳저곳에 짧게 키스했다.

"걱정하게 해서 미안."

주희가 도한의 손등 위에 손바닥을 얹었다.

"이, 이번처럼 제 앞에서 사라지지…… 마요. 어떤 일이 있어도."

주희가 눈물 섞인 목소리로 간신히 말했다.

"다신 안 그럴게."

도한이 주희의 손바닥에 깊이 입을 맞추었다. 울음이 멎을 뻔했지만 다시 터져 나왔다. 주희가 어린아이처럼 울며 도한의 품속으로 파고들었다.

도한이 느린 손짓으로 주희의 등을 쓸어주었다.

한참을 울고 나자 민망함이 밀려왔다. 주희가 새빨개진 눈동자를 굴리며 도한의 시선을 피했다. 도한이 가볍게 픽 웃었다.

"두 번 울다간 큰일 나겠네."

"……놀리지 마세요."

"아니, 내가 큰일 나겠다고. 차주희 씨 우는 건 나한테 별로 이롭지 못한 것 같습니다. 진땀이 나네요."

"도한 씨가 울린 거잖아요."

주희가 툴툴거리며 말하자 도한이 금세 수긍하며 눈썹을 늘어뜨렸다.

"미안."

도한과 닿지 않았던 기간 동안, 알게 모르게 서러움과 외로움이 쌓였나 보다. 아닌 척, 강한 척, 억누르고 있다가 도한과 만나자마자 폭발하듯이 감정이 터져 나왔던 것이다.

주희가 훌쩍거리며 코끝을 손가락으로 문질렀다. 이성이 하나 둘씩 돌아오자, 방금 전까지 긴박하던 상황이 떠올랐다.

"그런데 아까 그 남자는 누구예요? 도한 씨는 어떻게 알고 찾아온 거고?"

"다 설명해줄게요. 우선 내 별장으로 가죠. 아, 앞서 할 게 있습니다."

도한이 주머니에서 휴대폰을 꺼내 어디론가 전화를 걸었다. 주희가 옆에서 그가 휴대폰에 대고 말하는 것을 들었다.

"예, 회장님. 도한입니다."

회장님? 주희가 궁금한 눈빛으로 쳐다보자, 도한이 손등으로 그녀의 어깨를 부드럽게 쥐었다.

"오전에 메일로 보내드린 거 확인해보셨습니까? 아, 흥분하지 마세요. 음해라뇨. 확실한 분에게 받은 명백한 증거자료인데요. 이번처럼 욕심내서 무리하게 자금세탁을 하시다 보니 이렇게 덜미가 잡히시는 것 아닙니까."

도한은 존대였지만 한껏 비아냥거리는 투로 말했다.

"이곳저곳 알아보니 그것 말고도 많던데요. 소속 연예인들 스폰서에, 마약에. 아, 그렇게 소리 지르시면 귀가 따가우니까요. 진정하세요.”

도한이 손가락으로 핸들을 톡톡 두드렸다.

“뭘 원하는 거냐고요? 제가, 뭐, 사회정의 실현하고 싶어 이렇게 김 회장님을 쪼겠습니까. 제가 원하는 건 하납니다. 저랑 제 주변 사람들한테 관심 끄세요. 영영.”

도한이 입술을 삐뚜름하게 비틀며 말을 이었다.

“예. 웬만하면 저에 대해 밝혀지는 게 싫어서요. 신비주의잖아요? 여하튼 미행 붙이신 사람도 다 물리세요. 그리고 이대로 모른 척, 각자 갈 길 갑시다. 그렇게만 해주시면 저도 김 회장님과 강일 엔터에 신경 끄도록 하죠.”

강일. 채화의 남편이 회장으로 있는 기업이었다. 주희가 도한의 얼굴을 살폈다. 그가 심기가 불편한 듯 미간을 좁혔다가, 이내 짙게 웃었다.

“말이 잘 통하시는 분이라 다행이네요.”

도한이 잠시 뜸을 들이다가 한마디를 덧붙였다.

“아, 그리고 웬만하면 채화 씨 놔주는 게, 좋을 겁니다.”

도한이 전화를 끊고 주희를 느리게 돌아보았다.

“……잘 해결된 거예요?”

“예, 이제 귀찮은 일 없을 겁니다.”

“아까 전화할 때 제가 알던 도한 씨가 아닌 것 같았어요. 며칠 동안 이 일 해결하고 있던 거예요?”

도한이 작게 끄덕였다.

“해결됐다니 다행이에요. 그냥 좋게 생각할래.”

"그래요. 다신 이런 일 없게 할 거니까."

도한이 한 손으로 운전하며, 한 손은 주희의 손을 붙잡았다.

"가죠, 별장으로."

도한이 차를 빠르게 몰았다. 차는 서울특별시를 넘어 경기도로 향했다. 서울에서 차로 멀리 떨어지지 않은 곳에 그의 숨겨진 별장이 있었다. 깔끔한 2층 주택이었다.

별장 안으로 들어갔다. 내부는 도한의 원래 집보다 훨씬 휑했다. 주희가 사방을 둘러보다가 새하얀 가죽 소파 끄트머리에 앉았다.

도한이 물을 한 컵 떠와 주희에게 내밀며 말했다.

"아까 전화했던 사람, 김동국 회장입니다."

"네, 채화 씨 남편이죠?"

"맞아요, 자기 부인이 뭔가를 숨기고 있다 생각하고 주변에 사람을 붙인 모양입니다. 내가 주 타깃이었고. 차주희 씨한테도 피해가 가지 않을까 했죠."

"음, 사실 어제부터 기분이 계속 이상했거든요. 누가 따라오는 느낌?"

"혹시나 해서 나도 사람을 붙였고요."

"……네? 정말?"

"불쾌하다면 미안해요. 걱정이 돼서."

"아니, 뭐……. 결론적으론 그게 도움이 됐네요."

"예, 역시나. 남자 둘 정도가 차주희 씨한테 붙었다는 이야기를 전해 듣고 별장에 있다가 바로 나갔어요."

그래서 그렇게 곤란할 때 딱 나타날 수 있었구나. 도한이 나타

Mr.
시크릿의
비밀 연애

나지 않았다면 어떻게 됐을까 상상하자 아찔해졌다.

"아깐 정말 놀랐어요. 그런데 사람들이 도한 씨를 다 봤는…….
어, 잠깐만요. 동생한테 전화가 왔어요."

"받아요."

주희가 머뭇거리다가 전화를 받았다.

-언니! 어디야!

"왜? 무슨 일 있어?"

-그건 내가 묻고 싶은 거거든? 인터넷 봤어? 난리도 아니야, 지
금.

"이, 인터넷이 또 왜……."

이제 은희가 인터넷 어쩌고 하면 불안부터 들었다. 은희의 목소
리가 어쩌나 큰지 옆에 서 있는 도한에게도 들렸다.

-도한이 어떤 여자를 감싸주고 데려가는 동영상이 찍혔다니까!
아씨, 언니, 도한이랑 사귀는 거 맞아? 채화에, 이 여자는 또 뭐야?
이 여자가 진짜 여친 아니냐고 떠들썩하던데.

"어…… 그거……."

-도대체 뭐 하는 여자……. 음? 이상하네. 언니가 아침에 입고
간 옷이랑 비슷한 것 같다? 체격도……. 어? 뭐지? 언니?

은희가 당황해서 중얼거리던 도중이었다. 도한이 휴대폰을 뺏
어 들어 귓가에 가져다 댔다.

"그 사람 차주희 씨 맞습니다."

-누, 누구세요?

"도한입니다."

-……헐.

"반가워요, 동생분이죠?"

-네, 네…….

"나중에 뵙도록 하죠."

도한이 아무렇지 않게 은희와 이야기를 한 후 전화를 끊었다. 주희가 옆에서 놀란 눈으로 그를 바라보았다.

"도, 도한 씨!"

"음, 예상은 했지만 인터넷에 다 퍼진 모양이군요."

"대놓고 얼굴을 드러내고 있었으니 안 퍼지는 게 이상할 거예요……. 어떡하죠?"

"어떡하긴. 이렇게 된 이상 모든 사람들한테 알리는 수밖에. 어쩔 수 없잖아요?"

어쩔 수 없다면서, 도한은 즐거워 보이는 표정이었다.

"뭐라고 알릴 건데요?"

"뭐라고 하긴. 나랑 차주희 씨랑 사귄다고. 연인 사이고, 또……."

"또?"

"내 비밀을 공유하고 있는 사람이라고."

도한이 그녀의 목덜미에 얼굴을 비볐다. 목선을 따라 거칠어진 입술로 피부를 꾹꾹 눌렀다. 그녀의 얼굴을 손바닥으로 문지르며 입술을 부드럽게 겹쳐왔다. 간지러울 정도로 살짝 입술을 부딪쳤다가 떨어지기를 반복했다.

그러고는 도한이 천천히 자신의 이야기를 하기 시작했다. 그가

Mr.
시크릿의
비밀 연애

태어났던 곳, 귓전에 파도치는 소리가 들리고 코끝에 비릿한 바다 내음이 가득한 곳. 그 시절에 관한 이야기를.

다비드, 그게 도한의 이름이었다. 현재 여권에는 피셔라는 성이 붙어 있지만, 그가 소년일 때만 해도 성이 없었다. 그는 무호적자였다.

한적한 독일의 어촌 마을. 그는 그곳에 사는 유일한 동양인이었다.

그는 주택의 꼭대기 다락방에서 살았다. 피셔 부부의 집이었다. 아줌마는 마을에서 몇 킬로미터 떨어진 작은 양조업체에서 일했고, 아저씨는 배를 빌려다 바다로 나가는 어부였다.

"다비드, 일어나라."

"네."

아침마다 아저씨는 그를 불렀다. 데리고 나가기 위해서였다.

그가 열셋이 되고부터 아저씨와 함께 배에 탔다. 도한은 아저씨가 깨우기 훨씬 전부터 일어나 있었다. 다락방의 눅눅한 이불 위에 누워 책을 읽던 도중이었다.

샛노란색 표지의 한국어 교육책. 엄마가 3년 전에 주고 간 것이었다. 엄마는 몇 년에 한 번씩 이곳에 들를 때마다 책과 테이프 등을 선물해주었다. 이제 책은 너덜너덜해지고 더 이상 외울 것도 없는데, 엄마는 아직까지 오지 않고 있었다.

도한이 책을 덮고 다락방 가파른 계단을 내려갔다. 피셔 부부에게는 2명의 자식이 있었다. 원래는 같이 자랐으나 이제는 다들 커서 도시로 나갔다.

도한이 식탁 귀퉁이에 앉아 아침밥을 먹었다. 혀가 얼얼할 정도로 염장이 된 고기를 씹다가 3년 전 엄마와 먹었던 쌀밥을 떠올렸다. 시내로 나가서 처음으로 한식을 먹었었다.

"엄마한테는 연락이 없나요?"

도한이 아저씨한테 물었다. 아저씨는 거칠게 난 수염을 쓰다듬으며 고개만 가로저었다.

밥을 다 먹고 도한이 옷을 갈아입었다. 아저씨를 보조하기 위해서 배에 타야 했다. 어려서 배에 타지 못할 때는 집안일을 도왔다. 그게 당연한 거라고 했다. 다른 아이들은 피셔라는 성을 달고 있었지만, 도한은 그렇지 못했다.

피셔가 아님에도 피셔의 집에 있기 위해서는 그만큼의 노동력을 제공해야 했다.

'도한아, 10년만 기다리면, 응? 10년만 기다리면 엄마가 데리러 올게. 한국으로 가는 거야. 그러니까 그때까지 한국말도 배워놓고 착하게 잘 있어야 해.'

문득 엄마의 말이 떠올랐다. 그럼 성이 없는 불완전한 다비드라는 이름이 아닌, 유도한으로 살아갈 수 있을 거라고 했다. 도한이 머리를 털어내며 비죽 씁쓸하게 웃었다.

도한이 아저씨와 함께 아침과 새벽 사이, 안개를 헤치고 걸어갔다. 도한이 익숙하게 배에 올랐다. 맨 처음에는 배에 오르자마자

Mr.
시크릿과의
비밀 연애

헛구역질을 해댔다. 그러나 매일 타다 보니 익숙해졌다.

오늘의 고기잡이가 끝나고 나면 아저씨와 함께 낡은 트럭에 오른다. 가끔 잡은 것들을 시장에 가져다 판다. 중요한 일과가 다 끝나고 돌아오면 몸에는 생선 비린내가 가득 배어 있다.

도한이 집에 도착해 트럭에서 내리다가 멈칫했다. 반대편에서 걸어오는 비슷한 또래의 아이들이 보였기 때문이다. 학교에 갔다가 오는 길이겠지.

이 마을에는 몇 가구 없어서 서로들 다 알고 지냈다. 하지만 피셔네는 제외였다. 마을에서도 가장 외곽에 외떨어져 위치한데다가, 도한이 생각하기에 아저씨의 성격이 너무 괴팍한 게 이유인 듯했다.

아이들이 아저씨와 도한을 발견하고는 흠칫하고 비켜 갔다.

"들어가, 오늘 할 일이 많다."

도한이 비척거리며 집 안으로 들어가려는 때였다.

"안녕하세요?"

도한이 눈을 크게 떴다. 가장 반가운 사람이 찾아왔다. 그의 이름은 태석. 정확한 나이는 몰랐다. 몇 년째 여기서 한참 떨어진 대학에서 공부하는 한국 유학생이었다. 태석을 보자마자 아저씨의 얼굴은 구겨졌다.

"또 왔군."

"네, 시험이 끝났거든요. 들어가도 될까요?"

"싫다고 하면."

"안 되시겠죠?"

태석은 순하고 온화하게 생겼다. 그러나 어쩐 이유에선지 아저씨는 그에게 꼼짝하지 못했다. 아저씨는 마지못해 그를 집 안으로 들였다.

도한은 태석이 오는 것이 좋았다. 유일하게 한국말로 이야기할 수 있는 상대였다. 비슷한 피부색, 비슷한 말투. 태석은 도한이 어릴 때부터 꾸준히 그를 찾아왔다. 공부를 하고 있는 입장에다, 사는 곳이 이곳과 워낙 멀어서 1년에 두세 번 정도였지만 그것만으로도 좋았다.

그 덕분에 어릴 때부터 한국말을 배울 수 있었다. 태석은 똑똑하고 아는 것이 많다. 거기다가 피셔 부부와 다르게 친절했다.

도한은 태석과 함께 다락방으로 올라갔다.

"아저씨, 올라와요."

"도한이는 그새 더 컸네."

태석이 다락방에 올라와 앉으며 물었다. 그는 천장이 낮은 다락방을 두리번거렸다.

"키가 너무 커서 여긴 이제 좁겠다. 참, 선물 가지고 왔어."

태석이 가방에서 여러 권의 책을 꺼냈다.

"한국에 있는 가족들한테 부탁해서 보내달라 했어, 한국 책. 한국으로 치면 중학교에 갈 나이이니까. 그 정도 또래 애들이 읽는 것들로."

"감사합니다."

도한이 엄마의 언어로 가득한 책을 정신없이 바라보았다.

"모르는 거 있으면 다 표시해놔. 다음에 올 때 가르쳐줄게."

"어려워요."

"도한이는 똑똑하니까 금방 배울 거야. 저번에 편지 준 거에 글 쓰기 실력이 더 늘었더라."

도한은 태석이 도한이라 불러줄 때가 좋았다. 엄마가 주고 간 이름이었다. 이 집에서는 그를 다비드라고 불렀기에, 도한이라고 불릴 수 있는 기회는 1년에 몇 번 없었다.

"공부도 하고 싶어요."

"공부하고 싶어?"

태석이 도한의 뒤통수를 쓰다듬었다. 도한이 가만히 입을 다물고 있다가 고개를 가로저었다.

"그냥, 아니에요."

"학교 가면 잘할 거야."

학교에 가서 제대로 된 공부를 해본 적이 없으니, 해봤자 못할 거라고 스스로에게 세뇌시켰다. 학교 가는 다른 아이들이 부럽기는 했지만 자신에게는 불가능한 일이라는 걸 알고 있었다.

"저기, 도한아."

"네."

"저번에 말했던 것 말이야. 아저씨 곧 한국으로 간다고 했잖아. 같이 가자는 거, 다시 생각 안 해봤니?"

도한은 저번과 똑같이 고개를 저으며 거절했다.

"아니요."

"왜? 한국 가고 싶지 않아? 여긴……."

"여기, 편해요."

"한국 가서 공부도 하고 엄마도 보면 되잖아. 엄마랑 같이 있고 싶지 않아?"

도한이 무릎을 세워 끌어안았다. 도한이 무표정한 얼굴로 태석을 조용히 바라보았다.

"거짓말."

"어?"

"거짓말, 한국에도 엄마랑 같이 못 있어요."

태석의 얼굴이 굳어갔다. 도한은 아직 조금 서툴고 어색한 한국어로 열심히 말을 이었다. 언젠가 태석에게 말하려고 계속 준비하고 연습했던 말이었다.

"엄마한테 소식 안 와요, 3년 동안."

"도한아."

"엄마가 안 와요, 기다리라고 했는데."

"……"

"처음에는 진, 그, 그 단어. 아, 진심. 하지만 이제는 데리러 오기 싫어해요."

태석이 다가와서 조심스레 도한의 어깨를 손으로 쥐었다.

"아저씨, 엄마가 날 잊었죠?"

"도한아, 그건……"

"나도 알아요. 아줌마 아저씨가 하는 이야기 들었어요. 엄마가 결혼했대요."

"너, 언제부터 알고 있었던 거야."

태석의 눈동자가 흔들렸다.

"그래서 매번 나한테 보내던 돈, 이제 없대요. 아줌마 아저씨가 나보고 골칫덩어리라고 했어요. 데려간다고 했는데 거짓말이라고. 돈 줘서 키웠는데, 이제 아니잖아요."

"도한아, 알았어. 아저씨가 잘못했어. 거짓말 안 할게."

도한이 뺨을 무릎에 문대며 소리 없이 울었다. 태석이 다가와서 손등으로 연신 그의 뺨을 쓸어주었다.

"엄마는, 엄마는…… 좀 바쁜 거야. 그래서 그랬던 거야. 그래도 도한이한테 거짓말한 건 아주 나쁜 거지. 그러니까 엄마 대신 아저씨랑 살자. 아저씨가 데려가서, 공부도 시켜주고 여기보다 훨씬 좋은 집에서 살게 해줄게."

"아니야."

도한이 울음을 안으로 삼키며 도리질했다. 눈물은 계속 흘리지만 조금도 우는 소리를 내지 않는 소년. 태석은 도한이 안타까워 아랫입술을 질끈 깨물었다.

"도한아, 아저씨가 아빠 해주면 안 될까? 나 여기다가 너 내버려두고 못 가겠어. 갈 수가 없어, 도한아."

"저는 여기 있을래요."

"왜?"

"내가 이상한 애예요. 갈 곳이 없어요. 아저씨도 결혼하게 되면요? 그럼 엄마처럼 난 또……."

"안 그래. 약속할게."

"아줌마 아저씨한테 얘기했어요. 열심히 일한다고. 여기 있으랬어요."

"그 사람들이 그랬다고?"

"착하게 있으면 아들 시켜준대요."

"그건 아동 노동 착취야."

"무슨 뜻인지 몰라요."

"내 말은……."

도한이 태석의 말을 막았다. 도한이 스스로 눈가를 벅벅 문질러 눈물을 닦아냈다.

"한국 가서 엄마 보면 말해요, 나도 엄마 잊었다고."

태석은 몇 시간 동안 도한을 붙잡고 설득했다. 하지만 도한은 계속 도리질만 할 뿐이었다. 그는 마음을 굳혔다. 그는 이곳에서의 생활이 딱히 불편하지 않았다. 외롭기는 했다. 태석이 정말 한국으로 가버린다면 더 외로워질 것이다.

그러나 태초부터 외로웠기에 이제 와 다른 것을 바라지도 않았다. 차라리 피셔 부부의 방식이 도한에게는 편했다. 명확했다. 이 집에 머무르는 대신 노동력을 제공하면 된다. 감정과 정으로 얽힌 관계는 불편했다.

언제든 깨질 수 있단 생각이 들었다. 태석이 좋았지만 그를 따라가 봤자 그의 짐 덩어리만 될 것 같았다.

엄마에게 자신이 짐이었던 것처럼.

도한은 한국을 잊고 살고 싶다고 말했다. 태석은 끝끝내 도한을 설득하지 못하고 한국으로 돌아갔다. 그러나 그 후로도 꾸준히 편지가 왔다. 그는 편지 말미에 언제든 한국으로 오고 싶으면 말하라고 했다.

태석이 떠나고 나서 도한은 감정적으로 더 메말라갔다. 다락방과 바다, 그 두 곳만 오가며 살았고 도한은 어느새 능숙한 어부로 자라났다.

몇 년이 지나고 스물이 될 때쯤, 단조롭던 생활에도 변화가 찾아왔다.

피셔 아저씨가 희귀병에 걸린 것이다. 죽을병이라고 했지만 자그마한 어촌 마을에서는 그를 치료할 만한 여력이 되지 않았다. 치료하기 위해서는 더 멀리 나가야 했다. 아저씨는 치료를 거부했다. 포기했다는 게 맞았다.

아저씨는 근육이 점점 마비되어 갔다. 얼마 지나자 바다를 몇십 년간 누비던 피셔는 침상 위에만 누워 있게 되었다. 도시에 나가 있는 친자식들은 이 외진 마을까지 자주 찾아오지 못했다.

늙고 기력이 쇠한 아줌마와 멀리 있는 친자식을 대신해 아저씨를 수발한 건 도한이었다.

도한은 그래야 한다고 생각했다. 피셔의 집에서 피셔가 아닌 사람이 20년간 있었으니. 그는 별 감흥 없이 아저씨를 챙긴 것이었지만, 그는 크게 감동을 받은 듯했다.

복잡한 법적 절차를 거치고 도한은 독일 땅에서 20년간 생활한 게 인정되어, 결국 피셔라는 성을 얻을 수 있었다. 그날 밤 도한은 늘 하던 대로 태석에게 편지를 썼다.

<태석 아저씨, 저는 오늘 피셔가 되었습니다. 한국 소설 재밌게 읽었습니다. 감사합니다. 드라마 연출 힘내세요. 응원합니다.>

도한은 한 자, 한 자 눌러서 글씨를 쓰다가 연필을 놓았다.

태석은 아무래도 그가 한국으로 돌아오기를 계속 바랐던 것 같다. 꾸준히 한국말로 된 책들이나 테이프를 보내주었다. 이제는 한국어에 능숙해졌지만 막상 쓸 곳이 없었다.

한국에 가지 않을 거라고 다짐해놓고서, 도한은 매일 밤 혼자 한국말로 중얼거렸다. 발음을 까먹지 않기 위한 노력이었다.

도한이 다락방에 누우려다가 아래로 내려갔다. 오랜만에 잠깐 산책을 하고 싶었다. 아줌마가 도한을 불러 세웠다.

"다비드."

"네."

"이제 다락방에서 있지 말고 빈방에서 지내."

"거긴 얀 방이잖아요?"

얀은 이 집안 첫째의 이름이었다.

"얀은 잘 오지도 않아. 네가 써."

"아뇨, 저는 다락방이 편해요."

"그래도 이제 너도 우리 아들이야."

"그렇게 해주실 필요 없어요. 성이 필요했던 거니까요. 합법적으로 살기 위해서요. 이런 부분에 있어서 신경 쓰지 않으셔도 됩니다."

언제는 신경을 썼다고. 도한은 피셔 부부에게 아쉬운 게 없었다. 그들이 나쁜 사람이라고도 생각하지 않았다, 오히려 고마웠다. 그러니 저렇게 무언가를 더 해주려고 부자연스레 말을 거는 게 더 거북했다.

도한이 아줌마를 지나쳐 집 바깥으로 나갔다. 깜깜한 밤이었다. 주택이 모여 있는 뒤쪽으로 걸어가자 불빛이 없어 시야 확보가 안 될 정도로 새까맸다.

도한은 후드티를 깊이 눌러쓴 채로 정처 없이 길을 따라 걸어갔다. 그러다 언제 만들어졌는지 모를 낡은 벤치에 작은 아이가 앉아 있는 걸 발견했다.

열둘? 열셋 정도 될 몸집이었다. 다가가보니 여자애였다. 이 마을에 저 정도 나이의 여자애가 있던가? 어두운 데다 여자애가 모자까지 쓰고 있어서 얼굴이 잘 보이질 않았다.

도한이 물끄러미 응시하다가 휙 지나쳐 걸어가려 했다. 여자애가 인기척에 놀라 왁 소리 지르기 전까지는.

"어, 엄마야!"

멈칫. 도한이 걸음을 멈추었다. 한동안 들어본 적 없는, 엄마의 언어.

"한국인?"

여자애가 도한의 말에 놀라서 어깨를 떨었다.

"한국인이에요?"

"넌 왜 여기 있어?"

"아빠 사업 때문에 따라왔는데. 무슨, 뭐래더라. 양조업자랑 할 말이 있다고. 공장을 둘러보러 가서서 기다리는 중인데……."

"아."

몇 년 사이에 이곳도 발전을 했다. 원래부터 있던 자그마한 양조업체가 사업체가 커졌다고도 들었다. 도한이야 그런 것에 관심이 없었으니 자세히는 알지 못했다.

도한이 눈을 깜빡거렸다. 모자챙에 가려져 있었지만 소녀의 얼굴이 얼핏 보였다. 한국인의 얼굴이다.

이곳에 관광을 오는 이는 없었다. 동양인을 볼 기회가 거의 없는 동네였다. 도한이 쉽사리 소녀를 지나쳐가지 못하고 머뭇거렸다. 소녀가 먼저 말을 꺼냈다.

"여기 살아요?"

"응."

"한국인 만나니까 신기하다."

"그래."

"여기 좋아요?"

소녀는 기다리는 시간이 심심했는지 종알거리며 계속 질문했다.

"그냥."

"그냥 그렇다고요?"

"응."

"오빠는 몇 살이에요?"

도한이 깜짝 놀라 어깨를 떨었다. 오빠라니, 의미는 알았지만 처음 들어본 호칭이었다. 생소하고 자극적인 발음. 괜히 뒷목이 뜨거워졌다. 학교도 다닌 적 없고 배만 탔으니, 아줌마를 제외한 여자와 대화를 나누는 것도 그에게는 낯선 경험이었다.

"이십."

"저는 열여섯이에요."

열둘 정도로밖에 안 보였는데. 그녀가 엄청 작게 느껴졌다. 여자들은 다 이렇게 작은 건가? 아니다, 두 블록 옆에 사는 마리는 아주 커다랬다. 이 아이가 유달리 작은 듯했다.

"위험해."

"네? 뭐가요?"

"밤이니까."

"아아, 그러게요. 여기는 밤에 사람이 정말 안 다니네요."

"맞아."

"오빠, 말하는 거 되게 독특해요."

"오빠……. 응."

"오빠도 위험한 사람이에요?"

소녀가 앞에 서 있는 도한을 올려다보며 물었다. 모자챙이 위로 들리며 둥그렇고 큰 소녀의 눈동자가 얼핏 보였다.

"아니, 난 아니야."

"그런 것 같아요. 여기 앉을래요?"

도한이 머뭇거리다가 조심스레 그녀의 옆에 앉았다. 낡은 벤치가 삐그덕거렸다. 소녀는 도한이 옆에 앉자 개구지게 씩 웃어 보였다. 도한이 최대한 소녀에게서 떨어져 벤치 끝에 걸터앉으며 헛기침을 했다.

소녀는 벤치 아래에서 다리를 달랑거렸다. 무릎 아래까지 내려오는 파랗고 하얀 원피스가 밤바람에 나풀거렸다.

"안 추워?"

도한이 어색하게 물었다.

"조금요."

도한이 잠바를 걸쳐 입고 나오지 않은 것을 약간 후회했다. 그랬다면 벗어줄 수 있었을 텐데. 굽어져 있는 어깨가 너무 연약해 보였다.

"저는 유럽에 처음 와 봐요."

"관광 안 해?"

"으음, 원래는 관광하려고 따라왔는데 못할 것 같아요. 아빠가 화났거든요."

"왜?"

"일이 잘 안 풀린대요. 전 그런 건 잘 몰라요."

소녀가 때가 살짝 묻은 하얀색 운동화로 바닥을 쿡쿡 찔렀다.

"어른들 얘기니까요."

"……그래."

"오빠는 한국 와봤어요?"

도한이 머뭇거리다가 느리게 고개를 옆으로 저었다.

"오빠는 표정 변화가 없네요. 어두워서 잘 안 보이지만."

도한이 손가락으로 자신의 뺨을 더듬거렸다.

한국에서 온 아이. 도한은 몇 년 동안 묻어두었던 '그리움'이니 '외로움'이니 하는 단어들이 다시 피어오르는 걸 느꼈다. 도한은 몇 번이고 망설였다. 물어볼까 말까. 물어봐서 대답을 들으면 마음이 편해질까? 아니, 불편해지지 않을까?

그는 무표정한 얼굴로 속에서 수십 가지 고민을 굴려보다가, 충동적으로 입을 열었다.

Mr.
시크릿의
비밀 연애

"저기."

"네?"

"혹시."

"네."

"배우 중에 채화라고 들어봤어?"

도한이 엄마에 대해 알고 있는 정보란 극히 적었다. 엄마의 이름이 채화란 것, 한국에서 배우로 살고 있다는 것. 그 정도뿐이었다. 10살 이후 쭉 연락이 끊긴 탓에 살았는지 죽었는지도 몰랐다.

태석에게도 일부러 엄마의 이야기를 묻지 않았고, 태석도 먼저 꺼내지 않았다. 죽었을지도 모른다고 생각했다. 그래서 데리러 오지 못한 것일 수도 있다고.

"아, 알죠. 유명한 여배우잖아요. 엄청 예쁘게 생긴."

그러나 소녀에게서 나온 대답은 도한이 가장 바라지 않았던 것이었다.

도한이 말없이 입술을 일자로 꾹 다물었다. 그렇구나. 잘 살고 있구나. 아주 조금이나마 남아 있던 미련 같은 게 순식간에 씻기는 기분이었다. 도한이 떨리려는 손에 힘을 주어 주먹을 쥐었다.

소녀가 커다란 눈동자를 굴리며 그의 눈치를 살폈다.

"왜요?"

"아니, 아무것도."

그때 양조업체 공장이 있는 뒤편에서 목소리가 들려왔다. 소녀의 아빠가 소녀를 부르는 소리였다. 멀리 떨어져 있어서 제대로 들리지 않았지만, 소녀는 아빠임을 단번에 알아듣고 벌떡 일어섰다.

"아빠가 불러요."

"가?"

"네, 가야 해요."

도한이 소녀를 따라 황급히 일어섰다.

어차피 이 마을에 잠깐 들렀다가 떠날 아이였다. 오랫동안 대화를 나눈 것도 아니었다. 그런데 이상하게 아쉬운 마음이 들었다. 태석 이후로 오랜만에 한국인을 만나서 평소와 다르게 감성적이되었다.

나란히 서자 소녀는 그의 어깨 정도까지밖에 오질 않았다. 소녀가 고개를 꾸벅 숙이고는 말했다.

"심심했는데 감사해요. 안녕히 계세요."

"……응."

"좋은 밤 되세요!"

이제 가면 다시는 못 보겠지? 이 동네에는 다시 나 혼자 남겠지? 대답을 들을 수 없는 엄마의 언어, 한국말을 벽에 대고 혼자 중얼거리면서. 붙잡고 이름이라도 물어볼까, 주소라도 물어볼까, 편지라도 하자고…….

그러나 도한이 머뭇거리는 새에, 소녀는 아버지의 불호령에 원피스 자락을 나풀거리며 잽싸게 뛰어갔다. 도한이 소녀의 등에 대고 자그맣게 중얼거렸다.

"좋은 밤."

근처에 있으라 했더니 왜 그렇게 멀리 갔냐며 소리치는 아빠의 품에 소녀가 엉겨들었다. 그걸 멀찍이서 지켜보다가 도한이 뒷걸

Mr.
시크릿과의
비밀 연애

음질 쳐 자리를 떴다. 소녀는 한밤의 꿈처럼 금세 떠나버렸다.

도한은 다락방으로 돌아오는 내내 이상한 기분을 느꼈다. 이전에는 아무런 생각이 없다가, 잠깐의 만남 후에 급격히 외로워진 것이다. 도한은 집에 들어와 낡은 이불 위에 몸을 뉘였다. 소녀에 대해 떠올리지 않으려 애썼다.

소녀에게 괜히 말을 걸었다고 생각했다. 가슴이 울렁거렸다.

도한은 소녀를 잊어버리라 다짐한 채 잠이 들었다. 그다음 날부터 도한은 원래대로 돌아갔다. 다비드 피셔로 살며 배를 타고, 이제는 눈꺼풀밖에 움직이지 못하는 아저씨를 돌본다. 욕창이 생기지 않게 그의 몸을 닦아내는 것도 도한의 몫이었다.

다음 해에 아저씨가 죽게 되었다. 집에는 아줌마와 도한만 남았다. 아저씨가 죽고 나자 무언의 책임감에서 해방된 기분이 들었다. 그는 스무 해 넘게 살았던 그 마을에서 떠나 큰 도시로 갔다. 물고기를 팔아 모아둔 돈 얼마를 들고서.

거기서 산다 한들 뾰족한 수가 있는 것도 아니었다. 차라리 계속 배를 타는 게 더 안정적이었을지도 모른다. 익숙한 일이었으니까. 그래도 당시 도한은 얼른 다른 곳으로 나가고 싶은 마음뿐이었다.

여러 가게를 전전하며 아르바이트를 했다. 바쁘게 생활을 하던 도중, 태석이 시간을 내 독일로 왔다. 몇 년 만의 재회였다. 맥주집에서 마주 앉아 술을 마시다가 태석이 조심스레 이야기를 꺼냈다.

"달라진 것 같네, 어딘가."

"그런가."

"어떻게 지내는 거야?"

"그냥, 그럭저럭요."

태석이 추궁했고, 도한은 하루 일과를 생각나는 대로 털어놓았다. 집, 일터, 집, 일터만 반복하는 삶. 밤에 잠이 잘 오지 않아 세 시간 자면 많이 자는 거라는 이야기까지 듣고는 태석이 심각해졌다.

"불면증인 거 아냐?"

"글쎄요, 그 정도는."

"나온 김에 병원도 들르자. 자도 이삼십 분에 한 번씩 깬다는 게 정상은 아니잖아."

"괜찮아요."

"같이 가. 잠을 그렇게 못 자는데 다른 데에 탈이 났을 수도 있는 거고."

도한은 대충 고개를 끄덕거리며 맥주를 한 모금 들이켰다.

"저기, 도한아."

"네."

태석이 쉽게 말을 꺼내지 못하고 한참을 주저했다.

"엄마 얘기하려고요?"

"싫으면 안 할게."

"아뇨, 상관없어요."

도한이 무심한 얼굴로 눈을 내리깔았다.

"엄마가 너를 보고 싶어 해."

"의외네요."

도한은 놀라지도 화를 내지도 않았다.

"염치없는 여자지."

"저는 보고 싶지 않아요."

"내가 거절할게."

"아저씨는 엄마와 계속 연락했어요?"

"아니, 나도 최근에 됐어. 만나도 모른 척하더라고."

"결혼했으니까요."

도한은 덤덤히 엄마의 이야기를 들었다. 태석의 입을 통해, 도한은 엄마의 이름과 직업 외에 좀 더 많은 이야기를 알 수 있었다.

채화는 17살에 데뷔한 청춘 스타였다고 한다. 엄청난 인기를 누리던 와중, 그녀는 여행 온 유럽에서 한 남자를 만났다. 이름은 루크. 그는 한국에서 온 독일 이민자였다. 여행지에서 만난 남자와 며칠간 해방을 즐기고 난 후, 채화는 한국으로 돌아갔다.

그러나 배 속에는 아이가 생긴 채였다. 그때 그녀의 나이가 열아홉이었다. 그녀는 임신을 숨기다가, 배가 부를 쯤에 독일로 떠났다. 아이의 아빠를 찾아 임신 사실을 알리고 가능하다면 결혼해 정착할 마음도 있었다고 한다.

태석과 루크는 같은 대학에서 공부를 하던 친구이자 룸메이트였는데, 태석과 루크의 집에 채화가 들이닥쳤다. 셋의 동거가 시작된 것이다. 태석은 루크와 함께 채화를 돌보았다. 그러나 차츰 루크는 채화를 부담스러워하거나 피하려고만 했다. 그녀가 자신의 인생을 고꾸라지게 할 장애물이라 생각했다. 그러던 어느 날, 루크가 예고 없이 같이 살던 집을 떠나 고향으로 돌아갔다.

이제 갈 곳 잃은 채화가 의지할 유일한 사람은 태석뿐이었다. 채화의 배는 점점 불러갔다. 태석은 그녀를 외면한 루크를 대신해 그녀를 돌보았다. 처음에는 그저 동정심 때문에 그녀를 챙겼다. 그러나 한집에 둘이 살면서 점차 묘한 감정이 싹텄다. 태석은 그에게 매달리는 채화에게 동정심 이상의 감정을 품게 되었다. 채화는 태석이 자신을 좋아한다는 점을 교묘하게 활용할 줄 아는 여자였다.

점점 시간이 지날수록 두 사람 사이에서 루크의 존재는 희미해졌다. 태석은 자신이 아이의 친부라도 되는 것처럼 책임감을 느꼈고, 그렇게 행동했다.

태석은 지인에게 수소문해서 비밀리에 산파를 소개받았다. 사람들 눈을 피해, 일부러 시골마을에 있는 산파를 찾은 것이다. 출산일이 다가오자 그가 채화를 데리고 시골마을로 내려갔다. 처음에는 그녀도 아이와 함께 한국으로 돌아가려 했다. 그러나 미혼모란 사실이 밝혀지면 배우 일을 계속하지 못할 거란 두려움이 있었다고 한다. 몇 년간만 열심히 일해서 돈을 많이 모으고 나면, 아이가 학교에 들어갈 때쯤 데리러 오리라 약속했다.

후에 얼마 동안은 틈이 날 때마다 독일에 찾아와 아이를 보고 갔다. 그러나 차츰 발걸음이 뜸해졌다. 돈을 모으면 모을수록 그녀는 변해갔다.

인기는 치솟았고, 매일매일 정신이 없었다. 먼 이국땅에 떨어져 있는, 법적으로는 자신의 자식도 아닌 아이에 대해서 신경 쓸 틈이 없었다. 그곳에서 잘 살고 있지 않을까? 여차하면 그 부부가 거두어주겠지.

그 와중에 루크마저 사고로 일찍이 죽었다. 아이의 아빠도 사라진 상태에서, 그녀는 돈이 많은 사업가, 동국에게 열렬한 구애를 받았다. 이제는 도한의 존재가 짐 덩어리처럼 느껴졌다. 절대 들키면 안 되는 존재. 세상 밖에 나오면 안 되는 존재.

"그런데 이제 와서 왜 날 찾죠?"

"이제 와서 정신이 들었나 보지. 죄책감이라든가."

"신경 쓰지 말라 해요."

도한은 놀랍도록 별생각이 들지 않았다. 이 이야기를 10살 무렵에 들었다면 충격적이었겠지. 그러나 태석의 말대로, 자신은 너무나 달라졌다.

"별로, 엄마 밉지 않아요."

"……."

"계속 무시하라고 해요. 엄마 사정, 마음, 알고 싶지 않아요."

도한이 잠시 뜸을 들였다 말했다.

"어른들 얘기니까."

태석이 씁쓸한 얼굴로 고개를 끄덕거렸다.

"알겠어. 그래도 혹시 괜찮으면 한국으로 와. 아저씨가 자리 잡는 거 도와줄게."

"생각해볼게요."

태석은 그러고도 며칠 정도 더 병원에 머물렀다. 태석의 권유로 간 병원에서 불면증과 감정표현 불능증이라는 진단을 받았다. 감흥은 없었다. 그냥 그렇구나 했다.

태석은 한국으로 간 이후에도, 이제는 편지 대신 국제전화로 연락을 해오며 그에게 치료 받기를 권했다. 도한은 가끔 태석이 왜 자신에게 이렇게까지 할까 하는 생각을 했다. 그도 죄책감 같은 게 있는 걸까? 아님, 자신이 피셔 부부에게 느꼈던 것과 비슷한 무언의 책임감?

무엇이든, 태석의 지속적인 관심이 결국 도한을 한국으로 오게 했다.

한국으로 온 도한은 연기를 본격적으로 배우기 시작했다. 연기를 하고 싶다고 태석에게 말했을 때, 태석은 놀라면서도 걱정을 했다. 그가 드라마 연출을 하고 있어서 여러 가지로 도움을 줄 수야 있었지만, 혹시라도 채화와 엮이게 될까 봐.

그래도 도한은 연기를 하고 싶었다. 처음으로 하고 싶은 게 생긴 셈이었다. 항상 다락방과 바다를 오가며 단조롭게 살던 그였다. 그러나 연기를 할 때만은 다채로워질 수 있었다.

그는 정말로 열심히 했다. 독일에서 살 때 매일 새벽같이 배를 탔을 때처럼, 다락방에서 매일같이 한국어를 공부했을 때처럼, 성실하고 꾸준하게.

도한이 잠들어 있는 주희를 가만히 내려다보았다.

별장에 와서 모든 이야기를 들려주고 난 후 같이 밤을 보냈다. 주희는 그간의 긴장이 풀리고 나자 몸이 지친 모양이었다. 아침이 밝았는데도 일어날 기미가 보이지 않았다. 침대 옆의 누워 있는 주희의 머리카락을 쓸어주었다.

도한이 혼자 아침을 맞이하며 고민하는 눈빛으로 휴대폰을 바라보았다. 한 시간 전쯤 태석에게서 문자가 왔었다.

[채화 씨 측 기사, 하나 더 떴더라. 확인해봐.]

그리고 채화가 낸 기사를 보고 난 후 도한의 머릿속은 급격하게 복잡해졌다. 후련한 것 같으면서도, 좋다고는 말할 수 없는 기분이었다.

'왜 그렇게까지⋯⋯.'

도한이 손으로 턱을 쓸어내렸다.

채화는 자신이 일방적으로 도한에게 매달린 것이라 설명했다. 도한이 주희와 함께 찍힌 동영상 때문에 사람들이 그 모자 쓴 여자가 진짜 애인인가 수군거리기 시작할 때였다. 채화가 그렇게 말하자 상황이 반전되었다. 애인까지 있는 한참 어린 남자를 건드린 여자로 낙인찍혔고, 욕이 채화 쪽으로 쏠렸다.

채화는 그녀의 심각한 우울증 증세까지 밝히며 이혼을 결심하는 와중에 잠시 이성을 잃고 도한에게 매달린 것이라 말했다. 물의를 일으켜 죄송하다며 드라마에서는 조기 하차하고 연예계를 은퇴하겠다고 밝혔다.

도한에게 따라다니던 내연남이라는 오명은 희미해졌지만, 도한은 기분이 썩 좋지는 않았다.

도한이 휴대폰 화면을 계속 만지작거렸다.

한국에 오고 나서 채화와 몇 번이고 마주쳤지만 한 번도 먼저 연락한 적 없었다. 그녀를, 엄마를, 자신의 인생에서 없던 사람이라 생각하자고 다짐했기에.

"하아⋯⋯."

도한이 망설이다가 통화 버튼을 눌렀다. 몇 번 착신음이 울리고 채화가 전화를 받았다.

-여, 여보세요?

채화는 예상 못 한 전화에 놀란 목소리였다.

"저기."

도한이 머뭇거리며 입을 열었다.

-어, 도, 도한아…….

"왜 그랬어요?"

-네가 남편한테 전화했었다며. 덕분에 남편이 몸 사리고 있어. 그 김에 이혼 소송 준비하던 거 터뜨렸고…….

"이혼할 거예요? 김동국 회장이 들어줍니까?"

-몰라, 어떻게 될지는 해봐야지. 다 정리되면 어디로든 떠날 거야, 멀리. 배우 생활도 그래서 그만둔 거고.

도한이 손으로 이마를 짚었다.

-이번 일로 알았어. 너한테 다가가지 말았어야 했는데.

"하긴, 당신 인생에 난 짐이잖아요?"

-아니, 그런 뜻이 아니야. 이젠, 내가 네 인생의 짐이지…….

"웃기네요. 서로한테 짐이 되는 관계군요."

-이번만큼은 내가 뒤집어쓰더라도 너한테 피해 주기 싫었어.

"그래도 해명을 그렇게까지 할 필욘 없었습니다. 이러면 내가 기뻐할 것 같았나요?"

-미안해…….

"……그래서 이혼하고 나면, 어떻게 살려고? 태석 아저씨에게 또 기대려고요?"

-염치없이 어떻게 그래. 아니야.

"그럼?"

-글쎄, 생각해봐야겠지. 이제 엄마는 없는 사람 취급해.

"원래부터 그랬어요."

-응…….

힘없는 채화의 목소리를 들을수록 도한은 얼굴이 구겨졌다. 그녀는 나이치고는 여전히 여리고 세상 물정을 몰랐다. 속이 갑갑해졌다.

-우리 관계는 영영 묻어두는 거야, 아무도 모르게. 그런데……혹시나, 아주 혹시나. 한참 후에 네가 엄마가 그리워질 때면 언제든 찾아와도 돼. 나는 도한이 너 잊지 않고 있을 테니까.

"그런 말 안 믿어요."

도한이 자꾸만 감정이 격해지려는 것 같아, 급히 통화를 끊었다.

"다시 연락할 일 없을 겁니다."

-도한…….

"끊습니다."

그가 휴대폰을 내려놓고 깊이 호흡했다. 머리가 어지러웠다. 이제 와 자신을 찾는 채화가 짜증 나고 역겨우면서도, 그녀가 불쌍하단 생각이 들었다. 엄마에게 동정을 느끼는 스스로가 싫었다. 모질어지고 싶은데, 아무렇지 않게 엄마라는 존재를 떨쳐내고 싶은데…….

도한이 누워 있는 주희를 바라보며 누웠다. 마음이 공허해지자 주희를 껴안고 싶어졌다. 그가 어린아이처럼 주희의 어깨에 얼굴을 묻었다.

"……도한 씨?"

그때 잠에서 깬 주희의 목소리가 들려왔다.

"아, 일어났네요."

"네, 으음."

주희가 뻑뻑한 눈을 깜빡거리며 느리게 말했다. 주희의 까만 눈동자가 보이자, 신기하게도 울렁거리던 마음이 서서히 가라앉았다.

"저, 꿈 꿨어요."

"꿈?"

"도한 씨 얘기를 들어서 그런가? 까먹고 있었는데 옛날 생각이 나더라고요."

주희가 도한의 품 안에서 꼬물거렸다.

"옛날에 잠깐 독일에 갔던 적이 있었거든요. 16살쯤? 아빠 따라서."

도한의 어깨에 힘이 들어갔다. 그의 눈이 조금 크게 뜨였다.

"그래요?"

"네, 아빠가 아직 사업이 잘되실 때였죠. 하락세로 접어들기 직전이었나. 그때 꿈을 꿨어요."

"독일, 어땠는데요?"

"글쎄요, 아빠는 관광시켜준다더니 일이 바빴죠. 전 계속 숙소에서 기다리거나 했어요. 심심했던 것 같아요."

주희가 몽롱한 목소리로 웅얼거렸다.

"그냥, 그런 생각이 들더라고요. 혹시 그때 스치듯 만났을 수도 있잖아요? 독일 땅이야 워낙 넓지만, 그냥 그런 생각, 말도 안 되지만 좀, 뭐랄까. 로맨틱한……."

주희가 작게 소리 내어 웃었다.

도한은 목이 좀 메는 것 같았다. 문득 까마득히 잊고 있던, 어느 날 밤의 소녀를 떠올렸다. 그 소녀가 그녀였을까? 맞을 수도, 아닐 수도 있겠지. 지금 떠올려보면 꿈을 꿨을 때처럼 희미하고 몽롱하게 남은 기억이다.

얼굴도 제대로 보지 못했다. 이름도 모른다. 그러나 도한은 근거 없는 확신이 들었다.

그녀였을 것 같다. 아니더라도, 이미 제 안에서 그 소녀는 그녀였다. 외롭게 살아가던 와중에 한밤중 꿈처럼 잠깐 왔다 간 아이.

"그때면 내가 아직 독일에 있을 때군요."

"그렇죠?"

도한이 그녀를 가만히 끌어안았다. 그 아이는 꿈처럼 다시 사라졌지만, 주희는 아니었다. 여전히 여기에 있다. 그의 앞에, 그의 품속에.

"잘할게."

도한이 낮은 목소리로 힘주어 말했다.

"저도요."

주희의 부드럽고 따뜻한 목소리가 몸을 감싸는 기분이었다. 도한이 그녀의 입술에 입을 맞추었다.

"이제 일어나서 씻어요. 촬영장도 다시 가야 하고."

도한이 마지못해 침대에서 일어섰다. 주희가 욕실로 들어가는 도한의 등 뒤에 대고 손을 팔랑거렸다.

도한의 등을 바라보던 그녀가 빙긋 웃고 있던 미소를 거두었다.

사실 주희는 도한이 채화에게 전화를 걸었을 즈음부터 깨어 있었다. 그러나 도한의 목소리가 심각해서 쉽게 끼어들 수가 없어 자는 척 눈을 감고 있었다. 그저 가만히 도한이 하는 이야기를 들었다.

'둘이 너무 틀어져버렸구나…….'

어긋날 대로 어긋나서 회복되기 힘들어 보이는 관계였다.

항상 단단하고 남자답던 그가, 갑자기 약해 보였다. 어젯밤 그에게 들었던 이야기가 다시금 떠올랐다. 묵묵한 얼굴 아래에 그렇게 깊은 외로움과 상처를 감내하고 있었을 줄은 몰랐다.

도한의 뒤를 이어 주희가 씻으러 들어갔다. 따뜻한 물줄기에 몸을 내맡기며 주희는 아까 도한의 잠겨 있던 목소리를 떠올렸다. 가슴이 시큰거렸다. 모든 게 괜찮아질 거라고, 도한 씨의 잘못은 아무것도 없다고 말해주며 꽉 안아주고 싶었다.

주희가 샤워를 마치고 물에 젖어 축축한 머리카락을 수건으로 털며 나왔다. 도한은 이미 부엌에 서서 음식을 만들고 있었다. 그의 넓은 등을 빤히 바라보다가, 주희가 살금살금 다가갔다.

꽉. 그러고는 그를 뒤에서 껴안았다.

"뭐 해요?"

도한이 놀랐는지 어깨를 움찔거리며 고개를 뒤로 돌렸다. 주희가 일부러 밝게 말했다.

"와, 샌드위치네. 맛있겠다."

"다 됐어요."

도한이 주희를 내려다보며 피식 웃었다.

도한이 몸을 돌려 주희의 턱을 부드럽게 손으로 쥐었다. 그가 찬찬히 다가오며 키스해왔다. 처음에는 짧게 부딪치고 떼려고 했지만, 점점 더 키스가 진해졌다.

주희의 몸이 점점 밀려서 상체가 기울었다. 도한이 아예 그녀를 번쩍 안아 들었다. 그녀를 안은 채로 저벅저벅 걸어가, 그녀를 식탁 위에 앉혔다.

깊숙이 입을 맞출수록 주희의 혀끝이 바르르 떨렸다. 그녀가 읍읍거리더니 결국 두 손으로 도한을 끌어안았다. 도한이 만들어놓은 샌드위치의 숨이 죽을 만큼 키스는 한참 동안 이어졌다.

키스 때문에 조금 늦춰진 아침 식사를 하고 난 후, 도한이 소파에 앉았다.

"이리 와요."

도한이 자기 옆자리를 손바닥으로 두드리며 말했다. 주희가 재빨리 달려가듯 다가가 그의 옆에 풀썩 앉았다.

"이따가 촬영장 갈 거죠?"

주희가 머리를 도한에게 기대며 웅얼거렸다.

"예."

도한이 강아지를 쓰다듬듯이 그녀의 옆머리를 토닥였다. 도한이 텔레비전을 켰다. 아침 뉴스를 보려고 채널을 돌리다가 그의 손가락이 멈칫했다.

아침 연예 방송에 채화를 주제로 한 이야기가 나오고 있었다. 주희가 그의 눈치를 살폈다. 도한은 덤덤하게 바라보며 채널을 돌리지 않았다.

텔레비전 속 채화의 얼굴은 많이 상해 있었다. 채화의 스캔들 해명과 이혼 소송 이야기가 주제였다. 도한이 묵묵히 다 듣고 있다가 뉴스가 끝나자 텔레비전을 껐다.

도한의 얼굴은 언제나처럼 담담했지만, 주희는 마음이 편치 않았다. 얼핏 보면 그는 괜찮아 보였지만 속은 그렇지 않을 것이다. 아까 그가 채화와 전화하던 목소리가 생생하게 귓가에 남아 있었다.

"……도한 씨, 괜찮아요?"

주희가 가만히 그의 손을 붙잡았다. 주희의 자그마한 손이 도한의 손등에 걸쳐졌다.

그제야 도한의 눈이 커지더니, 이내 표정이 무너져 내렸다.

"또 안 괜찮은데 괜찮은 척하지 말고, 힘들면 말해요."

"……조금, 기분이 이상하기는 하군요."

도한이 완벽하지 않아도 좋았다. 약해질 때는 터놓고 말하며 그가 자신에게 기대오기를 바랐다.

주희가 조심스럽게 입을 열었다.

"채화 씨가 엄마라는 거, 영영 안 밝힐 거죠?"

"네."

도한은 한 치의 오차도 없이 즉각 대답했다. 아무래도 두 사람의 관계는 되돌리기엔 너무 늦어버린 모양이었다.

주희가 말없이 도한에게 몸을 더욱 기댔다. 적당한 무게감과 따뜻한 체온이 서로의 몸을 노곤하게 만들었다. 도한은 들끓으려던 감정이 차차 정리됐는지 표정이 편안해졌다. 그가 그녀의 둥글고 작은 어깨를 손으로 감싸 안았다.

도한이 그녀의 어깨에 얼굴을 묻었다. 그녀의 피부에 콧잔등을 문대고 체향을 들이켰다.

"엄마 앞에 나타나고 싶었던 적 없었어요?"

"……있었죠. 하지만 엄마의 가족을 망치는 게 별 도움이 안 되겠단 생각이 들었습니다. 내 상처를 치유하는 데에."

도한이 그녀의 마른 등을 손바닥으로 쓸어내렸다.

"그것보다는 내 가족을 만드는 게 낫지 않을까."

도한의 소망이 입술 새로 새어 나왔다.

"도한 씨 가족……."

주희가 말을 곱씹으며 눈을 깜빡거렸다.

"방금 그런 생각이 들었습니다."

주희가 고개를 들고 도한을 빤히 쳐다보았다. 도한이 시선을 마주하며 그녀의 턱을 손으로 부드럽게 쥐었다.

"내 가족을 만들어야겠다."

도한이 속삭이듯, 낮고 부드러운 목소리로 말했다.

"차주희 씨와 함께."

주희의 눈동자가 점점 커졌다.

"대답."

주희는 붉어진 얼굴로 도한을 올려다보았다. 거절할 수 있을 리가 없었다. 주희가 말없이 고개를 끄덕였다. 도한이 조심스럽게 다가와 간질이듯 입술을 맞댔다.

그와 가족이라는 울타리 안에서 함께하는 삶.

가만히 상상해보았다. 누군가와 인생을 합친다는 게 항상 행복하지만은 않을 것이다. 그래도 지금껏 살아왔던 과거의 삶보단, 그와 함께할 미래의 삶이 더 행복할 것이었다.

주희는 그렇게 확신했다. 서툴지만 뜨겁게 자신만을 바라보는 그의 눈빛이, 증거였다.

Mr.
시크릿 요의
비밀 연애

에필로그 1

드라마의 마지막 촬영이 있던 날이었다.

중간에 우여곡절이 많았지만, 드라마는 인기리에 종영을 무사히 맞이했다. 덕분에 무명 아이돌이었던 예나도 이름을 알릴 수 있게 되었다.

"다들 수고하셨습니다!"

"수고하셨어요!"

마지막 촬영의 마지막 장면까지 끝이 나고 다들 홀가분한 표정으로 인사를 나누었다. 주희는 엉엉 울고 있는 예나를 달랬다.

"왜 울어?"

"몰라요. 눈물이 나."

"아이고."

주희가 웃으며 예나의 등을 쓸어주었다.

촬영장 내부가 떠들썩했다. 모두들 후련하면서도 아쉬운 표정이었다. 탈이 많았던 드라마였던 만큼 종지부를 찍자 감회가 새로운 듯했다.

그날 저녁은 종방연이었다. 넓은 고깃집 하나를 빌려 모든 스태프들과 출연진들이 모였다. 주희도 매니저들이 모여 있는 테이블로 다가가 자리에 앉았다. 도한과는 한참 떨어진 자리였다.

"어유, 누나, 잔 받으세요."

김 매니저가 넉살을 떨며 주희에게 술을 따라주었다. 김 매니저는 얼마 전부터 주희를 누나라고 부르기 시작했다. 도한에게서 그녀가 도한의 애인임을 전해 들었기 때문이었다. 이로써 현재, 두 사람의 교제를 정확히 아는 사람은 은희, 태석, 희찬, 그리고 김 매니저까지였다.

저번에 찍힌 동영상 때문에 도한에게 일반인 여자 친구가 있다는 사실이 공공연하게 퍼졌지만, 그녀가 누군지는 아직 밝혀지지 않았다.

"이제 누나도, 저도 좀 쉬겠네요."

"그래? 난 더 바빠질 것 같아."

"왜요?"

"이 기세를 몰아서 플라워즈 그룹 활동 해야지."

김 매니저와 이런저런 이야기를 나누며 고기를 구워 먹었다. 얼마 후 휴대폰으로 문자가 왔다. 주희가 옆에 앉은 사람의 눈치를 보며 고개를 숙여 문자를 확인했다.

[많이 먹었어?]

도한에게서 온 것이었다. 주희가 다른 사람들 안 보이게 테이블 아래로 휴대폰을 내려 답장했다.

[네, 배불러요.]

[더 먹어.]

저 멀리서 도한이 이쪽을 힐끔거리는 게 느껴졌다. 주희가 옅게 미소 지었다.

몇십 분 지나자 다시 도한에게서 문자가 왔다.

[언제 가?]

[끝까지 있을 것 같아요.]

[집 가?]

[글쎄요?]

[내 집 와.]

"누나, 안 드세요?"

"아, 네. 먹을게요."

김 매니저가 집게로 고기를 집어 주희의 앞접시에 놓아주었다. 주희가 고마움의 의미로 고개를 까딱하고는 고기 한 점을 입에 집어넣었다. 그러느라 잠시 일이 분 답장을 못 했더니 초조함이 배어 있는 문자가 왔다.

[싫어? 안 갈 거야?]

테이블 저 너머로 도한의 따가운 눈빛이 느껴지는 것 같았다.

[갈게요.]

도한의 만족한 듯한 시선이 잠깐 피부에 닿았다가 사라졌다.

밤이 깊어가고, 종방연이 파장할 때였다. 도한과 주희는 눈빛을 주고받고 음식점에서 따로 나왔다. 도한은 먼저 가겠다며 제일 빨리 자리를 떴다. 이후 다른 사람들도 택시를 잡아타고 하나둘씩 사라졌다.

근처가 한산해지자 주희가 몸을 움츠리며 거리 위쪽으로 걸어 올라갔다. 도로에도 달리는 차가 별로 없었다. 이제 날씨는 완전히 초여름이었지만, 새벽 공기는 아직 차가웠다.

스산한 거리를 얼마 정도 더 걷던 와중에 골목에서 쓱 누군가 튀어나왔다.

"도한 씨!"

주희가 반가운 눈빛으로 그를 바라보며 속삭였다.

"아무도 없죠?"

도한은 야구모자를 푹 눌러쓴 채 주희를 기다리고 있었다. 마치 비밀조직원끼리 접선하는 느낌이라 주희가 작게 키득거렸다. 그들은 택시를 타고 도한의 집으로 향했다.

그의 아파트 앞에 도착해 엘리베이터를 타고 올라가면서, 주희가 발개진 얼굴로 웃었다.

"차주희 씨, 술 많이 먹었어요?"

"아뇨, 조금."

도한의 얼굴이 못마땅한 듯 구겨졌다.

"저한테서 술 냄새 나요?"

"예, 납니다. 많이."

"미안해요."

주희가 애교 있게 눈썹을 늘어뜨렸다. 도한이 피식 작게 웃었다.

띵. 엘리베이터 문이 열리고 도한의 집 안으로 들어갔다. 주희가 휘청거리며 신발을 벗었다. 도한이 흐느적거리는 주희의 몸을 단단히 붙잡았다.

아직 불도 채 켜지지 않은 캄캄한 거실로 향했다. 도한이 주희를 끌어안으며 키스할 듯이 얼굴을 가까이했다.

"아, 안 돼요, 안 돼."

"왜?"

"고기 냄새, 술 냄새."

"상관없는데, 나한테도 나."

"이럴 때만 반말하더라. 반칙이야……."

오물거리는 그녀의 입술을 그대로 집어삼켰다. 음식점 냄새가 배어 있는 옷가지를 도한의 손이 빠르게 벗겨냈다. 그녀가 추워서 어깨를 부르르 떨었다.

"안으로 들어갈까?"

"으응……."

도한이 그녀를 들어 올려 침실로 저벅저벅 걸어갔다. 어둠 속에서 그녀를 침대 위에 내려놓았다. 체온이 잠시 멀어지자 그녀가 팔을 뻗어 도한을 찾았다.

술기운 때문에 금방 몸이 뜨거워졌다. 주희가 침을 삼켰다. 도한이 곧 옷을 벗고 그녀 위로 몸을 겹쳐왔다. 단단하고 무거운 몸이 위에서 짓누르고 있었다. 평온하고 따뜻했다. 주희가 손바닥으로 도한의 몸을 매만졌다.

"도한 씨, 안 피곤해요?"

"안 피곤해."

도한이 낮게 웃으며 주희의 하얀 가슴 사이에 얼굴을 묻었다. 부드럽고 말캉거리는 피부를 도한의 거친 손바닥이 쓸고 지나갔다.

촬영 막바지로 가면서 밤을 새우는 날이 많았다. 그와 얼굴을 제대로 마주하지 못하는 날이 대부분이었다. 도한은 그간의 결핍을 배로 보충하려는 듯, 그녀의 피부 곳곳에 입술을 갖다 댔다.

주희가 끊어질 듯 신음을 희미하게 내뱉었다. 그녀의 들썩이는 두 가슴을 도한이 손으로 부드럽게 쥐었다. 밑 가슴과 옆구리까지 큰 손으로 주물렀다. 주희가 허리를 약하게 비틀었다. 아찔한 감각에 허벅지 안쪽에 힘이 들어갔다.

도한이 달래듯 그녀의 허벅지를 쓰다듬고는 그녀의 안으로 부드럽게 들어오기 시작했다. 주희가 숨을 깊게 들이쉬며 허리를 들어 올렸다. 아랫배부터 묵직한 쾌감이 찾아왔다.

맨몸으로 빈틈없이 서로를 단단히 감싸 안았다. 닿아 있는 피부 너머로 서로의 심장 고동이 느껴졌다.

도한이 미간을 살짝 찌푸리며 골반을 움직였다. 달아오른 주희의 얼굴에 계속해서 키스를 퍼부었다. 나중에 주희가 도리질해서 피할 정도였다.

하체를 딱 밀착시킨 채로 둘은 동시에 절정으로 내달렸다. 헐떡이는 뜨거운 숨이 겹쳐졌다. 잠시 동안 도한이 말없이 주희를 누르고 있다가, 낮고 물기 어린 목소리로 말했다.

"아무 데도 가지 마."

주희가 고개를 느리게 끄덕였다. 어찌 거부할 수 있을까.

다음 날 아침은 간만에 여유롭고 평화로웠다. 주희가 부스스 일어난 머리카락을 하나로 묶으며 식탁에 앉았다. 도한이 한참 전에 깨어나 아침 식사를 다 만들어놓았다. 빨갛게 끓인 콩나물국이었다. 주희가 울렁거리는 배를 손바닥으로 문질렀다.

"언제 이런 걸 다 했어요? 난 잠만 잤네. 미안하게……."

"됐어요. 숙취는?"

"울렁거려요, 으으."

"얼른 먹어봐요."

주희가 끄덕이며 숟가락을 들었다. 주희가 한 숟갈 뜨고는 감탄했다. 숙취가 풀리는 것 같았다. 주희가 국을 떠먹다가 잠깐 멈칫했다.

"아, 맞다. 은희한테 연락하는 걸 깜빡했네."

"내 집에서 자고 간다고?"

"네. 안 그래도 너무 밖에서 자고 오는 거 아니냐고 뭐라 해요."

"흐음."

도한이 잠시 뜸을 들이다가 말했다.

"이제 며칠 쉬나?"

"며칠이요? 그러면 좋겠는데……. 오늘 하루 쉬고 내일부터 사무실로 복귀예요. 새로운 로드 매니저 한 명 더 구했거든요. 이제 팀장 직무로 돌아가야죠."

"그럼 바쁜가?"

"으음. 네, 아마."

"언제 시간 되는데?"

"왜요?"

도한이 턱을 괴고는 싱긋 웃었다. 입꼬리가 붓으로 그린 것처럼 매끄럽게 올라갔다.

"은희 씨 한번 봐야죠."

"아, 그래요. 은희한테도 시간 물어볼게요."

"태석 아저씨도 같이 보죠."

"넷이서? 상견례 같겠다."

"응, 맞는데?"

주희가 눈을 동그랗게 뜨고 숟가락을 내려놓았다. 도한이 평소와 다르게 싱글싱글 웃고 있어서 진담인지 농담인지 헷갈렸다. 저번에 도한이 결혼하자는 말을 하긴 했지만 구체적인 이야기는 오간 적이 없었기에 당황스럽기도 했다.

"저, 정말?"

"시간 비워봐요."

얼마 지나지 않아 그의 말이 농담이 아니라 순도 100프로의 진심이란 걸 알게 되었다.

"안녕하세요, 주희 언니 여동생이에요."

정갈한 한식집 안에 어색하고 미묘한 분위기가 감돌았다. 괜히 목이 말라 주희가 물 한 모금을 마셨다. 결국 태석, 은희, 주희, 그리고 도한까지 넷이 모이게 되었다. 모두 도한의 행동력 때문이었다.

"언니한테 얘기 많이 들었어요."

은희가 도한을 바라보며 차분하게 말했다. 도한의 팬이었기에 떨거나 흥분하지 않을까 했는데, 예상 밖이었다. 은희는 배우 도한과 언니와 결혼할 형부 도한은 다르게 대해야 한다더니, 마음을 굳게 먹고 온 모양이었다.

"그래서 식은 언제쯤 올리실 거예요?"

"당장이라도 하고 싶지만……."

도한이 주희를 힐긋 바라보았다.

"주희 씨와 함께 얘기해서 날짜 잡으려고 합니다."

주희가 긴장한 채로 두 손을 무릎 위에 올렸다. 양가 부모님은 없지만, 정말로 상견례를 하는 느낌이 들었다.

서로에게 가장 가까운 사람에게 우리가 결혼을 전제로 만나고 있다고 공표하자, 관계가 좀 더 깊어진 것 같기도 했다. 대화는 적당히 격을 갖춘 채 계속 이어졌다. 주로 은희가 도한에게 여러 가지 질문을 했다. 식장은 어느 정도로 잡을 거냐, 집은 어떻게 할 거냐 등등.

'……결혼이라니.'

새삼 실감이 났다.

도한은 당장이라도 식장을 예약하거나, 하다못해 집이라도 먼저 합치자는 기세였지만, 주희는 막막함이 들었다. 몇 년을 사귄 것도 아닌데 너무 서두르는 건가 싶기도 했다. 그와의 결혼을 무르고 싶다는 건 아니었지만, 머릿속이 덜 정돈된 기분이랄까.

"언니한테 잘해주세요."

은희의 말에 도한이 고개를 끄덕였다.

"전처럼 또 그런…… 기사 뜨는 건 못 참아요."

은희가 이전의 불륜 스캔들 때문에 앙금이 남았는지 얼굴을 싸하게 굳히며 말했다. 은희는 채화가 도한의 친모라는 사실을 모르고 있었기에 반감이 들 수밖에 없었다.

태석이 무언가 항변하려는 듯 입을 열었지만 도한이 제지했다.

"예, 그럴 일 없을 겁니다."

"정말이죠?"

"예, 정말."

"믿어볼게요."

은희가 새침한 표정으로 말했다. 은희는 내내 그런 말투를 유지하다가 헤어질 때가 되어서야 얼굴을 풀었다. 그러고는 도한에게 스리슬쩍 다가와 사인을 받아 갔다.

태석과 은희를 먼저 보내고 난 후, 주희가 도한의 차에 탔다. 주희가 조수석에 엉덩이를 붙이고 앉고 나서도 도한이 한참 동안 입을 열지 않았다.

"왜 그래요?"

"음, 아니."

"동생이 까칠하게 대해서 서운했어요?"

"아, 그거랑은 전혀 상관없습니다."

"그러면?"

도한이 뜸을 들이다가 재킷 주머니에 손을 쑥 넣었다.

"차주희 씨."

"네."

"기사를 하나 낼까 합니다."

도한이 입술을 혀로 핥고 마른침을 삼켰다. 그의 목울대가 크게 요동쳤다.

"어떤 기사요?"

"……결혼 예정이라고."

주희가 눈을 깜빡거렸다.

도한은 그답지 않게 부끄러워하는 기색이 가득했다. 그가 망설 거리다가 재킷 주머니를 뒤적거려 반지를 꺼냈다. 꽤 긴장했는지 그의 손바닥이 빨갛게 달아올라 있었다. 주희가 반지를 가만히 내려다보았다.

"결혼합시다."

도한이 굵고 나지막한 목소리로 말했다.

도한과 눈을 마주치자 그의 떨림이 고스란히 느껴졌다. 주희가 손을 뻗어 그에게로 내밀었다. 그가 반지를 끼워주었다. 주희가 손을 얼굴 앞으로 들어 올려 손가락을 한참 동안 바라보았다. 반지 표면에서 반짝거리는 광채처럼 마음속도 반짝거리는 기분이었다.

"언제 이런 걸 준비했어요?"

주희가 두 뺨을 붉히며 도한을 쳐다보았다.

"차주희 씨한테 잘 맞아서 다행이네."

"고마워요."

도한이 옅게 웃으며 손깍지를 꼈다. 주희가 손을 꼬물거리다가 말했다.

"근데요."

"왜?"

"언제까지 차주희 씨라고 부를 거예요?"

"아……. 사람들을 그렇게 부르던 게 습관이 돼서."

도한이 미처 생각 못 했다는 듯 이마를 긁적였다. 도한이 주희의 손에 깍지를 꼈다. 그가 입술을 움찔거리며 고민하다가 입을 열었다.

"주희야?"

"……."

"별론가."

말해놓고 어색했는지 눈치를 살피는 도한의 모습에 주희가 작게 웃음을 터뜨렸다.

"왜 웃어요."

주희가 소리 내어 웃다가 도한의 어깨에 머리를 기댔다.

"왜 웃냐니까."

"좋아서."

"……좋으면 계속해줘야지."

도한의 주희의 머리를 토닥이며 다시 한 번 '주희야'라고 불렀다. 발가락 끝부터 간지러운 감각이 올라왔다. 주희가 웃음기 섞인 숨을 내쉬며 도한의 어깨에 이마를 비비었다.

도한의 체온을 느끼고, 도한의 목소리를 들을수록 결혼에 대한

막막함과 불안감이 옅어져 갔다. 어쨌든 도한의 옆이라면 무엇이
든 할 수 있을 것 같았다.

에필로그 2

"학교 가기 싫단 말이야."

"알았어, 우선 가방부터 메고 얘기하자."

"아, 싫다구!"

"우리 예진이가 왜 그럴까, 응?"

주희가 잽싼 손으로 예진의 어깨에 가방을 멨다. 이제 10살이
된 예진은 울상을 지으며 현관문 앞에서 뻗대고 있었다. 예진은 커
갈수록 점점 더 아빠인 도한을 닮아갔다. 어린아이답지 않게 화려
한 이목구비였다. 외모뿐 아니라 성격까지 도한과 비슷했다.

주희가 한숨을 푹 내쉬며 예진의 볼을 감쌌다.

"하은이랑 싸운 것 때문에 그래?"

"……."

"오늘 가서 하은이랑 이야기하면 괜찮을 거야. 미안하다고 사과

Mr.
시크릿과의
비밀 연애

하면 분명히 받아줄걸?"

"정말?"

"당연하지. 그러면 신발 신을까?"

예진이가 무표정한 얼굴로 고개만 끄덕였다. 주희가 하은의 신발을 신기고 자그마한 손을 잡고 나갔다. 주희가 손목시계를 힐끔 쳐다봤다. 아이를 데려다주고 엄청난 속도로 액셀을 밟아 회사로 가야 할 것 같았다.

'이러다 죽겠다…….'

결혼 후 레드 엔터테인먼트에서 매니저 팀장을 거쳐 기획실장으로 일해왔다. 플라워즈 이후로 주희가 기획한 모든 아이돌 팀이 대박이 났고, 연예계에서 주희의 입지도 확고해졌다. 그러나 열심히 일한 만큼 몸은 망가졌다. 육아와 병행하는 것도 쉽지가 않았다.

결국 몇 년 전에 회사를 나와 일이 년 정도 푹 집에서 쉬었다. 그리고 재작년부터 도한의 권유로, 아예 엔터테인먼트 사업에 뛰어들었다. 도한이 대표이사이면서 소속 연예인이었고, 주희가 사장 직을 맡았다.

간판스타가 도한인 만큼 사업은 빠른 속도로 성장했다. 그러나 경영 자체는 쉬운 일이 아니었다. 여러 경영에 관한 부문을 컨설턴트에 맡겼음에도, 몸이 한 개로는 부족했다.

이럴 때 도한이 옆에 붙어 있으면 좋을 텐데.

주희가 예진의 머리를 쓰다듬으며 말했다.

"자, 가자."

띵. 소리와 함께 눈앞의 엘리베이터 문이 열렸다.

"아빠!"

엘리베이터 안에서 익숙한 얼굴이 보였다. 도한은 새 영화에 들어가면서 눈코 뜰 새 없이 바쁜 나날을 보내고 있었다. 오늘도 새벽까지 촬영을 하고 난 후 지금 돌아온 것이었다.

"왔어요?"

"학교 보내?"

"응."

"출근해. 내가 데려다줄게."

"당신 피곤하잖아."

도한이 묵묵히 예진을 번쩍 안아 들었다.

"골치 아픈 계약 건이 하나 있다며, 신경 쓰지 말고 회사 가."

예진은 커다란 도한의 품에 6살 아이처럼 폭 안겼다.

"그럼 고맙구……."

도한이 물끄러미 주희를 바라보며 고개를 끄덕였다.

예진을 도한에게 맡기고 나서 주희는 급히 출근했다. 하루 종일 일에 매달린 결과 다행히 골치 아픈 일이 정리되었다.

주희가 피곤함에 가득 차서 몸에 힘이 완전히 빠진 채로 돌아왔다. 피아노 학원을 갔다 온 예진에게 저녁을 차려주고 숙제하는 걸 지켜보았다.

학교에서 한지로 공예품을 만드는 숙제를 내준 모양이었다. 예진이 하나하나 틀을 만들어 그 위에 한지를 붙이려 해보았지만, 잘되질 않았다. 결국 얼굴에 울상이 가득해졌다.

Mr.
시크릿의
비밀 연애

"엄마, 이거 자꾸 안 돼요."

예진은 손끝이 맵질 못했다. 한 시간 내내 붙잡고 있었는데도 손에 찐득한 풀만 묻고, 완성될 기미는 보이질 않았다.

"언제까지 해 가야 돼?"

"내일모레……."

"우선 늦었으니까 씻고 자자."

"숙제는 어떡해?"

"엄마가 중앙 틀 만드는 건 도와줄게. 거기다가 예진이가 한지로 꾸미면 되잖아. 그치? 걱정 말고 씻자."

주희가 예진을 욕실로 데려가 씻기고 나왔다.

"아빠는?"

"좀 늦으신대."

"으응."

외동딸치고 애교가 없는 예진과, 원래부터 무뚝뚝한 도한은 겉으로 보기엔 살가운 부녀 사이는 아니었다. 그러나 표현 방법이 그런 것일 뿐 마음은 그렇지 않다는 걸 주희는 알고 있었다. 아빠가 보고 싶은지 시무룩해진 예진의 뺨에 쪽쪽 입을 맞추었다.

"아빠 이번 일 끝나시면 다 같이 어디 놀러 갈까?"

"어디?"

"예진이가 가고 싶은 곳, 어디든."

예진이가 이불 속에서 고개를 끄덕였다. 예진이가 잠이 어느 정도 든 걸 확인하고 거실로 나갔다. 구겨진 한지와 엉망으로 꺾여 있는 철사들을 바라보며 주희가 한숨을 내쉬었다.

"이런 걸 10살짜리 애들이 어떻게 하라고. 애들 숙제가 아니라 엄마 숙제라니까……."

주희가 자리에 앉아서 예진이 대신 철사를 구부려 잇기 시작했다. 20분 정도 이리저리 만들어보다가 주희가 식탁 위에서 그대로 머리를 박고 곯아떨어졌다.

주희가 불편한 자세로 기절하듯이 잠들고 나서 한 시간쯤 후, 도한이 집에 들어왔다.

"다녀왔어."

대답이 없길래 도한이 안을 두리번거렸다. 식탁 위에서 엎드려 잠든 주희를 발견하고는 도한이 미간을 좁혔다. 그가 주희에게로 다가가 몸을 안아 들었다.

"살이 또 빠졌나……."

간신히 찌워놨는데 요 한 달간 다시 빠져버린 모양이었다. 너무 손쉽게 달랑 들리는 주희를 단단히 안아서 침실로 갔다. 침대 위에 그녀를 눕히고 도한이 손가락으로 이마를 문질렀다.

주희가 칭얼대듯 이불 속에 파고들며 몸을 새우처럼 웅크렸다. 이불을 끌어당겨 목까지 덮어주고는 도한이 조용히 방 밖으로 나왔다.

다음 날, 주희는 평소보다 늦게 퇴근했다. 도한이 촬영이 이르게 끝나 집에 일찍 갔기 때문이다.

늦은 밤, 주희가 절뚝거리며 집으로 향했다. 오후에 발목을 접질리는 바람에 관절이 시큰거렸다. 크게 다친 것은 아니었지만 걷기가 불편했다.

주희가 집까지 힘겹게 도착해 현관문을 열었다.

"저 왔어요."

"왔어?"

"……뭐 해요?"

주희가 도한의 목소리가 들리는 쪽으로 걸어갔다가 눈을 깜빡거렸다.

도한이 심히 열중하는 얼굴로 손을 바삐 놀리고 있었다. 주희가 가방을 내려놓고 도한이 앉아 있는 소파로 다가갔다.

"숙제해."

어제 주희가 하다 잠들었던 예진의 숙제였다.

"아니, 이게?"

도한은 흡사 예술을 하는 것처럼 섬세한 손으로 철사를 구부리고 있었다. 초등학교 숙제라고는 생각 안 될 만큼 정교한 형체였다.

"당신이 해놓은 거 보니까 엉망이더라고, 그래서 내가 다시 했어. 아, 다 했다."

도한이 뿌듯하게 여러 장의 꽃잎이 걸쳐져 있는 철사로 된 연꽃을 내려놓았다.

"집에 와서 이거 하고 있었어요?"

"아니, 청소도 하고, 빨래도 하고."

"나 오면 같이하지."

"됐어, 내가 빨리 해버려야 놀 시간이 나지."

도한이 툴툴거리며 주희의 허리를 감싸 안아 확 잡아당겼다. 주희가 이끌려가 얼떨결에 도한의 허벅지 위에 앉게 되었다.

"예, 예진이는?"

"자, 푹 자."

도한이 주희의 블라우스 깃을 젖혀 그녀의 쇄골에 얼굴을 묻었다.

"향수 냄새 난다."

"안 피곤해요?"

"응."

도한이 입술을 주희의 피부에 댄 채 중얼거렸다. 주희도 체중을 도한에게 실은 후 도한의 등에 팔을 둘렀다.

"얼마 만인지 알아?"

"뭐가?"

"이렇게 안아보는 거."

"아……. 너무 바빠서. 나만 바빴나, 당신도……. 읏."

도한이 이를 세워 주희의 목을 잘근거렸다. 잇자국이 난 곳을 혀로 살짝 핥기까지 했다. 예민한 피부가 자극 당하자 주희가 어깨를 화들짝 떨며 입술을 깨물었다.

"바, 방으로 들어가서……."

도한이 주희의 양 골반을 손으로 억세게 붙잡고는 그대로 일어섰다. 주희가 두 다리를 도한의 몸에 감았다. 대롱대롱 매달린 채로 안방까지 걸어갔다. 문을 닫고 도한이 주희를 침대 위에 내려놓았다.

Mr.
시크릿과의
비밀 연애

"살 빠졌어."

"요즘 스트레스 받아서……."

"흐음."

도한이 주희의 블라우스 단추를 하나둘씩 벗기며 그녀의 상체를 손바닥으로 매만졌다.

"피곤할 테니 가만히 있어."

도한이 낮고 굵은 목소리로 말했다. 주희의 몸 곳곳에 도한이 입을 맞추었다. 도한이 마사지하듯이 손으로 주희의 어깨와 목을 주물거리다가, 가슴까지 부드럽게 감싸 쥐었다. 그의 뜨거운 손바닥이 이곳저곳을 주무를 때마다 몸이 노곤해졌다.

주희가 약하게 신음을 흘렸다. 도한이 주희의 손바닥에 깊이 키스했다.

"주희야."

"……으응?"

도한의 몸이 주희의 몸 위로 겹쳐졌다. 피부가 틈 없이 맞붙었다.

"바쁜 거 끝나면 놀러 가자."

"안 그래도 어제 예진이한테 그 얘기 했어요."

"그래?"

도한이 작게 웃으며 주희의 입술에 가볍게 키스했다. 곧 주희가 도한의 움직임에 몸을 내맡겼다. 도한은 급하지 않게 부드럽게 몸을 움직였다. 주희가 그의 어깨를 끌어안으며 아이처럼 그에게 파고들었다.

주희가 도한을 쳐다보았다. 10여 년이 흐르면서 도한의 얼굴에도 세월의 흔적이 엿보였다. 주희가 손가락을 뻗어 도한의 눈가를 매만졌다. 그의 눈가가 주름 접힌 만큼, 그와 함께 삶을 헤쳐 왔던 생각에 가슴이 뿌듯해졌다.

"왜……. 주름 있어?"

도한이 걱정된다는 듯 물었다.

"아니, 그냥. 잘생겨서."

"그거야 뭐……."

도한이 큼큼 괜히 헛기침을 하고는 주희의 머리카락을 쓸어 넘겼다. 주희가 눈을 슬며시 감으며 도한을 더욱 세게 끌어안았다. 나른한 행복감이 밀려왔다.

-마침-

작가 후기

안녕하세요, 한기라입니다. 세 번째 책이네요!

봄이 올 무렵 시작해서, 봄이 완연해졌을 때 끝마치게 되었어요. 도한과 주희 이야기를 쓰면서 즐겁고 행복했습니다. 여러분께도 유쾌하게 읽을 수 있는 글이었기를 바라요.

매번 전보다 좀 더 발전한 이야기를 보여드리기 위해서 노력하겠습니다. 다음에 다른 글에서 뵐게요. 언제 어디서나 행복하세요!

-한기라 드림.